KB058097

**더 선** 1

# THE SONS 더 선 1

안데슈 루슬룬드 · 스테판 툰베리 지음
이승재 옮김

검은숲

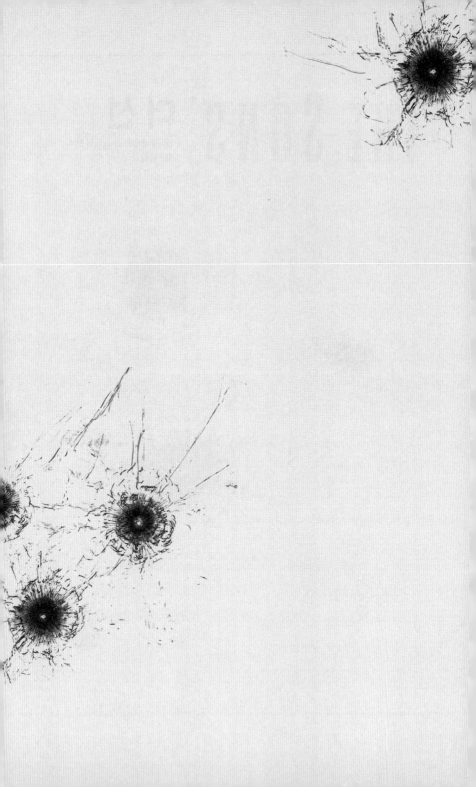

| 차례 |

## 1권

## 2권

이 소설이 그리고 있는 과거는 실화를 바탕으로 하고 있지만,

현재는 전적으로 허구임을 밝혀둔다.

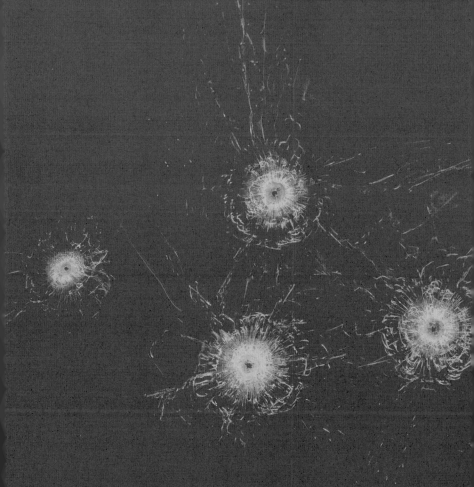

시커먼
구멍

피.

핏빛이 얼마나 진한지 상상해본 적 없었다.

성인 여성의 몸 안에 그게 얼마나 많이 들어 있는지도 마찬가지였다.

부엌과 통로를 온통 벌겋게 물들이고 아래로 이어지는 계단들을 하나하나 거쳐 3층 아래 외부 출입문 앞까지 피바다를 만들기에 충분했다. 그렇게 피를 흘리고도 그 자리를 빠져나와 도망갈 수 있을 만큼 몸 안에 피는 남아 있었다.

손에 든 걸레가 점점 더 검붉게 변하고 있었다. 허리를 젖히고 두 발로 단단히 몸을 지탱했다. 부엌 매트 위에 체중을 실어 바닥에 남아 있던 핏자국을 전부 닦아내고 더운물을 받아놓은 양동이에 세제를 풀고 옷가지를 넣어 얼룩을 씻어낸 다음 엎드린 자세로 대문까지 가면서 바닥 틈 사이에 스며든 끈적거리는 핏자국까지 모조리 닦아냈다.

여기서 벌어진 일은 여기에 남아야 한다. 가족은 그렇게 살아가는 것이라고.

엄마는 상처 입은 동물처럼 훌쩍이면서 단 한 번 뒤돌아볼 틈도 없이 그렇게 도망쳤다. 멀리. 지금 소년이 닦고 문질러 흔적도 없이 지우고 있는 핏자국에 쫓기기라도 한 것처럼.

레오는 바닥에서 일어나 한참 동안 자세 한 번 바꾸지 않아 저리는 두 다리를 쭉 편다. 묘한 기분이 들었다. 진이 빠졌을 법도 한데 왠지 신이 나고 몸이 들썩거리면서도 동시에 차분해졌기 때문이다. 그리고 그 어느 때보다 강해진 것 같았다. 생각까지 또렷했다. 자신이 무얼 해야 하는지 정확히 알고 있었다. 이전에 느껴본 어떤 기분과도 비교할 수 없었다. 처음으로 술을 마셨을 때의 기분 같기도 했다. 물론, 완전히 취하기 직전의 그 기분 말이다. 하지만 지금 이 기분이 훨씬 나았다. 내면은 차분해지는데 겉으로는 강해지는 느낌.

도로 쪽으로 난 부엌 창문에는 줄무늬 커튼이 달려 있었다. 레오는 창밖으로 엄마를 찾아보았다. 물론 보이는 거라고는 통로에 묻은 핏자국이 전부였다.

그리고 아빠.

아빠는 왜 아직도 남아 있는 걸까? 왜, 마치 아무 일도 없었던 것처럼 차 안에 앉아 있는 걸까? 무얼 기다리는 걸까? 빌어먹을 경찰이겠지. 당장이라도 들이닥칠 테니까.

아빠는 스톡홀름 외곽의 교도소에서 나와 여기까지 차를 몰고

와서 엄마를 죽일 작정으로 불쑥 집으로 찾아왔다. 그런데 큰아들이 목에 올라타 두 팔로 아빠의 목을 조르며 더는 엄마를 때리지 못하도록 아빠를 떼어놓았다.

부엌은 끝났다. 흔적 하나 남지 않았다. 냄새까지 없앴다.

통로는 더 엉망이었다. 엄마가 통로에서 여러 번 미끄러진 터라 핏자국이 훨씬 커서 거의 웅덩이 수준이었다. 하지만 계속해서 계단통까지 닦고 나자 핏자국이 눈에 띄게 줄어들었고 시뻘건 핏물도 점점 희미해졌다.

레오는 조심스레 커튼 앞으로 되돌아왔다.

노란색 폭스바겐 밴은 여전히 그 자리에 서 있었다. 아빠는 운전석 문을 열고 왼쪽 다리를 바깥으로 빼놓은 상태였다. 통이 넓은 회색 바지가 바람에 펄럭이고 갈색 구두가 아스팔트를 두드리고 있었다.

아빠는 분명 누군가를 기다리고 있었다. 그게 아니라면 도대체 왜 거기 그렇게 앉아 있는 걸까?

엄마가 다시 돌아올 거라 생각하는 걸까?

아니면 아내의 머리채를 휘어잡고 계속해서 무릎으로 치는 걸 큰아들이 방해하고 뜯어말려서 화가 나고 실망했기 때문일까? 그래서 되돌아와 계단을 따라 4층으로 올라오기로 마음먹은 걸까? 이제 큰아들의 차례가 되는 걸까?

하지만 놀랍기도 하고 초조하기도 한 동시에 살아 있는 것 같은 기분, 거의 행복에 가까운 감정이 들면서 내면의 두려움을 멀찍이 날려버리고 있었다. 이제 두렵지 않았다. 심지어 아빠마저도.

화장실에는 간호 가방과 엄마가 사용하는 의료용품들이 천으로 된 욕실 매트 위에 쏟아진 채 어지럽게 널려 있었고 하얀 십자 표시 달린 뚜껑이 뜯겨 있었다. 누군가 그 안에 든 내용물을 끄집어냈다. 레오는 일단 그 상태로 내버려 두었다. 먼저 걸레를 쓰레기통에 버리고 몸에 묻은 엄마의 피를 닦아내는 게 급선무였다. 뜨거운 물로 피부에 묻은 거품을 씻어냈다. 물과 섞인 피거품은 근사한 연 빨강 소용돌이처럼 빙글빙글 돌다 배수구 속으로 빨려 들어갔다.

펠릭스는 초조해하고 있었다. 자주 초조해하는 편이었지만 이번에는 유난히 심했다. 그리고 막내 빈센트는 입도 뻥긋하지 않았다. 그저 자기 방에 문을 닫고 들어가 아무런 소리도 내지 않았다.

레오는 창문을 통해 세 번이나 바깥 상황을 확인했다. 그리고 지금, 바로 지금, 경찰이 오고 있었다. 그런데도 빌어먹을 아빠란 인간은 차에 앉아 경찰을 기다리고 있다니! 전에도 경찰이 아빠를 데리고 간 일이 있었다. 4년 전 엄마가 숨어 있다는 이유로 할아버지, 할머니 집에 화염병을 던져 불을 질렀기 때문이다. 하지만 그때는 경찰이 먼저 찾아와 아빠를 기다렸다. 그런데 이번에는 아빠가 경찰을 기다리고 있었다. 경관 한 명이 계단으로 올라와 현관벨을 눌렀다. 문구멍에 키가 크고 젊은 경관이 나타났다. 현관 발매트를 밟고 집 안으로 들어온 경관은 처참한 '사건 현장'을 발견할 수 없었다. 핏자국들이 흔적도 없이 사라져버렸기 때문이다.

"안녕? 아저씨는 페테르 에릭손 경관이야. 아저씨는 지금 누가 여기 오고 있다는 걸 얘기해주러 왔어. 사회복지사 말이야. 그러니까 넌 걱정할 거 하나 없다."

"걱정 같은 거 안 해요. 그런 걸 왜 해요?"

"이름이 뭐니?"

"레오요."

"몇 살이니?"

"먹을 만큼 먹었어요."

"얼마나?"

"열넷이오."

경관은 집 안을 둘러보기 시작했다. 허리를 숙여 통로를 살피고 부엌을 들여다보았다. 하지만 경관이 찾는 건 어디에도 없다. 모든 게 제자리로 돌아간 뒤였다. 식탁도 자기 자리에 놓여 있고 넘어졌던 의자 두 개도 테이블 아래 가지런히 정리되었을 뿐만 아니라 핏자국을 감추기 위해 뒤집어놓았던 양탄자 역시 구김 없이 테이블 다리 사이에 가지런히 깔려 있었다.

"그 일이 벌어진 게 여기였니?"

"무슨 말씀이세요? '그 일'이라니요?"

"너희 아버지가 이미 다 자백하셨어. 아저씨도 무슨 일이 있었는지 알고 있어. 그래서 현장을 확인하러 온 거야."

"여기였어요."

"정확히 어디였니?"

"통로에서 시작됐어요. 부엌에서 끝났고요."

경관의 시선은 집 안 전체를 쓸고 다녔다. 통로 바닥을 따라 출입구 너머 부엌까지.

"네가 깨끗이 청소해놓았구나. 세제 냄새도 나고 말이야. 그런데 지금은 그런 걸 따지려는 게 아니야. 다만, 아저씨가 알고 싶은 건 너희 아버지가 전에도 여길 찾아온 적이 있었는지야."

"몇 년 전부터 아빠랑 같이 안 살았어요."

"그러니까 아버지가 이 집에 발을 들인 적은 없다는 거니?"

"없었어요. 스톡홀름에서 여기로 이사 온 건 4년 전이었어요. 아빠가 교도소에 갔을 때요."

경관의 손은 문손잡이를 잡고 있었다. 밖으로 나갈 분위기였다. 남의 일에 간섭할 이유 없는 사람의 질문은 이제 끝이다.

"한 가지 더 있다."

"네?"

"조만간 너희 집에 오실 사회복지사는 안나 레나라는 분이야. 그분이 너와 네 동생들을 도와줄 방법을 찾아주실 거야."

"도움 같은 건 필요 없어요."

"사람들은 가끔 도움이 필요할 때가 있어."

경관은 그렇게 말하고 현관 밖으로 나갔다. 엄마한테 무슨 일이 있었는지는 단 한 마디도 묻지 않은 채. 아빠가 자수했기 때문이었을 것이다.

여전히 거실 소파 뒤에 숨어 있던 펠릭스는 큰형이 손짓하자마자 조심스레 기어 나왔다.

"죽……은 거야? 큰형, 엄마는? 정말 그런 거야?"

"죽긴 누가 죽어."

"그럼 엄마 어디 있어? 어디 있냐고, 형? 엄마 많이 다쳤을 거라고."

"엄마는 간호사야. 어떻게 해야 하는지 아신다고. 어디로 가야 하는지도."

"그게 어딘데? 아빠도 거기 아는 거 아니야?"

"아니. 아빠는 경찰이 데려갔어."

"이해가 안 가."

"무슨 말이야? 뭐가 이해가 안 가?"

"아빠가 왜 여기 왔는지. 그리고 왜 엄마를 죽이려 했는지도."

"왜냐하면 엄마가 우리 가족을 흩어지게 했으니까."

"그건 아빠가 형한테 그렇게 말했기 때문이잖아."

"아니야, 그렇지 않아. 하지만 형은 너보다 아빠를 잘 알아. 아빠는 원래 그래. 언제나 그런 식이잖아."

"하지만 아빠가……."

레오는 당장 멈추게 해야 할 급류처럼 흥분한 채로 이리저리 팔을 흔들고 있는 둘째를 꼭 끌어안았다.

"펠릭스, 형은 네가 걱정한다는 거 알아. 두려워하는 것도."

"난……."

"그런데 형은 엄마가 괜찮으시다는 걸 알고 있어. 형이 봤거든. 그리고 지금은 네가 형을 도와줬으면 좋겠어. 빈센트랑 같이. 알겠어?"

레오는 감싸고 있던 팔을 풀어주었다. 알아들은 것 같았기 때문이다. 동생은 더는 팔을 흔들지 않았다.

"알았어."

그리고 두 형제는 문 닫힌 방으로 발걸음을 옮겼다.

"빈센트?"

막냇동생은 대답하지 않았다. 레오는 조심스레 문손잡이를 돌렸다. 잠긴 상태였다. 열쇠 구멍을 들여다보았다. 막혀 있었다. 열쇠가 꽂혀 있다는 뜻이었다.

"빈센트, 문 열어."

큰형과 둘째 형은 문 가까이 귀를 가져다 댔다. 거칠게 몰아쉬는 동생의 숨소리가 들렸다.

"간호 가방."

"내가 봤어. 화장실 바닥에서. 그런데 형, 혹시 설마……. 빈센트가……."

"형이 알아서 할게."

레오는 이미 통로를 거쳐 계단 쪽으로 발걸음을 옮기고 있었다.

"형, 어디 가는 거야?"

"배수관."

펠릭스는 자신이 원한 적도 없는데 홀로 남겨지는 걸 싫어했다. 펠릭스는 굳게 잠긴 빈센트 방문을 노려보았다. 나무 표면과 페인트칠이 벗겨진 아래쪽, 그리고 움직이지 않는 문손잡이로 시선을 서서히 옮겼다. 노려보는 것만으로도 손잡이가 돌아가기라도 할 것처럼. 펠릭스는 레오 형의 계획을 정확히 알고 있었다. 계단 아래로 내려간 형이 정원을 지나 건물 뒤로 갈 거라는 사실을. 열쇠를 깜빡했을 때 형과 함께 발코니를 타고 올라간 적이 있었다. 그러나 지금은 그런다고 달라질 건 없을 것이다. 잠겨 있는 건 빈센트의 방문이었다. 그러므로 레오 형은 엄마 방과 빈센트 방 사이로 꼭대기까지 올라가는 두 번째 배수관을 타고 올라갈 터였다. 빈센트가 항상 열어두고 싶어 하는 창문 근처였다. 훨씬 난코스였다. 발코니를 둘러싸고 있는 철제난간을 붙잡으면 올라갈 수는 있다. 그런데 빈센트 방 창턱이 너무 작아 매우 위험하다는 게 문제였다. 창턱 가장자리가 날카로워 손가락을 다칠 수 있기 때문이었다. 레오 형은 한 손으로 배수관을 붙잡고 동시에 다른 손을 뻗어 창턱을 잡은 다음, 몸을 움직여 반동의 힘으로 창턱 위로 올라가야 한다. 결코 쉬운 일은 아니었다. 그런데…… 어제 비가 좀 내리지 않았나? 분명 그랬다. 그렇다면 배수관 전체가 가을비에 젖은 갈색 낙엽처럼 끈적이고 미끄러울 수 있다. 펠릭스에게는 이 모든 상황이 두려웠다. 배수관을 타고 올라가던 형이 아래로 떨어질 수도 있다는 사실이나, 방문을 잠근 채 안에 있는 동생이 자해했을 수도 있다는 사실이나.

펠릭스는 문손잡이를 발로 걸어차자마자 후회했다. 동생이 겁을 집어먹을 수도 있었기 때문이다.

레오 형이 문을 열어주어 자신도 안에 들어갈 수 있게 될 때까지 시간을 세면서 그냥 쳐다보고만 있어야 했다. 달리할 수 있는 일도 없으니까.

248초가 흘렀다.

문손잡이가 돌아가며 문이 열렸다.

이런 경우는 정말 처음이었다.

펠릭스는 침대 앞으로 다가갔다. 빈센트가 누워 있었지만, 펠릭스는 동생을 만져봐도 되는지 알 수 없었다. 대신 형의 눈치를 살 폈다.

"이게……. 그러니까 빈센트가……. 왜 혼자 붕대를 칭칭 감고 있는 거지?"

장난감 병정과 미니카가 어지럽게 널려 있는 바닥에 엄마의 간호 가방에 들어 있어야 할 종이상자들이 속이 빈 채로 뒤섞여 있었다. 붕대가 들어 있던 종이상자였다. 빈센트는 '흰옷'을 온몸에 칭칭 감고 있었다. 발목부터 넓적다리, 배, 어깨, 목, 그리고 얼굴까지. 일곱 살짜리 '작품'이었다. 붕대 끄트머리에 생긴 작은 틈 사이로 군데군데 팬티, 티셔츠, 맨살이 보일 뿐이었다. 입은 당연히 붕대를 감지 않았는데 숨을 쉬느라 입과 코 주변의 붕대가 축축했다.

"저기 저거, 피잖아……. 형…… 설마 저거…… 엄마 피지, 그렇지? 맞지?"

"맞아."

"다 엄마가 흘린 거지?"

"다 엄마가 흘린 거야."

레오는 헝클어진 침대 옆에 쪼그리고 앉아 손목 부분에 헐거워진 붕대 끄트머리를 손으로 쥐었다.

"형들 여기 왔어, 빈센트. 네 옆에. 아빠는 여기 없어."

레오는 한 손을 붕대 감긴 발 위에 얹고, 다른 한 손으로 붕대가 둘러싸고 있는 빈센트의 뺨을 어루만졌다.

"그러니까 형들 생각엔, 이거 풀어줘도 될 것 같아."

하지만 레오는 막냇동생을 감싸고 있는 붕대를 한 겹도 벗겨낼 수 없었다. 빈센트가 온 힘을 다해 몸부림치는 바람에 붕대 끄트머리를 놓치고 말았다. 빈센트의 비명은 베개에 얼굴을 파묻고 지르는 소리 같았다.

　또다시 현관 벨이 울렸다. 펠릭스는 방문 밖으로 나가 현관 문구멍을 들여다보고는 어안이 벙벙해졌다. 문구멍 반대편에는 먼저 왔던 경찰이 얘기했던 여자가 서 있었다. 사회복지사. 그리고 그 순간……. 이게 어떤 상황인지 불현듯 깨닫게 되었다. 펠릭스는 부리나케 형에게 달려갔다.

　"저 아줌마가 이 거지같은 미라를 발견하면 모든 게 끝장이라고, 형."

　"그럴 일 없게 만들어. 큰 소리 내지 말고. 형이 사회복지사랑 얘기할 테니까, 네가 막내 책임져."

　빈센트는 간신히 몸을 일으켜 세워 침대에 앉았다. 그러고는 빨간 펠트 펜을 쥐고 붕대 감은 왼쪽 팔 위에 동그란 점 하나를 그렸다. 펠릭스는 형이 현관문 여는 소리를 들었다. 뒤이어 집 안으로 들어오는 사회복지사 아줌마의 발소리, 아줌마가 코트를 벗고 옷걸이에 거는 소리가 들렸다. 펠릭스는 배 중앙에 더 커다란 점을 그리려는 동생에게 속삭였다.

　"조용히 누워 있어야 해. 알았어? 자는 척해야 한다고."

　"난 안 졸려. 그리고 형도 안 누워 있잖아."

　"바깥에 저 아줌마 말이야, 빈센트. 너도 들리지? 저 아줌마가 지금 널 보면 안 된다고."

"누군데?"

"누군지는 안 중요해. 하지만 저 아줌마가 널 보면……. 지금 이 상태 말이야……. 붕대 칭칭 두른 널 보면 데려갈 거라고. 그래도 모르겠어?"

침대 시트를 정리하고 이불을 펼쳐놓으면…….

"말 좀 들어, 이 새끼야!"

베개를 뒤집어놓으면 땀으로 얼룩진 부분을 감출 수 있고……. 그다음에 다시 누우면 될 것도 같았다.

"곧 이 방에 들어온다고!"

펠릭스는 생각을 실행에 옮겼다. 빈센트는 둘째 형이 시키는 대로 이불 속으로 들어갔고 펠릭스는 이불을 동생에게 뒤집어씌웠다. 붕대를 감은 머리까지 이불이 가려주었다.

"그리고 평소 잘 때랑 똑같이 숨 쉬어야 해. 들이쉬고, 내쉬고, 들이쉬고, 내쉬고. 천천히."

그렇게 말하고는 형과 사회복지사가 있는 통로로 부리나케 뛰어나갔다. 펠릭스가 인사를 하자 사회복지사는 미소를 지으며 물었다.

"막냇동생은 어디 있니?"

"걔는 지금 잠들었어요. 머리끝까지 이불 뒤집어쓰고요. 완전 곯아떨어졌어요."

두 형제는 사회복지사가 빈센트 방을 들여다보게 해주었고 그녀는 자신이 확인해야 하는 장면을 두 눈으로 확인했다. 곤히 잠들어 깨우면 안 되는 어린아이의 모습. 작전은 제대로 먹혀들었다. 사회복지사는 무언가를 설명하며 펠릭스에게 자리를 피해달라는 눈짓을 보냈다. 이제 맏이인 레오와 단둘이 할 이야기가 있었다.

"먼저 엄마는 어떠신지 말씀해주시면요."

"많이 아파하셔, 펠릭스. 그런데 지금은 병원에 계신단다. 병원 사람들은 이런 일에 경험이 많거든."

펠릭스가 소파로 가서 TV 프로그램으로 관심을 돌리자 레오와 단둘이 남게 된 사회복지사는 상황을 설명하기 위해 말을 꺼냈다.

"엄마가 머물고 계시는 병동에 찾아갔었어. 의사들이 매시간 상태를 확인하고 있는데 엄마는 아마 며칠 더 병원에 입원하셔야 할 것 같구나."

사회복지사는 레오의 어깨에 손을 얹었다. 레오가 어깨를 움츠리며 뒤로 몸을 빼자 그녀의 손이 미끄러졌다.

"너희 어머니는 너와 두 동생이 이 집에 계속 있기를 바라셔. 그런데 그건 사실 불가능하다는 거, 너도 알겠지? 그렇게 너희들끼리만 둘 수가 없거든."

레오는 고개를 끄덕이거나 가로젓지 않았다. 상대가 하는 말은 알아들었지만 집을 떠날 계획은 없었다. 지금은 그럴 수 없다. 빈센트 때문이었다. 미라를 데리고 나갈 수는 없었다. 그렇다고 붕대를 풀면 막내가 히스테리를 부릴 수도 있었다. 어느 것 하나 나을 게 없는 상황이었다.

"펠릭스는 열한 살이지. 빈센트는 일곱이고. 아줌마가 하는 말 이해할 수 있겠지?"

아줌마가 하는 말은 알아들을 수 있었다. 그리고 아빠가 했던 말도 기억하고 있다.

이제부터는 네가 책임져야 하는 거야.

"동생들은 제가 돌볼 수 있어요."

"넌 열네 살이잖아."

"아줌마. 진짜 거지같은 일을 수도 없이 겪은 열네 살짜리도 얼마든지 있어요. 어디선가 읽었는데, 브라질이었나, 아무튼 거기 어떤 아이는 가족을 먹여 살리기 위해 작살고기잡이를 한다고 했어요. 그러다 작살로 자기 발을 찍는 바람에……."

"아줌마 말 좀 들어봐. 아줌마가 너희 엄마랑 한참 동안 이야기를 했어."

또다시 그녀의 손이 레오의 어깨에 내려앉았다. 이번에도 레오가 어깨를 비틀었지만, 그 손은 계속해서 아이를 붙잡고 있었다.

"레오야. 네 기분은 어떠니? 지금 말이야."

"지금요? 잘 모르겠지만……."

레오는 자신의 기분이 어떤지 잘 알고 있었다. 다만, 그런 기분이 드는 게 옳은지에 대해서는 자신이 없었다.

"뭐, 괜찮은 것 같아요."

믿을 수 없을 정도로 강해진 느낌이 옳은지에 대해서. 거의 행복할 정도로. 옳지 않은 감정이었다. 피를 철철 흘리며 달아나는 엄마의 모습이 머릿속에 꽉 차 있는데 어떻게 그런 기분이 들 수 있단 말인가?

"무슨 일이 있었는지 엄마한테 전부 다 들었어."

사회복지사의 목소리는 진지했다. 그녀는 알고 싶어 했다. 그래서 질문을 하려는 것이다.

"그 이야기는 하고 싶지 않아요."

무슨 일이 있었는지 단 한 마디도. 누구에게도. 상황은 더 나빠질 테니까.

"얘기하고 싶지 않다니, 그게 무슨 말이니?"

"아줌마가 알고 싶어 하는 거요. 아빠가 무슨 짓을 했는지."

그녀의 손은 여전히 레오의 어깨를 붙잡고 있었다.

"너희 엄마가 아빠의 행동에 대해 진술하실 필요는 없었어. 그건 아줌마 혼자도 알 수 있거든. 엄마의 상처가 말해주니까. 그런데 엄마는 네가 한 일에 대해서는 말씀하시더라. 네가 얼마나 용감했는지도. 그 덕에 그 자리에서 빠져나올 수 있었다고."

갑자기 온몸에 힘이 풀렸다. 전혀 예상하지 못한 상황이었다.

기분 좋게 울렁거리며 온몸을 감돌던 감정이 말끔히 사라져버렸다. 행복감, 가벼움이 관절 마디마디, 근육 사이사이, 겹겹의 생각 속에서 빠져나갔다. 마치 당장이라도 울음이 터져 나올 것만 같은 바로 그 느낌이었다. 당장이라도 밖으로 빠져나오려는 빌어먹을 것들이 가슴을 꽉 짓누르고 있었다. 하지만 레오는 그것들을 결코 내보낼 생각이 없었다. 사회복지사가 보는 앞에서 울음을 터뜨리면 모든 게 끝장날 수도 있었다.

레오는 또다시 몸을 비틀어 상대의 손에서 빠져나온 다음 부엌으로 황급히 달려갔다. 하지만 상대도 포기하지 않고 소년을 따라갔다. 손도 대지 않은 음식이 고스란히 원탁 위에 남아 있었다. 레오는 차갑게 식은 접시를 들고 오븐을 열었다. 보통 150도면 충분했다.

"아빠는 어디 계시는데요?"

소년의 목소리는 차분했다. 울먹이는 분위기와는 거리가 멀었다.

"아빠가 돌아오실 일은 없어."

"그건 알아요. 지금 어디 계시냐고요."

"경찰서에 계셔."

"유치장에요?"

"그렇……지."

소년은 사회복지사의 눈빛을 살폈다. 대부분 그런 눈빛이었다. 어린아이가 그런 단어를 사용할지 몰랐다는 눈빛.

"전에도 잡혀간 적 있어요."

"아빠가 다시 여길 찾아오시지 않을까 걱정할 필요는 없어. 시간이 좀 걸리는 일이거든."

"걱정 안 해요. 왜 그런 걱정을 해요? 지금 이해가 안 가는 건, 그냥 우리끼리 며칠 좀 거지같이 보내는 게 왜 안 되냐는 거예요."

"왜냐하면 넌, 열네 살 미성년자이기 때문이야. 그리고 너와 너보다 어린 동생들은 아이들이 겪어선 안 될 일을 겪었기 때문이고."

우리가 어떤 빌어먹을 일을 겪고 사는지 알기나 해요? 우리가 얼마나 개 같은 상황을 보고 겪는지 말이에요. 레오는 그렇게 내뱉고 싶었다. 하지만 그건 정말로 멍청한 행동이었다.

"레오, 아줌마 말 잘 들어봐. 아주 중요한 일이거든. 만약 엄마가 오래 떠나계셔야 하면, 그러니까, 아직은 어떻게 될지 모르는 일이잖아. 그렇지? 그렇게 되면 너희들은 다른 가족과 함께 살아야 해."

"그게 무슨 말이에요……. 다른 가족이라니요?"

"그런데 그렇게 되면 해결해야 할 문제가 있어서 시간이 좀 걸릴 거야. 대신, 그때까지 누가 여기 와서 너희들을 돌보게 될 거야."

"여기로 온다고요? 누가요?"

"그건 아직 몰라. 이런 일이 생겼을 때 남들을 도와주는 좋은 사람들 연락처가 있거든. 아마 오늘 밤사이에 해결될 거야."

다른 가족. 레오는 한참 동안 부엌 식탁 위에 어지럽게 널려 있던 식기들을 정리했다. 아빠가 무릎으로 엄마를 찍는 동안 엉망이 돼버렸다. 비록 병원 침대에 누워 있긴 하지만 우리한테는 이미 엄마가 있어요. 레오는 엄마가 거의 꺼내놓지 않는 플라스틱 물통에 물과 얼음을 담았다. 비록 유치장에 갇혀 있긴 하지만 우리한테는 아빠도 있어요. 그런 다음 마지막으로 두루마리 키친타월을 몇 장 뜯어 가지런히 접은 다음 그 위에 자신의 손등을 문지르고 톡톡 쳤다. 그래서 저는 지금 이런 결심을 하게 됐어요.

"저기요."

레오는 상대의 시선을 자신에게로 집중시키려 했다.

"사회복지사 아주머니."

상대의 이름이 뭔지 기억나지 않았다. 몰라도 상관없었으니까.

"그래."

"이렇게 해요……. 엄마가 금방 못 오시게 될 경우, 앙네타 아줌마가 대신 우리를 봐주면 안 될까요?"

"앙네타 아주머니는 누군데?"

"3층에 살아요. 엄마 친구분이에요. 우리 집에 자주 오세요. 그리고 좋은 분이에요. 아줌마가 아까 말했던 연락처에 있는 사람들처럼요."

빈센트는 침대에 앉아 있었다. 아니, 더 정확히 말하면 몸을 뒤로 젖힌 상태였다. 사회복지사가 아래층으로 내려가자마자 빠끔히 방문을 열고 나와 화장실로 달려갔다. 그 뒤로 지금까지 안에 틀어박혀 있다. 배 전체에 다시 붕대를 감아야 했기 때문이다.

　펠릭스는 막냇동생 말리는 걸 포기한 듯했다. 침대 모서리에 등을 기대고 다소 편안히 숨을 쉬고 있었다. 더는 붕대로 몸을 휘감은 동생이 문젯거리 될 일 없겠다는 눈치였다.

"도대체 뭐가 어떻게 되는 거야, 형? 그 아줌마 갔어? 나가는 소리 들렸는데?"

"다시 돌아올 거야."

"엄마에 대해서 뭐라고 했어?"

레오는 둘째 옆에 주저앉아 똑같이 침대 모서리에 등을 기댔다.

"펠릭스. 엄마는 며칠 동안 집에 못 오셔."

"며칠이나?"

"며칠."

"며칠?"

"몰라."

"며칠이나?"

"모른다고."

펠릭스는 형의 대답이 만족스럽지 않았다. 레오는 너무나 익숙한 동생의 표정 변화를 읽을 수 있었다. 만족스러운 대답을 얻어낼 때까지 동생이 똑같은 질문을 반복하리라는 것도 잘 알고 있었다. 결국 펠릭스도 형에게서 대답을 들을 수 없으리란 사실을 깨달은 눈치였다. 그래서 같은 질문을 계속 반복하는 대신 웃기 시작했다. 그런데 그 웃음소리는 한 번도 들어본 적 없는 소리였다. 평소처럼 안에서 올라오는 웃음이 아니라 겉으로 키득거리고 피식거리는 소리에 가까웠다. 입 앞, 더 정확히는 입술에서 시작된 것 같은 그 소리에 점점 힘이 실리더니 동시에 말까지 튀어나왔다. 펠릭스는 키득거리는 소리를 내면서 침대에 누운 미라, 경찰, 사회복지사, 그리고 바닥에 뿌려진 핏자국 ― 형, 바닥에 피가 뿌려져 있다니까 ― 에 대한 이야기를 늘어놓았다. 펠릭스는 키득거리고 있었지만, 레오는 더 이상 둘째의 이야기를 들어줄 여력이 없었다. 그래서 침대 위로 올라가 빈센트 옆에 누웠다.

"넌 괜찮은 거지, 우리 막내?"

배 부위는 촘촘히 공들여 붕대를 새로 감았다. 하지만 오른손 손가락은 자유로운 터라 빈센트는 손가락을 입으로 가져가 윗입

술 바로 위쪽 붕대를 위로 살짝 당기며 말했다.

"어."

그러더니 아랫입술 바로 밑 부위를 살짝 끌어내렸다.

"아니."

그리고 다시 위쪽을 당겼다. 그리고 다시 아래쪽으로.

"어. 아니."

붕대를 끌어당겼다 내릴 때마다 입 주변에 생긴 작은 구멍이 닫혔다 열리기를 반복했다.

"어. 아니. 어. 아니. 어. 아니."

반복적인 동작은 큰형 레오가 조심스레 붕대 감은 뺨을 어루만져줄 때까지 계속되었다.

"최고야, 우리 막내. 정말 잘했어."

그때 현관 벨소리가 다시 울렸다.

레오는 조심스레 방문을 닫고 부리나케 현관으로 뛰어갔다. 사회복지사와 앙네타 아줌마가 서 있었다. 두 사람은 미소를 지었다.

"우리 두 사람은 네 제안에 따르기로 했어."

활짝 웃는 쪽은 사회복지사였다. 주도적으로 말하는 사람도.

"그러니까 앙네타 아주머니가 너희들을 돌봐주시기로 했어. 적어도 오늘 저녁과 밤, 그리고 내일 아침까지는. 그 이후로는 우리가 그 역할을 대신하게 될 거고."

사회복지사의 코트는 모자 선반 아래 있는 옷걸이에 걸려 있었다. 그녀는 코트 단추를 하나씩 채운 다음 한참 동안 레오를 쳐다보았다. 레오의 머릿속에는 오로지 두 여성과 최대한 거리를 두고 싶은 마음뿐이었다. 키득거리는 웃음소리가 들리지 않도록.

"대신 조건이 하나 있어."

"네?"

"그건 앙네타 아주머니가 필요할 때마다 그 즉시 너희들을 살피러 집에 오실 수 있어야 한다는 거야. 그렇게 나하고 계속 연락을 주고받으실 거고. 괜찮겠지, 레오? 괜찮으시죠, 앙네타 씨?"

레오는 고개를 끄덕인 다음 사회복지사와 함께 앙네타가 고개를 끄덕일 때까지 기다렸다. 하지만 그녀는 아무런 대답도 하지 않았다. 두 사람은 뒤늦게 그 이유를 알 수 있었다. 앙네타의 시선이 멀찍이 떨어진 계단통에 고정돼 있었기 때문이다. 엄마가 발을 헛디뎌 세게 넘어진 바로 그 장소. 제대로 닦아내지 못했던 유일한 핏자국. 피 웅덩이가 어마어마했는데 너무 서두르느라 미처 확인하지 못했다.

레오는 두 사람이 모두 돌아가기만 기다렸다.

양동이는 자신이 화장실에 갖다 둔 그 자리에 그대로 있었다. 따뜻한 물을 받고 그 안에 주방세제를 푼 다음 걸레를 적셔 온몸에 체중을 싣고 마지막 남은 핏자국이 깨끗이 사라질 때까지 돌바닥을 문질렀다.

이제 자신이 해야 할 일이 무언지 머릿속에 또렷이 그려졌다.

레오는 두 동생이 있는 방문을 열었다. 발작에 가까울 정도로 키득거리는 둘째와 붕대에 칭칭 감긴 막내가 있는 방. 그런 다음 방바닥에 철퍼덕 주저앉아 좀 전처럼 침대 가장자리에 등을 기댔다.

"이렇게 며칠을 더 지내야 하는지는 형도 몰라, 펠릭스. 하지만 우리가 바로잡을 수 있어."

"그게 무슨 뜻이야? 바로잡는다니?"

"형이 다 생각해둔 게 있어. 그리고 넌 형을 도와줘야 해."

"형을 도우라고?"

"너 파란 케이스 아직도 가지고 있지? 지도 들어 있는 거?"

"어."

"가져와."

"왜?"

"사회복지사 아줌마는 우리가 더는 여기서 지낼 수 없을 거라 생각하고 있어. 하지만 그럴 일은 절대 없을 거니까."

키득거리던 펠릭스의 웃음소리가 벌써 잦아들기는 했지만, 형이 시키는 일이 얼마나 싫었는지 대놓고 드러내기 위해 굼뜬 동작으로 자리에서 일어났다.

"펠릭스. 잔말 말고 가져오기나 해."

지도가 든 파란 케이스는 엽서보다 크지 않았지만, 초콜릿 상자처럼 두꺼웠다. 펠릭스가 방 입구에서 던진 파란 케이스는 화살처럼 날아가 침대에 불시착하면서 레오와 빈센트를 동시에 칠 뻔했다.

"됐어?"

케이스 표면에 붙어 있는 개방형 주머니에 나침반이 달려 있던 터라 지도를 꺼내 펼치는 데 방해가 되었다. 자전거 도로나 이면 도로. 팔문에 이르는 모든 길이 1대 5천으로 축척된 지도였다.

"여기 봐봐."

레오가 지도 한가운데 특정 지점을 가리키자 펠릭스는 형이 시키는 대로 하려고 했지만, 도대체 어디를 봐야 하는지 알 수 없었다.

"뭘 보라는 거야?"

"중심가에서 숲으로 이어지는 도로들 말이야."

레오의 검지가 중심가에서 팔룬 외곽의 특정 지점을 향해 내려왔다. 그리 멀지 않은 곳으로 각진 글씨체로 'S-L-A-T-T-A'라 찍힌 지점이었다. 펠릭스는 지도상의 위치가 실제로 어떻게 생겼는지 너무나 잘 알고 있었다. 실력이 형편없는 축구팀이 있는 이 동네에 몇 번 가본 적이 있다.

"그래서? 그게 뭐?"

"나중에 다 설명해줄게. 저기 가서."

"어딜 가?"

레오는 서둘러 지도를 다시 접었다. 펠릭스는 형이 원래 지도가 접혀 있던 방식과 달리 마구잡이로 접자 자신의 몸까지 따라 접히는 느낌이 들었다.

"어딜 가자는 건데? 그리고 다 썼으면 원래 상태대로 정리해서 집어넣으라고. 구기지 말고. 15크로나짜리란 말이야."

"내가 일만 잘 끝내면 이런 거지같은 지도, 열 개는 넘게 사줄 수 있어. 그러니까 따라와. 보여줄 테니까."

"뭘 보여준다는 건데?"

"네가 봐야 하는 거."

"저 미라는?"

"혼자 있고 싶다잖아. 소원 한번 들어주지, 뭐. 우리도 오래 걸리지 않을 거고."

망보는 지점은 광장을 둘러싸고 있는 가시덤불 뒤쪽에 솟아 있는 낮은 언덕이었다. 그리고 두 형제는 서로 바싹 달라붙은 채 그 언덕 위에 쪼그려 앉아 있었다. 바람에 머리가 날리고 떨어진 낙엽들이 아스팔트 광장 위에서 졸린 듯 뒹굴며 춤추고 있었다. 잠시나마 혹독했던 아까의 일을 거의 잊을 수 있었다.

"형?"

"왜?"

"우리 여기서 뭐 하는 거야?"

"금방 알게 돼."

　레오의 양 볼 근육이 팽팽해졌다. 그건 주변을 둘러싸고 있는 것들을 샅샅이 벗기고 훑어보는 일에 집중하고 있다는 뜻이었다. 레오는 종종 자기 생각 속에 빠져들 때마다 그랬다. 펠릭스는 형의 시선을 따라가 보았다. 엄마 나이 정도 돼 보이는 여성이 아스팔트 광장을 가로질러가고 있었다. 레오의 관찰대상이었다. 아니, 정확히는 여성의 손에 들린 가죽가방이었을 것이다.

"저거 보여?"

분명 그 가방이었다. 딱히 무거워 보이지 않는 갈색 가방 하나.

"보여."

"저 안에 뭐가 들었는지 알아?"

"형은 알아?"

"어."

"뭔데?"

"2만5천. 어떨 때는 4만. 5만일 때도 있어."

"5만…… . 뭐가 5만이라는 거야?"

"크로나."

여성은 이카 슈퍼마켓 쪽에서 광장을 건너 은행 쪽으로 향하고 있었다. 긴 보폭으로 성큼성큼 발을 내디딜 때마다 굽 높은 가죽 부츠가 또각거리며 소리를 냈다. 바람이 망보는 지점까지 소리를 몰고 올라온 덕분이었다.

"가게 문 닫은 다음 매일 이 길로 걸어가. 매번 똑같아. 가방 들고 광장 건넌 다음에 저기 가서 가방을 집어넣어. 저기 보여?"

여성이 은행 담벼락에서 철제 상자를 떼어내 뚜껑을 연 다음 가방을 통째로 집어넣자 이빨 없는 아가리가 가방을 꿀꺽 집어삼켰다.

"저 여자가 번 돈이야. 그게 저 사람 은행 계좌로 들어가는 거야."

"형이 그걸 어떻게 알아?"

"저 가게 아들이 평소에 흡연 구역에서 떠벌리고 다녔거든."

여성은 볼일을 마치자 빈손으로 인근에서 가장 큰 이카 슈퍼마켓 쪽으로 되돌아왔다.

"다 됐어? 나 집에 가고 싶어."

"넌 우리가 왜 여기 왔는지 모르겠어?"

"빈센트 혼자 있잖아. 이제 가야 한다고, 형."

"저 가죽가방. 난 그걸 가져갈 거야."

"가져……간다고?"

"그래."

"그게 무슨 뜻이야? 가져……간다니."

"슬쩍한다고. 터는 거야."

"턴다니?"

"미국에선 흔한 일이야. 폼 나는 은행 강도라고."

"전혀 폼 안 나거든. 게다가 그런 건 성공 못 해."

"난 성공할 수 있어. 어떻게 해야 하는지도 알아. 돈 가방을 넣기 전에 낚아챌 거야."

"하지만 그건…….."

엄마 나이 정도 되는 이 여성에게는 동행이 있었다. 펠릭스가 더 이상 말을 잇지 않은 이유였다. 제복 차림을 한 남자는 시내 중심가를 지키는 경비원이었다. 아침부터 밤까지 계속해서 중심가를 돌다가 지금 광장에서 여성과 만난 것이다.

"젠장, 로반네 큰형이잖아. 경비원으로 일하는 큰형이라고."

"내가 알아서 해."

"클릭이야. 다른 사람들이 그렇게 부른다고. 곤봉 들고 다니는 클릭. 무전기 가지고 다니는 클릭이라고. 젠장, 게다가 형이 누구인지도 알잖아!"

"그것도 내가 알아서 해."

펠릭스는 클릭이라 불리는 로반네 큰형을 한참 동안 쳐다보았다. 레오 형이 돈 가방을 낚아채면 클릭한테 붙잡힐 게 뻔해 보였다. 두세 걸음도 떼기 전에.

"불가능해. 클릭이 얼마나 빨리 뛰는지 알기나 해? 그리고 클릭이 아슬아슬하게 놓친다고 해도…… 형을 알아볼 거잖아."

"절대로 안 붙잡혀."

"그걸 형이 어떻게 알아? 멍청한 소리 그만해! 형은 아무것도 모르잖아!"

"내가 알아서 한다고 했잖아. 알았어? 교란작전, 그게 네가 해야 할 일이야. 상대를 엉뚱한 방향으로 끌고 가는 거."

경비원이 점점 더 커지는 기분이었다. 펠릭스의 눈에 들어오는 거라곤 제복과 곤봉, 그리고 무전기밖에 없기 때문일 수도 있다. 하지만 레오의 눈에는 그런 게 하나도 들어오지 않는 듯했다.

"집에 갈 거야."

"조금 더 있어봐."

"형, 집에 가자고. 저 경비원, 그러니까 로반네 큰형……."

"조금만 더 있으라니까."

펠릭스는 레오의 재킷 소매를 잡아당겼다.

"달라진 게…… 하나도 없어! 그때랑 똑같잖아……."

펠릭스는 형의 소매를 더 세게 잡아당겼다.

"케코넨이랑 싸울 때 말이야. 아빠 몰래 칼을 가지고 나갔을 때. 형은 말도 안 듣고 혼자 일을 벌였어. 나도 없는데 형 혼자서."

펠릭스는 벌떡 일어나 걷기 시작했다. 그 즉시 뒤에서 발소리가 이어졌다. 형이 뛰는 걸음으로 따라왔다.

"펠릭스, 당장 멈춰!"

레오는 동생을 따라잡아 옆에서 나란히 걸었다.

"너도 같이해야 하는 일이야."

"꿈도 꾸지 말라고."

"네가 경비원을 다른 데로 유인하는 미끼 역할을 해야 한다고!"

"내 말 못 알아듣겠어? 난 이 일에 낄 마음 없어!"

레오는 동생을 붙잡았다. 손에 힘을 준 건 아니지만 힘이 잔뜩 들어간 동생의 어깨에 다정하게 손을 올린 터라 펠릭스는 그 자리에 멈춰서야 했다. 레오는 동생을 쳐다보며 미소를 지었다. 농담이나 우스갯소리를 할 때처럼 웃기까지 했다.

"펠릭스. 너하고 나는, 원하는 건 뭐든 할 수 있어. 우리 둘이 힘을 합친다면 말이야. 그러면 클릭 같은 인간은 쉽게 따돌릴 수 있다고. 교란작전이야. 그렇게 부르는 거야. 병신 같은 경비원 따위는 절대 이런 거 이해 못 한다고."

"난 싫어. 싫다고. 싫다고."

"펠릭스, 형이 철저히 계획해둔 일이야. 아무 일 없……."

펠릭스는 다른 곳으로 눈을 돌리고 귀를 틀어막고 다시 걷기 시작했다. 레오는 다시 동생을 뒤쫓아 갔다.

"겁먹을 필요 없다니까. 전혀. 저 광장은 우리 거라고."

레오는 그렇게 말하면서 팔을 뻗어 광장을 가리켰다.

"저기 벤치 사이 모퉁이에 있는 동상 보이지? 보이냐고, 펠릭스? 우리가 저렇게 되는 거야! 우린 저기 서서 찬란히 빛나게 될 거라고!"

펠릭스는 귀를 틀어막은 손에 힘을 주어 꽉 눌렀다.

"형 계획이 끝내주는 이유가 뭔지 알아? 이 일을 딱 한 번만 한다는 거야. 저 가죽가방 안에 든 3만, 아니면 4만 크로나. 딱 한 번만 터는 거라고."

레오는 듣지도 않고 계속 걷고 있는 동생에게 끊임없이 설명을 늘어놓고 있었다.

언제나 똑같았다. 펠릭스는 일단 무언가 마음을 먹으면 고집을 꺾지 않았다. 어쩌면 너무 성급했을 수도 있다. 그게 이유였을 것이다. 너무나 많은 일이 있었다. 일단 그 부분부터 해결하면 계획대로 일을 벌일 수 있을 것 같았다. 전략을 바꿔야 할 시간이었다.

사회복지사. 경찰. 명단. 피. 구류. 다른 가족. 귀를 틀어막고 있는 누군가에게 설명하고 가르쳐줘야 할 거라고 상상조차 해보지 않은 단어들이 난무한 하루였다. 생각하고 이해하기 위해 한데 모아놓으면 오랜 기간을 뜻하는 단어들이었다.

삼 형제만 홀로 집에 있어야 하는 기간.

엄마가 병상에 누워 치료를 받아야 하는 기간. 이건 펠릭스가 가장 걱정하는, 아니 슬퍼할 부분이라는 걸 레오는 알고 있었다.

하지만 아빠가 감방에 갇혀 있을 기간도 마찬가지였다. 그 이유를 대면 펠릭스도 진정될 거라는 걸 알고 있었다. 왜냐하면 작전에 성공하려면 동생의 도움이 꼭 필요하기 때문이었다.

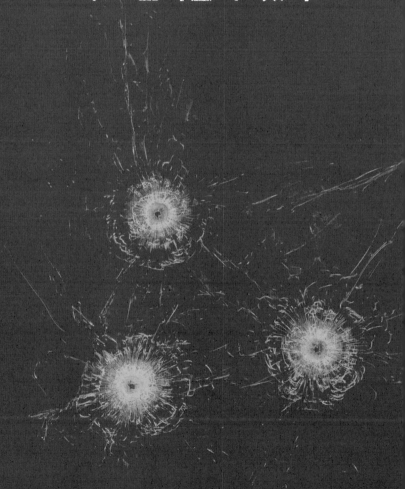

"내가 달라질 수 있다면,
너도 달라질 수 있어."

철제 다리 위에 얹힌 허름한 표지판이 수백여 미터 앞에서 그를 맞이했다. 그것은 꿋꿋이 왼쪽을 가리키고 있었다.

교정시설 여기서 2KM.

그는 육중한 자신의 몸으로 누르면 끝도 없이 뒤로 빨려 들어갈 것 같이 푹신푹신한 등받이에 등을 기대고 브레이크를 살짝 밟은 채 급커브를 돌았다.

변화. 더 이상 나아갈 수 없고, 집으로 되돌아가는 길도 모르는데, 심지어 자신이 어디에 있는지도 모른다면 더 늦기 전에 변하는 게 여행을 이어나가는 유일한 길이다. 그는 그런 확신이 있었다.

썰렁한 교도소 방문객 주차장 맨 끝에 차를 세운 그는 차창을 열어 신선한 공기를 안으로 들였다. 썩 만족스럽지는 않았다. 공기가 더 필요했다. 그는 차 문을 열면서 왼쪽 다리를 바깥으로 뺐다. 포근한 4월 산들바람에 말끔히 드라이클리닝 한 정장 바지의 널찍한 밑단이 펄럭거렸다. 번쩍번쩍 광을 낸 정장 구두가 건조한 아스팔트 바닥을 밟았다.

축 늘어난 전선이 드러나 보이는 스피커에서 라디오 음악이 흘러나오고 있었다. 그는 계기반 가까이 몸을 구부려 라디오를 끈 다음 천천히, 깊이 숨을 들이쉬고는 눈을 감고 눈꺼풀 뒤에 떠오른 형형색색의 반짝이는 점들이 사라질 때까지 기다렸다. 얼마가 지나자 마음이 차분해지면서 들리는 거라곤 교도소 콘크리트 담벼락이 끝나는 지점에 선 나무 끄트머리에서 나는 새소리가 전부였다.

8시 22분.

38분 전이었다. 제대로 작동하는 게 거의 없는 차였지만 시계만큼은 정확했다.

평소 숨 가쁘게 그의 뒤를 쫓고 온갖 골칫거리를 떠밀고 모든 걸 뒤죽박죽 엉망으로 만드는 시간이 오늘따라 더디게 흐르는 것 같았다. 심지어 오늘은 제시간보다 일찍 나오겠노라 다짐까지 했었다. 제시간? 빌어먹을 제시간이 뭔데? 제시간이란 4월 3일 오전 9시였다. 지난 몇 년간 가장 고대해온 순간이었다.

시간이 갈수록 강렬해지는 초봄 햇살은 스톡홀름에서 북쪽으로 40여 킬로미터 떨어진 지점에 외로이 서 있는 승용차 속으로 밀려들었다. 제대로 닦지 않아 더러운 차창 사이사이로 빛이 뚫고 들어왔다. 이반은 차양을 내리고 철조망이 둘러쳐진 담장 쪽으로 시선을 돌렸다. 외스텔로케 교정시설. 중범죄를 저지른 장기수들이 생의 마지막을 보내게 되는 곳이었다.

교도소를 노려보면 노려볼수록 더욱 명확해졌다. 담벼락이 정말로 흉물스럽다는 사실이. 끝도 없이 긴 측면은 잿빛이었다. 뒤쪽도 마찬가지였다. 하지만 정면만큼은 화려한 빨간색으로 칠해져 있었다. 그러면 방문객들이 보고 좋아하기라도 할 것처럼. 담벼락 색깔이 어떠하든, 그에게는 아무런 상관없었다. 게이트와 철문, 그것이 전부를 의미하는 곳이기 때문이다. 그리고 그 철문을 통해 그의 큰아들이 나올 터였다. 그리고 시설에 갇혀 있던 인간이 자유로운 세상으로 첫발을 내딛는 바로 그 순간, 그게 남자든 여자든 자신의 미래를 결정하게 되는 것이다. 수감자들의 미래는 시설에 갇혀 있는 동안 흐르는 시간이 결정해주지 않는다. 그곳에서는 명확히 보고 생각하는 게 불가능하다. 그의 경우 곰팡이와 오줌 맛 나는 엉터리 술을 입에 달고 살았다. 오렌지 주스에 상한 사과, 상한 빵을 섞어 라디에이터 뒤에 숨겨놓고 발효시킨 밀주였다. 그러나 2년 전, 자유로운 세상으로 첫발을 내딛는 순간 결심을 굳혔다. 다시는 술 한 방울도 입에 대지 않겠노라고. 그리고 성공했다. 바보 같은 모임에 나가, 원을 그리고 모여 앉아 기적적인 성공사례를 나누면서 서로 손을 잡고 노래 부르는 일 없이.

이반 뒤브냑의 육체는 교도소에 붙잡아둘 수 있었을지 몰라도 그의 내면은 결코 어딘가에 가둬둘 수 없었다. 아버지가 변할 수 있다면 아들도 변할 수 있다. 그리고 이제 그런 순간이 온 것이다.

아들이 어렸을 때는 아버지가 제 역할을 다하지 못했다. 하지만 두 사람 모두 성인이 된 지금은 분명히 좋은 결과가 있을 것이다.

구불구불한 언덕길 쪽에서 차 소리가 들렸다.

조용한 엔진 소리가 새소리를 뒤덮지 못하고 뒤섞여 들렸다. 소형 일본 승용차였다. 최신형은 아니었지만 새파란 색에 말끔히 세차한 상태였다. 앞 유리 너머로 바깥을 보는데 눈이 따갑지는 않았다. 파란 차는 주차장 반대편 끝에 자리를 잡았다. 이반은 기지개를 켜면서 앞자리에 웬 여성과 남성이 타고 있음을 확인했다. 형기를 마치고 자유의 몸이 되기를 간절히 기다려온 누군가를 마중 나온 또 다른 방문객이었다. 교도소 밖으로 나오는 시간은 대부분 비슷했다. 매번 그랬다. 두 번의 수감생활을 마치고 세상 밖에 나올 때 그를 기다리던 사람은 아무도 없었다. 삼 형제의 엄마 되는 여자도 없었다.

조수석에 앉아 있던 여성은 파란색과 흰색 물방울무늬 스카프를 머리에 두른 채 검은 선글라스를 끼고 있었다. 코트를 입은 것 같다. 운전석에 앉은 남성의 검은 머리는 손질이 필요할 정도로 다소 길고 헝클어진 상태였다. 최근 들어 그렇게 머리를 기르고 다니는 사람들이 점점 늘어나는 것도 같았다.

계기반의 시계는 8시 33분이었다. 남은 시간은 27분.

여전히 이른 시각이었다.

이반은 뒷거울을 쳐다보면서 손가락을 벌려 빗처럼 머리를 뒤로 쓸었다. 굳이 말끔해 보이려는 건 아니었지만 안에서 시작된 변화를 겉으로 드러냄으로써 예전의 자신과 구분되어야 한다는 생각 때문이었다.

　주차장에 있던 또 다른 차의 문이 열리고 여성이 내렸다. 그녀는 교도소 담벼락 쪽으로 걸어가더니 팔짱을 끼고 양발에 똑같이 체중을 실은 자세로 기다리면서 교도소 정문을 바라보았다. 침착하게. 그리고 단호하게.

　이반은 불현듯 깨달았다.

　굳이 선글라스를 벗지 않더라도 그게 누구인지 알 수 있었다. 그녀가 누구를 기다리는지도.

　18년의 세월이었다. 하지만 함께 보낸 세월이 얼마였는지는 중요치 않았다. 18년이 지났지만 두 다리로 꼿꼿이 서 있는 자세, 단호한 눈빛은 여전했다. 그때 그날처럼. 현관문을 열고 들어가 아이들을 지나쳐 가던 자신을 바라보고 서 있었던 그날처럼. 죽일 의도로 부엌에서 그렇게 그녀를 두들겨 패기 시작했던 그 순간처럼.

　브릿 마리.

　감정은 절대 사라지지 않는다. 고약한 바이러스처럼 표면 아래 잠들어 있던 증오심은 전혀 예상하지 못한 순간, 두 가지 생각이 떠오르면서 순식간에 터져 나와 폭발하고 말았다.

　그는 계단통에 서 있었다. 검은색 플라스틱 현관 초인종 위에 손가락을 올린 채로. 선택권이 있었다. 그런데 그는 되돌아가지 않는 쪽을 택했다. 오늘이었다면 다른 식으로 행동했을 것이다. 그랬다면 그녀 역시 다른 식으로 반응하지 않았을까.

　이반은 앞쪽으로 몸을 더 구부리고 차창 안쪽에 묻은 때를 문질렀다. 시야가 더 확보되자 격한 감정이 폐부를 건드렸다. 통제돼야 할 증오가. 그 감정에서 벗어난 지 오래였다. 적어도 지금처럼 강력히 그를 흔든 적은 없었다. 온몸이 브릿 마리를 향해 달려 나가려는 듯, 여전히 차 안에 앉은 채 이반의 아들을 기다리고 있는 것으로 보이는 운전석 남자를 향해 달려 나갈 것 같은 지금 이 순간만큼. 그 개자식의 얼굴을 확인하고 싶었고, 브릿 마리를 이해하고 싶었고, 그녀가 지금은 어떤 사람이 되었는지 알고 싶었다. 상대를 고르는 수준이 그 사람의 수준을 의미하는 것이니까.

다시 한번 뒷거울을 들여다보며 손가락을 벌려 머리를 쓸어 올렸다. 정장 재킷 칼라는 가지런히 잘 내려가 있어야 했다. 검은색 와이셔츠는 바지 속에 잘 들어가 있어야 했다.

그 옛날, 무슨 일이 있었건, 여전히 무슨 일이 일어나건, 그들은 하나였다.

아이들을 갖게 되면 영원히 그렇게 하나로 묶이는 것이다.

책임감은 안으로. 믿음은 속으로. 그리고 세상을 향해 밖으로.

그는 차에서 내려 걷기 시작했다. 그녀가 저기 그렇게 서 있다면, 그녀 아들의 아버지 역시 교도소 정문 가까이 서 있어야 한다. 먼지 하나 없이 멀끔한 일본 승용차에 타고 있는 새 놈팡이보다 가까운 위치에. 새 놈팡이? 그녀는 왜 저 놈팡이를 여기까지 데려온 걸까? 저 놈팡이가 교도소에 대해 아는 게 뭐가 있다고? 달라진 현실 밖으로 나오기 위해 종이상자 밑바닥에 처박혀 있던 개인 소지품을 돌려받으려 얼마나 많은 서류에 서명하는지도 모르는 저 놈팡이를.

아는 건 쥐뿔도 없는 새끼. 겁쟁이라서 차 안에서 내리지도 못

하는 새끼.

이반은 담벼락과 문을 향해 성큼성큼 걸어가다가 갑자기 보폭을 조절했다. 자신 있어 보여야 했다. 내면의 조급함이 외면으로 드러나선 안 된다. 너무 빨리, 너무 공격적으로 걸어서도 안 된다. 한 발을 내디딜 때마다 멈춰야 한다.

고개를 돌리고 차 안을 들여다보고도 싶었다. 하지만 자신이 의식하고 있다는 사실을 그녀에게 드러내 보이고 싶지 않았다. 전남편이 그녀에게 말을 걸기 시작하면 긴 머리 놈팡이가 차에서 기어 나올지도 모른다. 그녀가 분명 말해줬을 테니까. 그가 어떤 사람인지. 아니, 그녀가 그렇다고 믿었었던 그가 어떤 사람이었는지를.

브릿 마리.

그녀는 조만간 그들의 큰아들을 내보내주기 위해 활짝 열릴 철문 앞에 꼿꼿이 서 있었다. 이반은 더 가까이 다가가면서도 여전히 거리를 두었다. 그는 철문 반대편 끝에 멈춰 섰다. 먼저 그녀의 반응을 보고 싶었기 때문이다.

아무런 말도 없다.

눈길 한 번조차.

그녀는 마치 밀랍인형처럼 아무 말 없이 서서 그에게 눈길 한 번 주지 않았다.

"나……. 달라졌어, 브릿 마리."

상대는 그가 마치 그 자리에 없는 듯 아무런 반응도 보이지 않았다. 지난 침묵의 시간으로도 모자란 듯.

"당신은 거기 없었어, 브릿 마리. 우리가 체포된 그 별장 안에."

맹렬한 눈보라 속에 도주 차량이 배수로에 처박혀 무용지물이 된 날. 경찰특공대에 포위된 그 여름 별장.

"하지만 난 거기 있었어. 내 말 듣고 있는 거야, 브릿 마리? 만약 내가……. 브릿 마리, 난 내 평생 처음으로 적절하지 않은 시각에, 적절하지 않은 곳에 있었지만 옳은 일을 했다고."

난 거기서 시간을 지체시켰다고.

"레오는 결코 포기할 생각이 없었어. 당신도 그건 알잖아. 우리 큰아들은 거기서 살아남지 못했을 거야. 내 말 듣고 있는 거냐고, 브릿 마리?"

"이반?"

그녀가 말을 걸었다. 그제야 그는 실체를 가진 존재가 될 수 있었다.

"아니 지금……. 정말, 당신, 여태까지 그런 상상을 하고 지낸 거야? 그렇게 자존심을 지키고 살고 싶다, 이거야? 이반. 당신은 아무것도 막지 못했다고! 애들이 한창 클 때, 당신이 당신 방식만 고집하지 않았더라도…… 세상에, 레오가 이렇게 은행 털고 다닐 일은 없었을 거야! 버려진 별장에서 경찰특공대에게 포위당해 체포될 일은 없었을 거라고! 당신하고 같이 말이야!"

브릿 마리는 여전히 선글라스를 쓰고 있었지만 이반은 그녀가 자신을 살펴보고 있다고 확신했다.

"그리고 펠릭스하고 빈센트가 전과자 될 일도 없었을 거고."

이반은 한 걸음 더 가까이 다가갔다. 하지만 두 사람 사이에는 여전히 거대한 철문 반쪽만큼의 거리가 있었다. 강철봉이 쇳소리를 내자 이반은 중앙 통제센터의 경비원 쪽으로 힐끗 시선을 돌렸다. 그곳은 들어오는 길과 나가는 길을 관리하는 곳이었다.

"이반, 애들 어릴 때 당신이 한 그 짓거리들……. 그런 환경이 애들을 그렇게 만든 거라고. 클랜인지 나발인지, 그 같잖은 생각이!"

그는 전처가 회한을 쏟아붓는 동안 더 가까이 다가갔다. 둘 사이의 거리는 불과 몇 미터였다. 하지만 그녀는 두려움을 내비치지 않았다. 오직 단호함만 느껴질 뿐이었다.

"그런데 당신은 포기하지 않았어! 당신은 고집을 꺾지 않았어. 그러고는 날 쫓아와서 계속해서 내 새 인생에 당신 방식을 강요했어. 그리고 세 아들이 지켜보는 앞에서 죽일 작정을 하고 날 두들겨 패던 바로 그때, 그런 환경이 기원이 된 거라고."

"기원이 됐다고? 그게 무슨 개소리야. 그걸 무슨 어제오늘 일처럼 말하고 있어?"

"당신이 그 아이를 거기로 데려간 거잖아, 이반!"

"이거 왜 이래? 당신이 우리 가족을 갈라놓지만 않았어도 우리가 지금 이렇게 교도소 정문에 서서 큰아들 나오기를 기다릴 일도 없었을 거라고."

그녀가 여전히 아름다운지, 고상하게 나이를 먹었는지는 알 길이 없었다. 스카프가 이마를, 선글라스가 뺨 대부분을 가리고 있었다. 적어도 입술은 예전처럼 가늘었다. 화가 나거나 못마땅할 때는 잔뜩 힘을 주고 오므리는 그 입술이었다.

"그래서……. 새 남자를 여기까지 데려왔다, 이거야?"

그는 조금 더 가까이 다가와서는 흠집 하나 없는 차 쪽으로 시선을 돌렸다. 별로 나아진 건 없었다. 머리 윤곽선도 흐릿했고 색유리 뒤로 보이는 거라곤 창백한 얼굴뿐이었다. 긴 머리, 수염 없이 밋밋한 턱선. 아무리 환한 빛 아래서 보더라도 나이를 가늠하기 힘들었다.

"레오한테 이래도 된다고 생각하는 거야, 브릿 마리? 그 녀석은 누군지도 모를 놈팡이가 자신을 기다리고 있다는 걸 알기나 하냐고?"

피식거리는 웃음. 조롱이었다. 그녀의 입술 전체가 그 뜻을 분명히 말하고 있었다. 즐기고 있다는 생각이 들었다. 자신이 운전석에 앉은 겁쟁이를 신경 쓰고 있다는 사실을 즐기고 있다고.

그는 다시 한번 남자의 정체를 알아내려 애썼지만 마음대로 되지 않았다. 다만, 색유리 뒤에 앉아 있는 친구 역시 자신을 주시하며 노려보고 있다는 것만큼은 분명했다. 그런데 갑자기 몸이 돌아가면서 팔이 올라갔다. 차 문을 열고 밖으로 나오기로 마음먹었던 것이다.

"문제 있어요?"

젊은 남자 목소리였다. 이건 무슨 개 같은 경우야?

키가 그와 비슷했고 머리 색도 그와 마찬가지로 검은색이었다. 어깨도 그처럼 떡 벌어졌다. 젠장, 어린놈을 골랐다는 건가……. 빌어먹을……. 상상도 못 한 일이었다.

"엄마, 괜찮아요?"

처음에는 그게 무슨 뜻인지 이해할 수 없었다.

"엄마?"

그 말은……. 그러니까……. 정말 그 녀석이란 말인가?

"엄마, 별일 없는 거죠?"

이반과 움직임이 똑같았다. 큰 동작으로 팔뚝을 앞뒤로 세차게 흔드는 모습. 가벼운 동시에 널찍한 공간을 차지하는 움직임. 펠릭스였다. 펠릭스가 철문 쪽으로 걸어와 두 사람 사이에 섰다. 널찍하지만 텅 빈 주차장에 선 세 사람은 묘한 힘의 장을 형성하는 세 개의 작은 점이 돼버렸다.

"펠릭스? 네 녀석이냐? 이게 얼마만……."

그제야 명확히 알 수 있었다. 둘째 아들이 자신과 비슷하지 않다는 사실을. 훨씬 더 크고, 훨씬 어깨가 널찍하다는 사실을.

"가끔 얼굴 좀 보자꾸나……. 이 애비하고 너하고, 펠릭스."

그녀를 마지막으로 본 것과 마찬가지로 오래전이었다. 그날 밤, 몇 분간 통로에서 마주쳤던 일을 제외한다면. 늦은 밤, 펠릭스와 빈센트는 레오의 집으로 찾아와 현관문을 두드렸었다. 큰형에게 마지막 은행 강도 계획을 포기하게 하려고. 두 형제가 문을 열었을 때, 빠지기로 한 두 형제를 대신하게 될 강도가 그 자리에 서 있었다. 그 강도는 바로 형제의 아버지였다.

"얼굴 좀 보자고요?"

"그러면…… 좋지 않겠냐. 네가 어떻게 지내는지 아는 거 말이다. 잘 지내는지……."

"내가 어떻게 지내는지는 당신이 상관할 문제 아닙니다."

질문을 던지기 전에 이미 알고 있었다. 과거의 앙금이 여전히 남아 있다는 사실을. 둘째 아들의 표정에서부터 느낄 수 있었으니까.

"하지만 그건 이미 오래전 일 아니냐."

"뒤브뇨 씨, 내가 당신한테 해주고 싶은 말이 있긴 하지만, 여기서는 안 할 겁니다."

둘째 아들의 얼굴이 말하고 있었다. 아버지는 그날, 그 일에 가담하지 말았어야 했어요. 그 덕에 빈센트하고 내가 몇 년간, 저 빌어먹을 담벼락 안에 갇혀 있었거든요!

이반은 시계를 들여다보았다. 이번에는 똑딱거리며 돌아가는 손목시계였다. 경멸적인 시선을 피하고 싶었기 때문이었을 것이다. 어쩌면 붙잡을 수는 없었지만 결국 무언가를 의미하는 시간 때문이었을 것이다.

큰아들이 자유의 몸이 되기까지 남은 시간은 18분이라는 것을.

술 한 방울 입에 대지 않고 지내온 지 2년째라는 것을.

자신이 변할 수 있다면, 레오도 변할 수 있다는 것을.

그는 교도관들의 호송을 받으며 먼지 날리는 교도소 자갈밭 안뜰 지하를 잇고 있는 이송통로를 따라 걸었다. 수백여 미터에 달하는 이송통로는 일직선인 데다 창문 하나 달려 있지 않았다. 뻣뻣한 수감복 때문에 살갗이 쓰라렸지만, 오늘은 그런 게 전혀 느껴지지 않았다. 바닥을 밟는 교도관의 구둣발 소리가 콘크리트 벽을 치고 되돌아와 울리고 있었지만, 오늘은 귀에 들어오지도 않았다.

　굳게 닫힌 똑같은 크기의 강철 문이 이송통로를 가르고 있었다. 그곳에 남게 될 사람들은 계단을 올라 C 사동으로 가게 된다. 하지만 그는 곧장 앞으로 걸어갔다. 그를 호송하던 두 교도관이 소리 내며 움직이는 감시 카메라가 달린 천장을 올려다보았다. 몇 초 후 중앙 통제센터의 경비가 잠금장치를 풀어주자 철컥 소리가 울려 퍼졌다.

　그 시각, 지하 통로 위쪽에 있던 수감자들은 교도소 일정에 따라 움직이고 있었다. 일부는 작업장으로, 일부는 작은 공장으로 가 초록색, 빨간색 블록을 조립하거나 크기 별로 나사를 분류하는 일을 하게 된다.

그가 해왔던 일이었다. 지난 5년간, 스웨덴에서 가장 경비가 삼엄한 중감호 교도소인 쿰라와 할, 그리고 마지막으로 외스텔로케를 옮겨 다니면서 매일같이, 일주일 내내. 밤이 찾아와 몇 시간 동안 감방에 갇히기 전까지. 그는 살인범, 암살범, 마약상을 비롯해 다른 은행 강도들과 뒤섞여 조립라인에서 블록들을 고르고 분류해왔다. 그다음에는 닥치는 대로 읽었다. 처음에는 재판에서 자신에게 제기된 경찰 수사보고서 전체를 읽었다. 각각의 은행 강도 사건, 현금수송 차량 강탈 건, 스톡홀름 중앙역 폭발 사건, 그리고 경찰 공무원 협박 건까지. 양식과 격식을 차린 경찰 공문서 6천 페이지였다. 그는 달달 외울 때까지 심문과 답변 내용을 읽고 또 읽었다. 다 외운 다음에는 이런저런 책을 읽었다. 그에게 무언가를 읽거나 블록을 분류하는 일은 결과적으로 똑같은 일이었다. 그러지 않으면 쉬지 않고 계속해서 무언가를 하려는 뇌를 멈춰 세우기 위한 시도였다. 그는 언제나 알고 있었다. 시간이 얼마나 흘렀는지. 정확하게. 내면의 시계는 계속해서 돌아가고 있었다. 하지만 감방에 갇힌 뒤 평생 처음으로 흘러가는 하루를, 변하는 계절을 접할 수 없었다. 그리고 그 어떤 개자식도 그를 건드리지 않았다.

또 다른 철문이 나왔다.

교도관들이 천장에 달린 감시 카메라를 올려다보자 카메라 돌아가는 소리가 나고 뒤이어 철컥하고 자물쇠 풀리는 소리가 들렸다.

그들은 계속해서 지하 이송통로 앞으로 걸어 나갔다. 그 끝이 자유로 귀결되는 지점으로. 시간이 앞으로 흘러가는 그 세상으로.

　이제 시간을 다시 이용하게 되는 것이다. 시간의 일부가 되어 1분 1초를 몸으로 느끼고, 들이쉬고, 내쉬는 것이다. 벽에 붙어 있는 거대한 철문 밖으로 나가면 무엇을 할지는 이미 잘 알고 있었다.

　존재하지 않는 걸 되찾아간다.

　남은 문은 이제 하나, 콘크리트 담벼락과 붙어 있는 바로 그 문이었다. 사동 계단으로 이어지는 문도 아니고, 중앙 통제센터 경비가 관리하는 문도 아니다. 비품실 문이었다. 단기수들이 사용하는 마대 자루들과―여기저기 널려 있고 진흙 냄새가 진동했다―외스텔로케 교정시설 외에 갈 데 없는 종신형 재소자들의 종이상자들을―수기로 작성한 이름표가 달려 있었다―보관하는 곳이다.

　"뒤브냑?"

　"네."

　"개인 소지품은 왼쪽 벽을 따라가면 끝에 있다."

　상징적인 석방과정이었다. 수백여 개의 비슷비슷한 상자들 사이에서 자신의 것을 찾아 과거의 문을 열고 수감되기 직전의 순간으로 거슬러 올라가는 일. 상자가 보였다. 0338 뒤브냑. 그는 상자를 감싸고 있는 은색 테이프를 뜯어내고 덮개를 열어젖혔다.

　맨 위에 그가 차고 다녔던 시계가 놓여 있었다. 4시 15분에서 멈춘 상태였다. 이미 오래전에 배터리 수명이 다한 듯했다. 그는 시계를 손목에 감았다. 그리고 지갑이 나왔다. 한쪽에는 구겨진

1백 크로나 지폐 몇 장이 들어 있고, 다른 한쪽에는 유효기간이 지난 운전면허증이 들어 있었다. 마지막 은행을 털고 빠져나오는 계획은 완벽했다. 크리스마스이브 전날, 외출 나온 평범한 일가족은 친척들과 주고받을 크리스마스 선물 상자를 차에 가득 싣고 있었다. 하지만 눈보라가 길을 막고, 배수로가 발목을 잡았다. 그리고 욘 브론크스라는 형사.

옷더미 속에 청바지가 보였다. 여전히 더럽고 진흙 냄새가 진동했다. 눈보라 속에서 얼음이 깨져 연못에 빠졌을 당시 입었던 그 바지였다.

실패라는 악취.

"거기 있는 거지같은 것들은 버려도 돼. 새 옷이 있을 거야."

그는 들었던 바지를 상자 속에 내려놓았다. 똑같이 악취를 풍기는 티셔츠, 속옷, 양말, 그리고 워커가 들어 있던 상자 속으로. 그런 다음 교도관 하나가 창고에서 무언가를 찾아올 때까지 기다렸다.

"여기 있어."

비닐봉지 하나가 기다란 포물선을 그리며 날아왔다. 그는 봉지를 받아 안에 든 물건들을 꺼냈다. 마지막 접견 당시 엄마가 맡기고 간 옷가지들이었다. 그는 흉측하게 축 늘어진 죄수복을 벗어 바닥에 떨어뜨렸다. 지난 6년의 세월을 상징하는 물건이었다.

"온가족이 밖에서 기다리고 있는 것 같더라고."

그에게 새 옷가지가 든 비닐봉지를 던진 교도관이 말했다. 보는 눈이 없을 때 그나마 정상적인 대화를 주고받을 수 있는 몇 안 되는 교도관이었다.

"형제들이 원래 그런 거 아닙니까. 우리 형제들은 유난하거든요."

"그 친구들…… 나간 지 좀 됐지?"

"몇 년 됐습니다. 지금은 나만큼 나이를 먹었을 겁니다. 여기서는 나이 먹을 일 없잖아요."

"나간 다음이 더 힘든 법이야. 셋 중 둘이 그래. 무슨 말인지 알지? 셋 중 둘은 여기서 나간 지 몇 달 되지도 않아 다시 저 문 앞으로 돌아온다고. 상습범이 되는 거야. 자네는 그 통계에 포함되지 않았으면 좋겠어."

새 청바지와 양말, 속옷, 깨끗한 티셔츠. 얇은 바람막이 재킷과 검은색 리복 스니커즈. 모든 게 수감될 당시에 입고 신은 것들과 똑같은 크기였다.

중앙 통제센터로 이어지는 계단 하나만 올라가면 최종관문이 나온다. 레오는 유리 부스 안을 들여다보았다. 제복 차림의 여성 경비원이 앉아 있던 의자를 좌우로 흔들고 있었다. 주변에는 작고 네모난 모니터가 바닥에서부터 천장까지 쌓여 있었다. 64대의 감시 카메라가 찍고 있는 흑백 영상이었다.

레오 뒤브냑이라는 재소자는 더는 그들의 감시대상이 아니었다.

남은 거리는 불과 몇 미터.

7미터 높이의 흉측한 잿빛 콘크리트 담벼락까지. 그 담벼락 반대편에서 기다리고 있는 사람들을 만나기까지. 벌써 온몸으로 느낄 수 있는 포옹을 하기까지. 강하고 따뜻한 포옹. 펠릭스와 빈센트를 만날 때마다 형제들은 항상 그렇게 인사를 나눴다.

교도소 생활은 6년이었다.

아스팔트 위로 스무 걸음 정도 걷자 철문이 서서히 열리기 시작했다. 그 사이로 불어오는 공기마저 상쾌했다. 먼지조차 갇혀 통제되는 세상은 말끔히 사라져버렸다. 그는 잠시 걸음을 멈추고 머리가 어질어질할 때까지 깊이 숨을 들이쉬었다. 그러고서야 그들을 발견했다. 그 자리에 있어주기를 기대하고 바랐던 세 사람을. 매일 같이, 하루에도 수십 번씩 그리웠던 세 사람. 엄마, 펠릭스, 그리고 빈센트.

레오는 그들 가까이 다가갔다. 그런데 무언가 이상한 기분이 들었다.

펠릭스는 가운데 서 있었다. 두 섬 사이에서 경계근무를 서는 국경수비대처럼. 서로 얼굴을 못 보고 지낸 게 벌써 몇 년이 넘었지만 분명 펠릭스였다. 검은 머리, 널찍한 어깨. 그리고 펠릭스 왼쪽으로 점차 희끗희끗해지는 빨간 머리에 살짝 구부정한 자세로 서 있는 여성은 엄마였다. 비록 걸치고 있는 코트 때문에 전혀 엄마답지 않긴 했지만. 그런데 펠릭스를 중심으로 오른쪽에 잿빛 정장, 그것도 깔끔하게 다림질까지 한 양복차림의 남자는……. 아버지? 무슨 바람이 불어서 저 양반이 여기에 나와 있는 거야? 그리고 빈센트는 왜 여기 없는 거지?

철문이 활짝 열리자 쇳소리가 따라 멈췄다. 열린 문이 다시 닫히기 시작하자 레오는 발걸음을 옮겼다. 이제 등 뒤의 세상은 그가 방금 떠나온 세상이자 다시 돌아갈 일 없는 세상이 되었다.

먼저 끌어안은 건 엄마였다. 체구가 작아 양팔에 쏙 들어왔다.

"옷 잘 받았어요, 엄마. 감사해요."

"이렇게 나온 걸 보니 기쁘구나. 뭐라 말할 수 없을 정도야."

두 모자는 서로를 꽈악 끌어안았다. 자유의 몸으로 나누는 포옹은 기분이 사뭇 달랐다.

다음은 펠릭스였다.

"다시 보니까 죽이는데!"

강렬한 포옹이었다. 여느 때처럼.

"나도 그래, 인마."

그리고……. 레오는 주변을 둘러보았다. 그리고 재차 주차장 주변을 눈으로 훑었다.

"빈센트, 이 녀석은 어디 있는 거야?"

"아……. 일하고 있어. 빠져나올 수가 없었어."

"펠릭스, 자그마치 6년이었어……. 그런데도 시간을 못 냈다고?"

"고객 하나가 물고 늘어지잖아. 형도 현장 분위기 잘 알잖아."

그리고 아버지. 그는 두 팔을 활짝 벌리고 서 있었다. 평생 단 한 번도 자식들을 안아준 적 없었던 그가 지금 바로 옆에서 그들을 보고 있다.

"레오, 아들아."

"아버지가…… 여기 나오실 거라고는…… 생각 못 했는데요."

이반은 두 팔을 뻗은 채 가까이 다가가 결국 장남을 끌어안았다.

"내가 달라질 수 있다면, 너도 달라질 수 있다, 레오."

일방적인 포옹이었다. 그리고 아버지는 다시 한번 속삭였다. 더 큰 소리로.

"내가 달라질 수 있다면, 너도 달라질 수 있다고."

"아버지, 그게 무슨 말이에요?"

뻗었던 두 팔이 두 개의 손가락으로 변했다.

"2년이다, 아들아."

"뭐가 2년인데요?"

"난 나온 지 2년 됐다. 그리고 그 2년 동안 술 한 방울 입에 대지 않았어."

그러고 보니 아버지에게서 언제나 달고 다녔던 그 와인 냄새가 사라지고 없었다.

"레오야, 내 얘기 좀 들어봐라. 너하고 나하고……."

"나중에요."

"나중이라고?"

"지금 시간이 없어요, 아버지."

"아니, 지금 방금 출소한 거 아니냐?"

"맞아요. 그래서 처리해야 할 게 한두 가지가 아니에요."

아버지는 꿈쩍도 하지 않았다.

"레오야. 펠릭스하고…… 저 여자도 나올 거라고는 나도 미처 몰랐다. 이 애비가 식당을 잡아뒀다. 하지만 두 자리야. 우리 단둘이서 환영 만찬을 하려고 말이야. 너하고 정말로 할 이야기가……."

"이따 밤에요."

한 방울도 마시지 않았다고?

레오는 아버지를 찬찬히 뜯어보았다. 그래서 이렇게 아버지가 시종일관 차분하게 행동하고 있는 건지는 알 수 없었다. 마지막으로 만났을 때 아버지는 술 한 모금 입에 대지 않았다. 그래야 한다고 자신이 말했었기 때문이다. 결전의 날이 올 때까지 맨정신으로 냉철히 지내야 했기 때문에.

어쨌든 결과는 참담했지만…….

레오는 아버지가 소외감을 느끼지 않게 하면서 동시에 아버지와 잠깐 거리를 둬야 했다. 불시에 튀어나오는 부성애를 자극하지 않도록.

"오늘 밤이라는 말이냐?"

"네. 그때 잠시 뵐 수 있어요. 그 전에…… 처리해야 할 게 있어서요. 괜찮으시죠?"

레오는 낙심한 아버지의 시선을 애써 피하며 아버지가 직접 태워주겠다고 손가락으로 가리키고 있던 작고 더러운 사브를 그대로 지나쳐 교도소 담벼락, 교도소 정문, 그리고 감금되어 있었던 모든 시간으로부터 멀어져갔다.

그는 스톡홀름 남서쪽으로 10여 킬로미터 떨어진 고속도로에 있는 지극히 평범한 휴게소를 향해 갔다.

과거를 파내기 위해. 그리고 존재하지 않았던 걸 되찾기 위해.

기분이 좋아야 마땅하다. 하나부터 열까지. 자유의 몸이 되었으니까. 차를 몰고 언제 어디서든 자신이 원하는 바로 그 장소로 갈 수 있는 자유, 그 순간에 멈춰 서서 볼일을 볼 수 있는 자유를 되찾았다. 하지만 교도소 정문을 나서자마자 놀라게 될 거라고는 예상하지 못했다. 세 사람이 기다리고 있을 거라는 건 알고 있었다. 엄마. 펠릭스. 두 사람은 예상대로였다. 그런데 세 번째 주인공은 아버지가 될 수 없었다. 고객 하나가 물고 늘어지잖아. 6년이라는 시간이 흘렀는데 빈센트는 큰형을 만나러 올 시간을 낼 수 없었다고?

레오는 한동안 볼 수 없었던 스톡홀름을 가로질러 남쪽으로 내려갔다. 베스테토르, 프루엥옌, 브레뎅으로 이어지는 외곽출구를 지나고 신 고속도로와 평행을 달리는 구 고속도로 구간에 다다르자 아무리 자제하려 해도 계속해서 삼림지대 쪽으로 시선이 돌아갔다. 밤마다 모기가 날아다니는 이끼 위에 누워 군 관리시설을 정찰하고 철저히 계획을 짰던 바로 그곳이었기 때문이다. 그때만 해도 그는 범죄 전과도 없는 완전 무명의 인물이었다. 교도소 안팎으로 닿는 연줄 하나 없었다. 군 보관창고에서 군용화기 221점을 강탈하고도 들키지 않았었다.

이제는 그가 누구인지 알려졌다.

그래서 이제는 새로운 방식으로 생각하고 계획해야 한다.

레오는 끝날 것 같지 않은 풍경을 가로질러 느릿느릿 이동했다. 그래도 감방문과 날카로운 이중 철조망을 왕관처럼 위에 얹은 콘크리트 담벼락으로 둘러싸인 곳은 아니었다. 살렘과 뢰닝예를 거쳐 할로 이어지는 출구를 향해 손을 흔들었다. 쿰라와 더불어 스웨덴에서 가장 경비가 삼엄한 교도소가 있는 곳이다. 형을 살면서 세 차례 들락거린 곳이기도 했다. 교정체계는 이렇게 움직인다. 징벌성 이감 조치는 이른 새벽, 아무런 예고도 없이 날아든다. 해당 재소자는 자신이 다음날 뭐를 보게 될지 몰라야 하고 사전에 친분이나 관계를 쌓을 가능성도 차단해야 한다. 레오는 고위험군으로 분류된 위험인물이었다. 무기고를 털 능력이면 감방 정도는 언제든 나올 수 있기 때문이다.

쇠데르텔예 다리가 보였다. 평범한 도로교나 그 아래로 흐르는 운하가 그토록 아름다울 수도 있다는 사실을 잊고 있었다. 레오는 급하게 핸들을 꺾어 E20 고속도로를 탔다. 끝까지 달리면 스웨덴의 해안가 어딘가로 이어지는 도로였다. 나머지 다른 세상과 연결되는 바다가 나오는 곳. 그렇게까지 멀리 갈 필요는 없었다. 아직은. 레오는 외레브로와 스트렝네스까지 거리를 알려주는 고속도로 표지판 근처에서 처음으로 브레이크를 밟았다. 그리고 다음 표지판이 나오는 지점에서 다시 브레이크를 밟았다. 색깔은 파란색과 검은색이고 크기는 좀 더 작은데 숫자 3 옆에 가문비나무 한 그루와 벤치 그림이 그려진 표지판이었다. 곧 휴게소가 나온다는 뜻이었다. 그리고 목표지점에 이르는 첫 단계를 의미하기도 했다.

폴란드 번호판이 달린 대형 화물트럭. 화장실 누 개. 쓰레기통 딸린 벤치 몇 개.

그게 전부였다. 가판대나 주유소도 없는 곳. 교도소에서 아무리 오랜 시간을 보내고 오더라도 달라질 것 같지 않은 그런 곳.

그곳을 은닉장소로 선택한 것도 그런 이유에서였다.

그는 렌터카의 시동을 끄고 밖으로 나왔다. 쏟아지는 햇살에 하품이 절로 나와 기지개를 켰다. 주변을 둘러보았다. 보이는 사람은 딱 한 사람이었다. 머리는 벗어지고 수염은 헝클어진 채 필터 없는 담배를 입에 물고 있는 남자. 하루 대부분을 두툼한 핸들을 붙잡고 보내는 트럭 운전사였다.

레오는 운전사와 고갯짓으로 인사를 주고받은 다음 발걸음을 돌렸다. 도로에는 차들이 전속력으로 지나다니고 있었다. 레오는 반대편으로 시선을 돌렸다. 삼림이 가득 들어찬 숲이었다. 소나무 일색에 간간이 자작나무가 보였는데 하나같이 그 위에 쌓인 새하얀 눈 때문에 묵직해진 가지가 아래로 처져 있었다.

일곱 번째로 은행을 털고 여덟 번째 범행을 이어가기 직전 어느 시점, 그는 정확히 그곳에 서서 배수로 끝에서부터 32걸음 떨어진 곳에 있던 주변의 크고 둥근 바위 하나를 눈여겨 봐두었다. 첫 번째 기준점이었다. 그때는 어느 가을 이른 아침이었고 퇴비 썩는 냄새가 났었다. 지금은 녹아버린 물과 누런 잔디, 그리고 배기가스 냄새만 풍길 뿐이었다.

그는 차 뒤로 돌아가 트렁크를 열기 전에 다시 한번 주변을 살폈다. 트럭 운전사는 담배에 불을 붙이고는 노인들처럼 고리 모양으로 연기를 뱉어내는 데 집중하고 있었다. 레오는 트렁크를 열고 안을 들여다보았다. 모든 게 준비돼 있었다. 비용을 미리 지불한 렌터카는 기름이 가득 채워진 상태로 베스트베르가 주유소에서 그를 기다리고 있었다. 그리고 트렁크에는 그가 지시한 그대로 물건들이 준비돼 있었다. 운동 가방 하나, 플라스틱 통 하나, 접이식 야전삽은 왼쪽에, 그리고 장화, 컴퍼스, 선불폰 두 개가 든 상자는 오른쪽에.

그는 신발을 갈아 신고 재킷을 접은 다음 트럭 운전사가 자리를 뜰 때까지 기다렸다. 그가 모는 트럭이 혼잡한 주행차선 안으로 진입해 사라질 때까지. 어깨에 운동 가방을 메고 자갈이 깔린 배수로로 뛰어넘어가 가문비나무 숲속으로 들어가는 모습을 지켜보는 이가 아무도 없다는 확신이 들 때까지. 쌓인 눈과 젖은 풀 속으로 장화가 쑥쑥 빠져들었다. 하지만 발걸음만큼은 가볍고 힘이 넘쳤다. 출소를 6개월 앞두고 레오는 근육단련에 많은 시간을 쏟아부었다. 남들처럼 두껍게 키우는 건 관심 없었다. 팔굽혀펴기, 랫 풀 다운, 런지, 윗몸일으키기 같은 근력운동을 통해 자신의 몸이 움직임에 절대 방해되는 일 없도록 가다듬었다. 어쩌다 또다시

25명의 경찰특공대 대원들에게 쫓기는 일이 발생하더라도 추격자보다 더 빨리, 그리고 더 멀리 달아날 자신이 있었다.

바위가 그렇게 컸는지는 기억이 가물가물했다. 레오는 자신의 가슴 높이 정도 되는 거친 바위 표면을 손으로 더듬다가 좁은 틈을 찾아냈다. 차갑고 묵직한 눈이 틈 사이로 파고 들었지만, 그가 서 있었던 지점이 바로 거기였다. 두 번째 기준점을 찾기 위해 등을 기대고 섰던 바위. 그리고 살라진 나무.

한쪽은 이미 오래전에 썩었지만 남은 한쪽은 청명한 봄 하늘을 향해 뻗어가고 있는 이 나무는 지난번 찾았을 때도 번개 때문일 거라 생각했었다.

제대로 자리를 잡은 그는 남아 있는 나무 둥치를 등지고 투명한 나침반을 꺼내 광택지로 된 지도 위에 올려놓았다. 그러고는 나침반 경선이 지도의 자오선과 평행을 이루도록 이리저리 돌렸다. 지침의 N이 북쪽을 가리키고 북방지시 화살표가 비스듬히 왼쪽으로 돌아가자 레오는 마지막 남은 92걸음을 걷기 시작했다.

각기 다른 세 교도소에 수감되던 날까지 세 형제는 서로에게 모든 것을 의미했었다. 그런데 셋이 하나가 되어 다시 만나는 그 자리에 하나는 얼굴조차 디밀지 않았다.

속에서 짜증이 물어뜯고 할퀴며 그를 놔주지 않았다.

14걸음.

지난 6년간 얼굴 한 번 못 본 막냇동생. 어릴 때부터 기저귀도 갈아주고 아침밥도 챙겨 먹여줬던 그 동생이 나타나지 않았다!

22걸음.

앞주머니에 휴대전화 두 대가 들어 있었다. 하나는 암호화 프로그램이 설치된 것으로 나중에 사용할 물건이었다. 그리고 다른 하나는 평범한 선불폰으로 군이 사용자를 등록할 필요도 없었다. 사전에 입력해놓은 유일한 번호에 전화를 거는 데 사용할 물건이었다. 레오는 신호음이 떨어질 때까지 기다렸다. 한 번, 두 번, 그리고 세 번. 아무도 받지 않았다.

27걸음.

다시 전화를 걸었다. 신호음이 여러 차례 울렸다.

아니, 28걸음인가?

여전히 무응답이었다.

아니면 29걸음이었나?

레오는 걸음을 멈추고 숨을 깊이 들이쉬었다. 도움이 되지 않았다. 몇 걸음을 걸었는지 계산이 뒤엉켜버렸다. 짜증이 피부를 할퀴며 마치 바늘처럼 쿡쿡 찌르는 것 같았다. 안팎으로 계속해서.

그는 다시 두 번째 기준점으로 돌아갔다. 갈라진 나무를 등지고 나침반을 지도 위에 올렸다. 그리고 다시 걷는 동시에 발걸음 수를 세면서 세 번째로 전화통화를 시도했다.

신호음이 계속해서 이어졌다. 그리고 드디어 원하는 목소리가 들렸다.

"여보……세요?"

그때만 해도 철부지 십 대의 목소리였다. 그런데 지금은 이십 대에서 삼십 대로 넘어가는 어른의 목소리였다.

"잘 있었냐, 우리 막내?"

체포될 당시의 그와 비슷한 나이가 돼버린 막냇동생이었다.

"큰형?"

"그래."

"진짜 큰형……이네. 젠장, 모르는 번호라서……."

"오늘 안 왔더라."

"그게……."

15걸음.

"그러니까 그게, 레오 형. 미안해……."

이제 세는 게 훨씬 편해졌다.

"일이……. 형도 알잖아. 고객이 레인지 벽면에 어떤 타일을 붙일지 결정을 못 해서……."

레오가 느끼던 짜증도 점점 사라지기 시작했다.

"일하는 중이라고? 엄마가 말씀하시더라. 빈센트, 그러니까 이제 네 사업을 차린 거냐?"

"뭐, 그렇지."

더러운 교도소 복도에서 나눈 전화통화는 1년에 한 번씩 총 여섯 번으로 그게 전부였다. 그리고 지금은 분명해졌다. 누군가 페인트 통 뚜껑을 따는 소리가 배경음처럼 들렸다. 막냇동생이 공사 현장에 있다는 것과 질서 잡힌 근무시간에 따라 일하는 어엿한 성인으로 살고 있다는 사실이.

"그래서, 언제 보는 거냐?"

"언제 보는 거냐고?"

"그래, 빈센트. 만나야지. 큰형이 막내 보고 싶어 하는 건 당연하잖아."

"그게…… 그렇지. 그런데 지금 당장은 할 일이 많아서…….
젠장, 언제라고 말하기……."

"내일은 괜찮냐? 내일도 고객이 물고 늘어질 예정인 거야?"

"그게…… 내일 내가……."

"너 지금 나 안 볼 생각인 거야, 빈센트?"

"아니, 젠장. 그런 거 아니라고. 알잖아, 난……."

"그럼 됐어. 내일 엄마 집에서 보자고. 알았어?"

"물론이지. 내일 봐."

32걸음. 숲속은 여전히 고요했다. 햇살은 촘촘한 나뭇가지 버
팀용 격자 틀 사이를 뚫고 들어오며 4월의 날씨에 걸맞게 온기를
발산하고 있었다. 44걸음. 레오는 진창길에 빠지지 않도록 조심
하며 주변을 둘러보고는 마지막으로 나침반을 다시 한번 확인했
다. 57걸음. 빨간 화살표가 플라스틱 밑판 위에서 좌우로 떨리다
가 자북극을 가리켰고 하우징에 달린 다른 화살표는 그의 미래를
가리키고 있었다.

남은 걸음은 35걸음.

---

빈센트는 통화가 끝난 후에도 한동안 휴대전화를 손에 쥐고 있
었다. 큰형과의 통화 내용이 여전히 귀에서 가시지 않았다. 다시
는 입 밖으로 내뱉고 싶지 않은, 괜한 핑계로 둘러대고 싶지 않은

말들. 수치심이 들 때면 늘 그런 말들이 튀어나왔다.

무음 상태로 바꿔버리고 액정화면을 충전재 뚜껑 위에 엎어놓으면 다시 전화가 오더라도 소리도 들리지 않고, 화면도 보이지 않을 테니 전화가 온다는 사실 자체를 알 필요도 없게 된다. 받을 필요는 더더욱 없어지는 것이고.

빈센트는 평범한 흰색 타일이 깔린 화장실에 무릎을 꿇고 있었나. 하트 모양으로 된 거울 주변에만 듬도듬한 듯 노란 반점이 얇은 선을 이루고 있는 모자이크 타일이 박혀 있었다. 벽에서 툭 불거져 나온 고름 가득 찬 염증 같은 색이었다.

그는 거울에 비친 자신을 보며 미소를 지어보려 애썼다.

마음대로 되지 않았다. 입술이 자신감을 상실한 일직선만 그릴 뿐이었다.

너 지금 나 안 볼 생각인 거냐, 빈센트?

만약 죄책감이 묻어나는 목소리만큼이나 확신이 없는 그의 눈빛을 지금, 큰형이 들여다보고 있었다면 레오 형도 느꼈을 것이다. 거짓말이라는 것을. 동생이 형에게 거짓말을 했다는 사실을.

남은 건 타일을 벽에 꽉 달라붙게 해주는 끈적이는 흰색 시멘트풀을 주입하는 그라우팅 작업뿐이었다. 부엌에서 천장을 빠르게 오가는 페인트 롤러 소리가 들렸다. 하루만 더 지나면 모든 공사가 완료되고 새 주인이 들어올 수 있게 될 터였다.

빈센트는 불안감을 떨쳐내려 다른 생각에 몰두했다.

무슨 생각이든 좋다, 뒤틀리고 어긋난 생각일수록 더 좋다. 몇 주 전, 가슴에서부터 본격적으로 시작되더니 불현듯 큰형이 출소한다는 사실을 떠올리고 자신이 그날에 대비하고 있다는 걸 깨달은 순간부터 머리 위로 솟구치는 이 빌어먹을 불안감을 밀어내고 뇌에 시동을 걸어줄 수만 있다면.

빈센트는 통로로 걸어 나갔다. 빈집이라 발걸음을 옮길 때마다 소리가 울려 퍼졌다. 그는 주변을 둘러보며 지금 이 순간, 자신의 직업과 자신의 삶에 대해 생각해보았다. 자유의 몸이 되고 6개월째 접어들 무렵 일을 시작했다. 이제는 그의 과거에 관해 묻는 현장감독도 없었다. 모든 게 순식간에 진행되었고 일감 하나가 다른 일감으로 이어지고 만족한 고객이 또 다른 고객으로 이어졌다.

일만 있으면 그것만으로도 충분했다. 그로 인한 수입이 일상을 지속해주었다. 더한 걸 바라지도 않았다. 그런데 뜬금없이 부엌에서 천장에 페인트를 칠하고 있는 시간제 일용직 근로자를 고용해버렸다. 연락도 없던 사이에서 지금은 공사현장에서 나란히 페인트칠하고 못을 박고 타일을 까는 사이로 발전했다. 하지만 아무에게도 그 사실을 말하지 않았다. 펠릭스 형에게도, 엄마에게도. 자신조차도 왜 그랬는지 그 이유를 모르는데 어떻게 남에게 설명할 수 있겠는가? 혼자도 충분히 감당할 수 있는 일에 왜 추가로 인부를 고용했는지를. 페인트칠 한 번 맡기고 끝날 단발성 일자리가 어째서 계속해서 이어지고 있는지를.

"여기 끝나면 화장실 천장에도 작은 페인트 얼룩 몇 개 있으니까 확인하세요."

빈센트는 부엌 입구에 멈춰 서서 숙련된 페인트공의 손동작으로 시선을 돌렸다.

"당장 하마. 그런데 여기, 이거 봤냐? 유광 대신 무광 페인트를 해달라는 멍청이가 세상에 또 어디 있는지 모르겠다. 아니 부엌 천장에 무광 페인트라니? 그나저나 누구였냐, 빈센트? 누구랑 통화한 거야?"

왜 그랬을까.

그는 알고 있었다.

빈센트는 아련한 기억 속으로 가까이 다가가고 있었다.

아버지가 느닷없이 집으로 들이닥쳐 분노에 찬 냉철한 표정으로 주먹을 꽉 쥐고 엄마를 사정없이 폭행할 당시, 그는 일곱 살이었다.

그게 이유였다. 자신이 그를 고용한 이유. 하지만 페인트 통과 타일 커터를 사이에 두고 몇 달을 같이 보냈지만, 당시의 기억을 이해하기 위해 가까이 다가가려 하지는 않았다.

"빈센트?"

"네."

"누구였냐?"

새로 고용한 페인트공은 그를 쳐다보고 있었다. 화장실과 부엌 사이의 거리가 몇 미터도 되지 않는 작은 아파트인 데다 방들이 비어 있어 쉽게 소리가 옮겨 다녔다. 그는 통화 내용을 듣고 통화 상대가 누구였는지 계속해서 캐묻고 있었다.

"뭐가 누구라는 거예요?"

"너랑 통화한 사람."

"아무도 아니에요."

빈센트는 목을 꽉 틀어막고 있던 감정을 꿀꺽 집어삼켰다. 큰형 레오를 아무도 아니라고 말해버렸다.

"아무도 아니라고? 빈센트, 빌어먹을 그게 누구였냐고? 아니면 화장실에 앉아 타일하고 얘기라도 한 거냐?"

"누군지 아시잖아요."

아무도 아니에요.

"큰형이었어요. 레오 형. 아버지 큰아들이오."

아무도 아니에요.

부엌을 들여다보다 그들 삼 형제 아버지의 두 눈과 마주친 그 순간, 빈센트는 수치심이 들었다. 전처럼.

"난 거기 있었다, 빈센트. 오늘 아침에."

거친 손에 들린 페인트 롤러가 천장에서 내려와 보호용으로 바닥에 깔아놓은 두툼한 초배지 위에 제멋대로 방울을 떨어뜨리고 있었다. 평소였다면 끔찍이 싫어했을 상황이었다. 페인트가 순식간에 굳어버려서 발로 밟을 경우 반숙 달걀처럼 찐득찐득하게 밑창에 달라붙어 발걸음을 옮길 때마다 바닥에 묻기 때문이다.

"교도소 정문이 열리고 그 녀석이 밖으로 나왔을 때."

나머지 세상이 다 무너져 내리고 있는데 신발 밑창에 페인트가 묻는 것 따위는 머릿속에 들어오지도 않았다.

"거기…… 계셨다고요?"

"그래."

"저한테 말도 안 하시고요?"

그의 아버지는 페인트 롤러를 케이스에 넣고 길고 둥근 손잡이를 벽에 기대놓은 다음 페인트 통 위에 편하게 걸터앉았다.

"그랬다. 그게 최선인 것 같았으니까."

"최선……이오? 어떻게요?"

"네가 그 녀석 이야기를 하고 싶어 하지 않는 것 같으니까."

이반은 상상의 등받이라도 있는 듯 여유로운 자세로 마는 담뱃갑과 크기가 작은 빨간색 담배종이 상자를 꺼내 펼친 다음 연한 살색 담뱃잎을 얇고 선소한 종이 위에 흩뿌렸다.

"그럼 내 생각이 틀렸다는 거냐? 매번 네 큰형 이야기를 꺼낼 때마다 너는……… 대답 대신 괜한 사포질을 하거나, 구멍을 내거나, 아니면 네가 하던 일만 계속하지 않았냐."

이반은 자리에서 일어나 창문을 활짝 열고 널찍한 퇴창에 기댄 채 라이터를 꺼내 불을 붙이고 첫 모금을 내뱉었다.

"너희들은 내 아들들이다. 너희들은 하나라고. 젠장, 예전부터 그렇게 가르치지 않았냐. 지금은 그 어느 때보다 더 그래야 한다고. 너희들은 은행을 터는 게 아니라 함께 움직여야 해."

"그래서 거기 계셨다고요? 교도소 정문에?"

"그래."

"거기에……. 엄마랑 펠릭스 형이랑 같이요?"

"그래."

빈센트는 신경질적으로 서성거리다 한 발로 바닥에 떨어진 페인트를 밟을 뻔했다.

"뭐라고 하셨어요? 설마 말씀하셨어요? 저랑 같이 일한다고요?"

"안 했다. 네 일에 간섭할 마음은 없다. 다들 성인 아니냐."

이반은 봄 하늘을 향해 이 사이에 낀 담뱃가루 부스러기를 내뱉었다.

"그래서 지금 전화가 온 거로구나. 그래, 넌 왜 안 나간 거냐?"

"시간이 없었어요."

"시간은 있었다, 빈센트."

아버지는 머리를 낮추고 턱을 앞으로 내밀면서 꿰뚫어 보듯 아들을 쳐다보았다. 형제들을 뜯어보던 그 눈빛은 레오와 펠릭스 형이 말한 그대로 면도날처럼 날카로웠다. 그때는 너무 어려 무슨 상황인지 인식하지 못했지만 이제 기억이 났다.

"큰형을 밀어내지 말아라. 그 녀석한테는 네가 필요해. 이해 못하겠냐, 빈센트? 레오는 변할 수 있어. 이 애비가 그랬던 것처럼. 네가 그런 것처럼. 비록 그런 일이 있었지만, 너희들은 여전히 형제라고."

"큰형을 밀어내는 거 아니에요."

빈센트는 아버지에게 한 걸음 가까이 다가갔다. 두 사람 모두 키가 비슷한 데다 머리숱이 풍성하고 곱슬인 것까지 닮은꼴이었다.

"그런 거 아니라고요. 그냥 거기 서서 기다릴 수가 없었던 것뿐이에요. 그 빌어먹을 교도소 게이트 앞에 다시 서 있을 수가 없었다고요. 교도소라면 쳐다보기도 싫어요! 아시겠어요? 그때 제 나이가 열일곱이었다고요. 고작 열일곱에 자동소총을 어깨에 메고 은행 창구 위로 뛰어넘어가고, 마리에스타드 교도소 철창에 갇혀 있던 게 바로 저였다고요! 더 이상 과거의 제가 아니에요. 절대로 안 돌아가요!"

빈센트는 분노를 다스렸다. 화재 연기처럼 조금씩 배어 나오게 하는 식으로 다스리는 법을 배웠다. 한꺼번에 많은 분노를 뿜어내면 오히려 해소는커녕 반대로 점점 더 커져서 더 많은 공간을 차지하게 된다.

"볼 서예요, 내일. 점심 같이하기로 했어요."

"너하고 단둘이?"

"큰형하고 저하고 펠릭스 형도요…… . 엄마하고도요."

"그 여자도?"

빌어먹을. 엄마를 언급할 생각은 없었다. 당신 집에서 세 아들을 한 자리에 앉히고 싶어 했던 엄마를. 불필요한 말이었다. 아니, 불쾌한 말이기도 했다.

"네. 엄마 생각이었거든요…… . 엄마 집에서요."

아버지는 무표정한 얼굴이었다. 그는 무심한 눈빛으로 막내아들을 쳐다보다 길고 둥근 손잡이를 붙잡고 롤러에 페인트를 흠뻑 묻혔다. 하지만 보이는 것과 달리 속은 전혀 그렇지 않았다. 빈센트는 알 수 있었다. 가까이 다가가려 할 때마다 하고 싶은 말들은 무거운 몸속에서 완전히 얼어버리고 캡슐에 싸여 자음과 모음을 이어붙일 수도 없었다. 이전의 아버지가 그리웠기에, 단지 아버지에게 가까이 다가가고 싶을 뿐이었다. 하지만 빈센트가 깨달은 단한 가지는 아버지는 결코 자신의 속내를 꺼내지 않는다는 사실이었다.

그리고 그 분위기는 지금이라고 달라지지 않을 터였다. 그래서 이반이 롤러에 무광 페인트를 묻혀 부엌의 나머지 천장을 칠하는 동안 빈센트는 싱크대로 향해 수도꼭지를 열고 들통에 물을 채워 회반죽을 섞었다. 레오도 달라질 수 있어. 크고 조심스러운 팔 동작으로 딱딱한 바닥 위에 무릎을 꿇고 타일 사이에 회반죽을 발랐다. 너처럼. 나처럼. 불과 며칠 전만 해도 그 화장실은 허리 부분까지 초콜릿같이 진하고 번쩍이는 갈색 타일이 붙어 있고, 그 위로 천장까지는 노란색과 오렌지색 꽃무늬 벽지가 차지하고 있었다. 그리고 지금은 전체가 새하얗게 변한 상태였다. 단순한 변화였고 겉보기에는 아름다웠다. 하지만 레오가 막 떠나온 그 세상에서는 아침에 눈뜰 때마다 겪게 되는 일상이란 게 있었다. 매일 같이 겪어야 하는 그 거지같은 상황이 모두가 매달려 있는 폭력의 사다리를 가리고 있는 얇은 베일에 불과하다는 것도 알고 있었다. 자유로워지기 위해서는 그 속에 끼어들어 그 사다리를 꽉 붙들고 매달려 있어야만 했다. 밀고자들은 날아드는 발길질에 제대로 설 수도, 앉아 있을 수도, 마음대로 볼일을 볼 수도 없기 때문이다. 그 자신이 몸소 경험한 일이기도 했지만 큰형 레오도 겪은 일이었다. 그토록 사랑했고 한때는 그의 모든 것이기도 했던 큰형은 콘크리트 담벼락 안에 훨씬 더 오래 갇혀 있었다. 훨씬 더 혹독한 교도소에서. 그건 폭력의 사다리 끝에 오르기 위해 더욱 치열한 경쟁을 벌였다는 뜻이기도 했다.

그랬다. 빈센트는 큰형에게 거짓말을 했다. 형을 피하기 때문은 아니었다. 두려웠기 때문이다. 담벼락 밖으로 나온 큰형이 동생들의 도움이 필요한 범행계획을 또다시 세우지 않을까, 그게 두려웠기 때문이다.

———

　남은 건 12걸음이었다. 그리고 알아볼 수 있었다. 잔디와 이끼로 둘러싸인 탁 트인 시약을 차시하고 있는 높이 1미터의 바위와 아름다운 전나무 한 그루, 낮게 자란 자작나무 두 그루.

　레오의 호흡이 차분해지고 마음이 편안해졌다. 쇠데르텔예와 스트렝네스 사이 어딘가에 있는, 쇠데르만란드 북쪽 어느 휴게소에서 32걸음 걷고 거기서 또 37걸음, 그리고 또 92걸음 떨어진 곳에 있는 숲 어딘가에 이렇게 서 있을 수 있어서. 마치 지난 6년간 시간이 전혀 흐르지 않은 기분이 들었다. 모든 게 생생히 기억났다.

　레오는 잔디, 이끼, 그리고 낙엽을 걷어내고 파냈다. 접이식 삽의 날카로운 날이 시커먼 흙 속에 파묻힌 채 복잡하게 얽혀 있는 뿌리들을 잘라냈다. 깊이 30센티미터. 그 이상은 아니다. 삽 끝자락이 무언가에 부딪혔다. 보호용 비닐은 찢어버리면 그만이었다. 양쪽 모서리는 절연 테이프로 밀봉돼 있었고 그 위를 강력 테이프가 다시 한번 감싸고 있었다. 몇 분간 삽질을 이어간 끝에 드디어 실체가 드러났다. 덮개는 쉽게 뜯어졌다. 그 안에는 둥글고 매끈하면서도 동시에 단단한 잿빛 플라스틱 물체가 들어 있었다. 누군가의 집에 누수 현상이 발생하거나 악취가 새 들어올 때 필요한 평범한 PVC 파이프나 하수관처럼 보였다. 하지만 근처에는 하수가 새거나 오물이 흐르거나 습지 냄새가 나는 곳은 없었다. 오히려 엔진오일 냄새만 났다.

파이프 옆에는 비슷하게 생긴 또 다른 물건이 있었다. 플라스틱, 슬리브 덮개, 테이프. 그중 두 개는 수직으로 땅속에 파묻어놓았었다.

자신만 알고 있는 '안가'였다. 모든 계획이 실패로 돌아갔을 때를 대비해 언제나 빠져나갈 구멍을 마련해놓았다. 그리고 그런 일이 벌어지고 말았다. 강도에 실패하고, 욘 브론크스라는 형사가 나타났었기 때문이다.

레오는 바닥에 엎드려 위쪽을 향하고 있는 회색 파이프 안으로 오른팔을 밀어 넣었다. 검은 쓰레기봉투와 걸쭉한 엔진오일 통이 손에 잡혔다. 그리고 쇠붙이 조각도 느껴졌다. 역시 둥근 형태였다.

그는 검은 쓰레기봉투를 꺼내고 각각의 파이프에서 자동소총 한 정씩을 꺼냈다. 엔진오일로 기름칠을 해놓고 랩으로 겹겹이 감싸놓은 것들이었다. 팔을 더 깊숙이 밀어 넣자 무언가가 또 만져졌다. 먼저 나온 것은 각각 실탄 스무 발이 든 탄약통 여러 개였다. 고온과 저온 상황에 대비하고 실탄을 무용지물로 만들어버리는 응결 현상을 방지하기 위해 진공포장된 상태였다. 그리고 그 아래에서는 지폐뭉치와 따뜻한 옷가지, 안전면도기, 가위, 그리고 염색약이 나왔다. 그는 돈을 세어 절반은 챙기고 나머지 절반은 변장에 필요한 옷가지와 장비와 함께 다시 집어넣었다. 도주에 필요한 필수품들이었다. 레오는 흙과 잔디, 낙엽, 이끼 등으로 파낸 구멍을 다시 덮고 족적을 없애기 위해 나뭇가지로 주변을 뒤집어 엎고 쓸었다.

새 손목시계를 슬쩍 들여다보았다. 남은 시간은 4시간 23분.

마음이 급해졌다.

빌어먹을 형사 새끼의 형이 도대체 레오가 어디서 무슨 짓을 하고 있는지 의아해할 테니까.

봄기운에 간신히 잠에서 깬 숲에서 되돌아 나오는 길, 어깨에 멘 운동 가방은 10킬로에 달하는 자동소총, 실탄, 그리고 현금으로 가득 차 있었다. 레오는 휴게소까지 남은 구간은 조심스레 기어서 갔다. 남들의 시선을 피하고자, 그리고 흔적을 남기지 않기 위해서. 숲속으로 들어가 땅을 파는 동안 화물트럭 두 대가 휴게소를 찾았다. 트럭 운전사들은 유럽에서 가장 혼잡한 고속도로 근처에 있는 휴게소에 잠시 들러 레오가 그날 대여한 렌터카 앞에 차를 세웠다. 레오는 비교적 작은 전나무 두 그루 사이에 숨어 가까이 기어갔다. 화물트럭은 리투아니아 번호판을 달고 있었다. 앳돼 보이는 운전사들은 담배를 피우고 수다를 떨며 웃고 있었다. 그는 두 운전사가 다시 차를 몰고 혼잡한 도로 속에 끼어들고 더 이상 휴게소 입구로 들어오는 차가 보이지 않을 때까지 기다렸다. 그러고는 재빨리 차로 뛰어가 트렁크를 열고 무기가 든 비닐봉지를 빈 플라스틱 통 속에 내려놓았다.

그곳에서 그리 멀지 않은 중소도시 스트렝네스는 셀프세차장 하나 정도는 갖추고 있을 정도의 규모였다. 주유소 계산대 뒤에 앉은 여성 점원은 환한 미소와 상냥한 말투로 고객을 대했다. 그녀의 말에 따르면 주유소 뒤편에 널찍한 세차부스 세 개가 있는데 크기는 모두 같고 각 부스는 단단한 칸막이로 가려져 있다고 했다. 그러고는 조만간 자리가 하나 나는데 최소 1시간 단위로 예약이 가능하다고 설명했다. 레오는 세차비용을 지불하고 탈지제도 구입했다. 그리고 되돌아 나오다가 다시 뒤돌아섰다.

"아, 그리고 윤활유도 한 통 주세요. 5-56 일반이면 좋겠는데."

"뭐가 걸렸나요?"

"걸릴 일 없게 미리 대비해서 나쁠 건 없죠."

"맞아요. 대부분 잘 들어요. 저는 자전거 체인에 칠하는데……."

"감사합니다."

세차부스는 전형적인 차고 크기였다. 접문에 난 창문을 통해 언뜻 보니 왼쪽에는 지역 택시 한 대가 들어와 있었다. 진한 파란색 택시 지붕을 닦고 있는 건 택시 주인 같아 보였다. 오른쪽에는 구형 모델의 승용차 한 대가 있었는데 보조 등과 안개 등이 추가로 달려 있고 이중 배기관이 설치돼 있었다. 범퍼에는 '행운의 볼보 소유주'라는 스티커가 붙어 있었다. 금색 모자를 쓴 젊은 남자가 뒤돌아서 고압 세척기를 이용해 차를 닦고 있었다. 레오는 차를 후진해 비어 있는 가운데 세차부스로 들어갔다. 밖에서 트렁크 쪽이 보이지 않도록. 양쪽은 제대로 된 벽으로 막혀 있었다. 점원이 설명한 그대로였다. 가리는 것보다 보여주는 게 더 많은 엉성한 간이 벽과는 차원이 달랐다.

레오는 차를 닦기 시작했다. 딱히 깨끗하게 세차할 마음은 없었지만 잠시 후 차를 타고 나올 때는 반짝일 정도로 잘 닦이고 물기에 젖어 있어야 했다. 그는 뚫린 입구가 차로 잘 가려지는지 확인했다. 나머지 세 면은 벽이 역할을 대신해주고 있었다. 레오는 트렁크를 열고 검은 쓰레기봉투가 들어 있는 플라스틱 통을 꺼낸 다음 내용물을 세차장 바닥에 쏟아놓았다. AK4 소총 두 정. 땅속에 묻기 전, 철두철미하게 기름칠을 하고 최대한 오랜 시간 걸쭉한 엔진오일로 거의 목욕을 시키다시피 한 뒤에 랩으로 겹겹이 싸두었다. 쇠붙이가 기름을 오래 머금고 있도록 만들기보다는 습기를 막기 위한 용도였다. 윤활유를 잘 칠해두면 산화 현상이 발생하지 않기 때문이다. 랩으로 꽁꽁 감싸고 파이프 속에 집어 넣어두면 평생 그 상태로 보관할 수도 있었다. 같이 넣어뒀던 실탄도 완벽한 진공포장 상태로 보관하면 마찬가지였다. 얼마나 깊이 묻었는지는 상관없었다.

이제 모든 게 시작이다.

레오는 자동소총에 겹겹이 감아놓은 랩을 풀고 석유 탈지제 속에 밀어 넣은 다음 잠시 기다렸다가 오른쪽 세차부스에 있는 청년처럼 고압 세척기로 있는 힘껏 겉면에 물을 뿌렸다. 자동소총은 자동차 엔진처럼 살살 다룰 물건은 아니었다. 그는 압축공기가 밀어내는 물로 총을 깨끗이 씻고 마지막으로 고압 세척기 호스 위 거치대에 걸려 있던 마른걸레 하나를 빼서 물기를 닦아낸 뒤 윤활유를 분사했다.

그는 주유소를 떠나 55번 도로를 따라 북쪽으로 올라갔다. 고요하고 반짝이는 멜라렌 호수의 수면이 내려다보이는 스트렝네스 다리를 건너고 있는 그의 차 트렁크에는 당장이라도 사격이 가능한 자동소총 두 정이 실려 있었다. 삼이 가르쳐준 바에 따르면 아름다운 다리에서부터 1시간 간격으로 출항하는 카페리 선착장까지 거리는 대략 21킬로미터라고 한다. 차를 타고 스웨덴 본연의 모습을 구경할 수 있는 관광코스였다. 룬스톤들이 청동기시대 무덤들과 숲속에서 경쟁하듯 곳곳에 서 있을 뿐만 아니라 도로 주변에는 조식제공 숙소와 벼룩시장 광고판이 곳곳에 세워져 있었다. 잡화점 하나가 보이면 오른쪽으로 돌아 구불구불하고 울퉁불퉁한 남은 구간을 천천히 달려야 한다는 설명을 들었다.

삼.

그가 믿는 친구.

지금까지 가족의 테두리를 벗어난 그 누구도 믿어본 적 없는 그였다. 그렇게 해야 한다고 배워왔기 때문이다. 하지만 삼과는 서로 말을 섞은 첫 순간부터 분노와 증오가 치미는 관계였다.

———————

졸린 아침이었지만 아직 나무 블록과 나사 분류작업이 한 차례 더 남아 있었다. 레오는 일어서서 스트레칭을 하다 교도소 정문에 멈춰선 자동차 한 대를 보게 되었다. 그러다 운전석에서 내리는 40대 남성이 누구인지를 알아본 순간, 속에 있던 무언가가 무너지고 폭발하더니 파도처럼 목구멍 위로 솟구쳐 고함을 토해낼 수밖에 없었다. 맹목적인 분노가 바로 이런 건가 싶었다. 빌어먹을 형사 새끼! 브론크스는 마지막 재판장에서 봤던 모습 그대로였다. 그날 입은 옷을 그대로 입고 있는 게 아니라면 말이다. 청바지에 가죽 재킷, 평범한 구두 차림으로. 얼마 뒤, 더 강한 고함이 터져 나왔다.

복도 반대편, 중간에 있는 7번 감방 재소자의 이름은 삼 라셴이다. 종신형을 선고받고 복역 중인 인물이었다. 교도관이 그의 방에 찾아와 사전예고 없이 접견이 있다며 그를 데려갔다. 개 같은 형사 새끼와 라셴이 비좁은 접견실에서 만나고 있는 것이다! 브론크스는 분명, 접견실에 앉아 정보를 캐고 있을 것이다. 수사를 담당하고 그를 가두는 걸로도 모자라 삼 형제와 아버지를 갈라놓았지만, 무기를 숨겨놓은 은닉처와 검사가 원하고 있는 은행 강도 사건과 관련된 대부분의 물적 증거에 대한 정보는 여전히 밝혀내지 못하고 있었다. 그런 그가 지금 삼 라셴을 만나러 온 것이다. 온갖 소문과 정보를 꿰고 있는 재소자들의 우두머리, 삼 라셴을 만나러.

그날 오후, 레오는 처음으로 다른 재소자 감방에 발을 들였다. 초대장도 받지 않은 채 그에 맞서기 위해서.

교도소에는 오랜 전통처럼 여겨지는 수칙이 있다. 성범죄자는 밀고자와 마찬가지로 가장 밑바닥을 차지한다. 그런 가식적인 윤리의식 따위는 아무래도 상관없었다. 어차피 사는 게 그 모양이라 교도소에 들어오는 인간들에게 통용되는 일종의 계급일 뿐, 그의 관심사는 아니었다. 레오는 그런 범죄자들과는 차원이 달랐다. 자신과 관련된 것에 대해서만 질문을 하고, 자신과 동생들을 보호하는 일에만 관심을 가졌다.

삼은 레오를 노려보면서 그가 자신의 감방에서 나가기를 기다렸다.

"볼일 다 본 거냐?"

"아니."

그러자 삼은 더 가까이 다가갔다.

"당장 꺼지는 게 좋을 거야. 뼈가 으스러진 채로 내 감방에서 기어나가고 싶지 않으면."

"밀고자 주제에 협박을 해? 오히려 그 반대가 돼야 하는 거 아니야? 조만간 여기 있는 사람들이 다 알게 될 텐데."

둘은 눈앞이 흐릿해 보일 정도로 바싹 다가섰다.

"그렇게 알고 싶어?"

"뭐가?"

"네가 말하는 그 개 같은 형사 새끼……. 그 새끼가 여기 온 이유는 내 어머니가 돌아가셨다는 소식을 전하러 온 거였어. 그러니까 최소한의 예의는 좀 차리고 여기서 꺼져. 애도라도 좀 편하게 하게."

협박은 그것으로 끝이었다. 언성을 높이지도 않았다.

그럴 필요도 없었다.

7번 감방에 난입한 죄수는 바보가 된 듯한 기분과 수치심을 느끼며 발걸음을 돌렸다.

시간이 흘러 취침시간이 되고 자신의 감방에 틀어박힌 뒤에야 레오는 현장을 뛰어다니고 사건을 수사하는 형사의 업무에 재소자의 어머니가 돌아가셨다는 소식을 전하기 위해 교도소를 방문하는 일도 포함되는지 한참 동안 생각해보았다. 그리고 형사가 그런 일을 할 리 없다는 결론에 이르렀다. 삼 라센은 여전히 무언가를 숨기고 있었다. 레오는 날이 밝으면 다시 찾아가겠노라 마음먹었다. 이번에는 모든 걸 털어놓기 전에는 결코 나오지 않을 생각이었다.

————

비좁고 구불거리는 데다 울퉁불퉁한 도로도 결국 끝이 있었다. 급커브 구간을 한 번 돌고 도망치는 사슴 두 마리를 피하고 나니 목적지가 나왔다. 눈부시게 파란 수면과 밝은 노란색 케이블 페리가 보였다. 해협 반대편으로는 아르뇌가 보였다. 호수나 바다 건너의 거리를 가늠하는 건 쉬운 일이 아니었다. 하지만 레오는 대략 1킬로미터 정도일 거라 추측했다. 그는 휴대전화 액정을 들여다보았다. 거의 1시가 돼가고 있었다. 조만간 빨간 목조건물에서 기사가 나와 차단기를 올리고 시동을 걸면 5분이라는 짧막한 시간 동안 본도에서부터 멜라렌 호수에 있는 한 작은 섬으로 가는 여정이 시작될 터였다. 5분이라는 시간은 적막한 분위기를 더더욱 적막하게 만드는 시간이었다. 1년 내내 섬에 머무는 주민은 12

명인데 휴가를 즐기러 오는 사람도 거의 없었다. 삼은 그곳을 그렇게 설명했었다. 또 그렇기 때문에 아무런 방해 없이 준비하고 해체하기에 완벽한 장소라고도 했다. 레오는 기사의 수신호에 따라 갑판 위로 차를 몰았다. 그리고 배가 움직이기 시작하자 차에서 내려 신선한 공기를 들이마신 다음, 수면을 내려다보며 선체 주변에 생기는 하얀 소용돌이를 쳐다보았다.

————————

두 번째 방문. 레오가 7번 감방에 들이닥쳤을 때 삼 라셴은 문을 등지고 침상을 정리하고 있었다. 삼은 자신의 감방 문손잡이에 빨간 선을 감아놓았다. 수감동에서 그 빨간 선은 접근금지를 뜻했다. 방해하지 말라는. 암묵적으로 합의된 신호에도 불구하고 레오는 넘어서는 안 될 선을 또다시 넘어섰다. 조심스레 감방문을 연 레오는 상대의 널찍한 어깨를 자세히 살펴보았다. 앞에 있는 상대는 분명 자신보다 훨씬 크고 힘도 셌다. 매일같이 생기는 불만들을 지난 20년간 교도소 체육관에서 근육을 다지는 원동력으로 삼은 결과였다. 삼 라셴이 행동에 나선다면 레오가 할 수 있는 건 치명타 한 방을 날리는 것뿐이었다. 대화가 폭력으로 변할 경우 레오는 목을 노리기로 했다. 목을 제대로 가격하면 개 같은 형사 새끼가 다시 찾아오더라도 더 이상 고자질은 못 하게 될 테니까.

"어제는 거짓말했더라고."

삼은 재빨리 뒤로 돌았다. 하지만 몸으로 받아치지는 않았다.

잠시 뜸을 들이더니 입을 열었다. 언성을 높이지도 않았다. 그런데도 2평 남짓한 감방 안에 서 있는 두 사람 사이에는 이해할 수 없는 공격성, 당장이라도 서로에게 가해질 위협, 서로를 향한 증오와 적대감이 고조되고 있었다.

"뭐라고?"

"얼마나 많이 불어댔어? 수감동에서 캐낸 정보들을 고스란히 갖다 바쳤겠지? 그래놓고 나한테 말도 안 되는 헛소리를 지껄여? 그 형사 새끼가 단지 어머니가 돌아가셨다는 소식을 전하러 온 거라고?"

"곱게 돌아가. 나가라고. 당장."

"어제 그 브론크스 형사랑 접견실에 있었잖아. 그 새끼가 교도소 끄나풀한테 뭘 얻어내려 한 거야? 총들이 어디 있는지 물어봤어? 우리 형제들이 은행에서 턴 전리품을 못 찾겠다고 그래?"

수감동에 있는 그 어떤 재소자라도, 아니, 교도소 내 그 어떤 재소자라도 똑같은 상황, 똑같은 감방에 서 있었다면 아마 그곳은 피바다로 변해 있었을 것이다.

"너, 내 말 잘 들어!"

"뭘?"

"그러니까……. 좋다. 빨간 선을 감아놓은 의미를 알면서도 노크도 없이 내 감방에 쳐들어온 건 심히 유감스럽다. 난 네 녀석이 그보단 나은 놈이라고 생각했거든. 넌 그 브론크스 형사를 제대로 물 먹인 놈이잖아. 그것도 몇 년 동안. 그게 아주 마음에 들었어."

만남 자체도 이미 기상천외했다. 그런데 증오와 협박이 팽배한 상황에서도 두 사람은 묘한 일체감 같은 걸 느끼고 있었다.

"그런데 그거 알아? 그 형사 새끼 어머니도 돌아가셨다는 거."

"뭐라고?"

"들은 그대로야."

레오는 상대의 말을 잘 들었다. 하지만 그게 무슨 뜻인지 이해하지 못했다.

"그 형사 새끼가……. 그러니까 당신들, 형제라고?"

"그래."

"접견실에 찾아왔던 그 형사, 지금 같은 사람 얘기하는 거 맞아? 브론크스?"

"그렇다고."

"브론크스가, 당신 형제라고? 성이 다르잖아? 그런데 날 잡아서 여기 가둔 그 형사 새끼랑 당신이랑 형제라고?"

"그래. 그 형사. 그런데 내 동생이기도 해. 레오, 너도 잘 알 거야. 형제란 게 어떤 건지. 어머니는 지금까지 우리 형제를 이어주는 유일한 연결고리였어. 그런데 그분이 돌아가셨어. 그래서 은하고 나는 앞으로 서로 말 섞을 필요도 없어졌지."

그때, 그 자리, 그 대화를 통해, 시간이 흐르면서 우정으로 시작해 깊은 신뢰로 발전하는 관계가 싹트기 시작했던 것이다. 두 사람에게는 무시할 수 없는 공통점이 있었다.

두 사람 모두 브론크스라는 형사를 끔찍이 싫어했다.

두 사람 모두 경비가 삼엄한 교도소에 수감돼 있었다.

두 사람 모두 분위기가 비슷한 가정에서 자란 맏아들이었다. 가족을 하나로 뭉치게 했던 어머니와 가족을 무너뜨렸던 아버지 밑에서.

––––––––––

구불구불한 길을 3킬로미터 정도 달리자 이게 말이 되나 싶을 정도로 훨씬 아름답고 한층 목가적인 풍경이 펼쳐졌다. 레오는 빽빽한 숲을 통과해 탁 트인 벌판을 달리며 13세기에 지어진 교회 건물과 영주저택, 그리고 7세기에 지어진 요새를 지나쳐 삼이 가르쳐준 대로 낡은 학교를 끼고 핸들을 돌렸다. 한때는 뛰어노는 아이들 소리로 시끌벅적했을지 모르지만, 지금은 텅 비어 무슨 소리든 메아리처럼 울려 퍼졌다. 레오는 다시 한번 호수 쪽으로 시선을 슬쩍 돌렸다가 빨간 담장이 보이자 서서히 속력을 줄였다. 섬 전체를 관통하고서야 작고 평범한 빨간 주택 한 채를 발견할 수 있었다. 집 뒤로 제멋대로 자란 사과나무 다섯 그루가 보였다.

그리고 그가 거기 있었다. 여느 때처럼 크고 육중한 체구로 발걸음도 힘차게 잔디밭을 지나 차로 걸어왔다. 두 사람은 서로를 끌어안았다. 교도소 방식으로. 몸에 밴 일종의 습관이었다. 삼이 출소한 뒤로 두 달 반 만이었다. 그제야 레오는 삼이 자신에게 얼마나 큰 자리를 차지하고 있었는지 깨닫고 인정하게 되었다. 담장으로 둘러쳐진 세상에서 마음대로 문을 열 수도 없는 감방에 갇혀 있는 동안 진정한 친구가 얼마나 그리운 존재인지 절감했다. 종신형을 선고받은 삼은 23년간 복역한 후에 감형을 받아 자유의 몸이 될 수 있었다.

숨을 깊게 들이쉬었다. 숲 공기는 향이 훨씬 강했다. 파리 한 마리가 얼굴 앞에서 끈질기게 날아다녔다. 맹금류 같은 새 한 쌍이 머리 위에서 빙글빙글 돌고 있었다. 그 외엔 오가는 사람 하나 없이 고요했다.

"경찰'방어기능'이 정말 탁월한 거예요?"

삼은 씩 웃었다. 두 사람 모두 누구를 염두에 두고 하는 말인지 잘 알고 있었기 때문이다.

"이 나라에서 경찰방어기능이 가장 탁월한 장소야. 동생 녀석은 이 집을 끔찍이 싫어하거든. 나에 대해 알게 되면 그 이유를 깨닫게 될 거야. 우리 형제에 대해서."

레오는 여행 가방을 어깨에 걸쳤다. 두 사람은 잔디밭을 가로질러 사과나무와 통나무집을 향해 걸어갔다. 가까이 다가갈수록 집이 생각보다 작아 보였다. 두 사람은 열린 문을 통해 집 안으로 들어갔다.

"화장실은 저기야. 그리고 작은 거실도 하나 있어. 여기는 부엌이고. 크기가 14평 정도야."

삼은 두 개의 침실 쪽을 가리켰다.

"방이 좀 좁긴 해. 감방처럼. 어머니하고 아버지가 저 방에서 주무셨고, 욘하고 내가 2단 침대에서 잤어. 매해 여름 내가 열여덟 살이 될 때까지 말이야. 그러니까 감방 생활하기 전까지지. 그때부터는 여름에 햇빛도 잘 못 보고 수영도 할 수 없었어."

레오의 시선은 부모님이 썼다는 방에 잠시 더 머물렀다. 더블베드 위에 이불이 헝클어진 상태였다.

"여기서 자는 거예요?"

삼은 머뭇거렸다. 마치 상대가 굳이 관심 가질 일 아니라는 듯.

"남는 방이 더 없어서."

"오히려 이 집을 죽도록 싫어해야 정상 아니에요? 형사질 하는 동생이 아니라."

"교도소에서 나온 뒤, 처음으로 여길 찾았을 때는 그런 마음이 들 거라 생각했었어. 그런데 오히려……. 말할 수 없을 정도로 마음이 편안해지더라고. 그런 거 알아?"

"당연히 모르죠. 난 죽었다 깨나도 다시는 어린 시절로 돌아갈 마음 없거든요."

거실은 좁은 편이었다. 안락의자, 60년대부터 사용한 식탁, TV 한 대가 전부였고 살짝 기운 찬장을 비롯해 윈저 스타일 의자와 검은색 장작 난로가 있는 부엌으로 이르는 통로는 한 사람이 겨우 지나다닐 정도였다. 그리고 부엌 식탁 위에는 1년 치에 달하는 강도계획이 '펼쳐져' 있었다. 둘둘 말아놓은 A3 크기 지도, 이사용 포장 상자와 마스크, 워커, 방탄조끼, 욘 마르틴 에릭 룬드베리라는 가명에 삼의 사진이 달린 운전면허증, 파란색과 검은색 작업복 두 벌.

부엌 소파에는 며칠 뒤, 마지막 단계에 사용할 장비가 놓여 있었다. 자신과 삼의 사진이 붙은 절반 정도 완성된 경찰 신분증. 1년여 전, 외출허가를 받았을 때 교도소 근처에서 찍은 사진이었다. 그 옆자리는 합금 출력이 가능한 3D프린터가 차지하고 있었다. 상하이에서 주문해 라이프치히 세관을 거쳐 스웨덴으로 들어온 물건으로 신분증 제작의 나머지 과정에 꼭 필요한 전제조건이었다.

"우유배달 트럭은요?"

"야리가 지금 화물 상하차장 뒤에 세워뒀어."

"믿을 만하긴 한 거예요? 아직도요?"

"잘 생각해봐. 이런 물건들을 준비해준 친구라고. 진지해."

삼은 운전면허증을 집어 들고 레오에게 건넸다. 레오는 엄지로 플라스틱 표면을 슬쩍 문질렀다.

"완벽해요. 진짜 같네요. 여기 S에 도드라진 부분하고 UV 코팅까지요. 우유배달 트럭이 바리케이드를 지나갈 때 경찰들이 확인하는 게 바로 이거예요, 삼. 면허증을 받으면 무의식중에 엄지로 표면을 쓱 문지른다고요. 그리고 모든 준비가 끝난 트럭은 이미 제 위치에 가 있을 테니……. 무슨 일이 벌어지더라도, 아니, 쇼핑센터 전체를 통제하더라도 뚫고 나갈 수 있다고요. 변신만 끝나면요. 마술이기도 하고 위장이기도 하거든요. 경찰력이 거기서 필사적으로 빠져나가려는 멍청한 놈들을 찾는 동안은 앞자리에 앉은 사람이 마스크도 쓰지 않고, 목격자들 증언과 일치하지 않을 경우 우유배달 트럭은 그대로 현장을 벗어날 수 있어요. 특히, 쉽게 확인이 가능한 화물칸에 든 게…… 우유밖에 없다면요."

레오는 부엌 바닥에 자신이 가져온 가방을 내려놓은 다음 열었다. 그 안에는 완벽히 소제를 마치고 새로 기름까지 칠해놓은 AK4 자동소총 두 정과 강도들이 현장을 빠져나가기에 충분한 실탄이 들어 있었다. 그는 자동소총 한 정을 삼에게 건네고 하나는 자신이 들었다.

"기껏해야 목록에서 두 가지 정도 체크할 시간밖에 없어요."

"왜 이렇게 서둘러야 하는 건지 모르겠어. 지난 1년 동안 철저히 계획한 일이잖아, 레오. 그런데 왜 첫 번째 작전 전체를 연습해 볼 시간도 없다는 거야?"

1년 동안 계획한 일이었다. 모임은 삼의 감방에서만 이루어졌다. 문손잡이에 빨간 끈을 잘 보이도록 감아놓은 채로. 교도소는 그런 식으로 돌아간다. 유일한 공통점이라고는 전원 모두 범죄와 연관이 있는 재소자들이라는 점밖에 없지만 서로 접촉하는 기회가 많아진다는 것. 특정 장소나 공동 수감실은 범죄를 공모하는 범죄온실과도 같았다. 레오와 삼은 거의 매일같이 만났다. 두 사람의 온실은 침대와 의자가 있는 삼의 감방이었다. 둘은 작전의 각 단계를 머리에 각인될 때까지 반복하고 외웠다. 시간, 경비원 이동 경로, 도주로, 차량에 대한 부분을 철저히 확인했다. 그러다 삼이 출소한 뒤에는 아무런 말도 하지 않았다. 도청의 위험을 차단하기 위해서였다. 교도소 담장 밖에서 준비해야 할 것들은 전적으로 삼의 몫이었다.

"신중하게 하고 싶은 마음은 나도 이해해요. 삼은 교도소 생활을 너무 오래 했고 거기서도 고위험군으로 분류된 재소자였어요. 그런데 은행은 한 번도 턴 적 없잖아요. 그래서 긴장하는 거예요. 또 그래서 계속 이 순간을 늦추고 싶은 거라고요."

레오는 둘둘 말린 지도에서 고무줄을 빼고 자신들이 곧 찾아가게 될 지역을 펼쳤다.

"그런 거죠? 하지만 우리가 왜 서두르는지는 삼도 알잖아요. 그리고 이건 내가 계획한 작전이기 때문에 잘 될 겁니다. 그런데 지금 처리하지 않으면 끝이에요. 영원히."

삼은 아무런 대답도 하지 않았다. 그럴 필요가 없었으니까. 레오는 상대가 이해했다는 걸 알고 있었다.

합동작전. 4일간, 4단계.

1단계, 작전명 '우유배달'은 실행을 불과 몇 시간 앞두고 있었다. 2단계, 작전명 '가정방문'은 다음 날. 3단계, 작전명 '테스트'는 이틀 후, 그리고 4단계, 작전명 '경찰서'로 대미를 장식하는 것이다. 현금수송 차량이 출발하는 시각은 14시. 매달 마지막 목요일에 수송되는 현금은 그리 많지 않다. 하지만 이번은 경우가 다르다. 지금처럼 다량의 현금을 수송하게 될 기회를 노리려면 앞으로 몇 년을 더 기다려야 한다.

세상에 없는 것을 되찾아간다. 최고의 강도 사건을 저지르는 것이다. 그리고 동시에 자신을 체포해 교도소로 보내버린 형사, 자기 형까지 교도소에 보내버린 그 형사를 무너뜨리는 것이다. 그리고 홀연히 사라진다. 영원히.

"여기에요. 첫 번째 점검해야 할 부분이오."

레오는 지도가 다시 말리지 않도록 양쪽 귀퉁이에 컵을 올려 고정했다.

"예상 액수는 지폐가 꽉 찬 현금 카트리지 여섯 통이에요. 5백 크로나만 들어 있는 거예요. 대략 5백에서 6백만 크로나가 될 테니 정확히 우리한테 필요한 만큼이에요."

레오는 지도 정중앙, 큰 사각형 안에 있는 작은 사각형에 십자 표시를 했다. 그러고는 총을 들고 무언가를 겨눈 다음 총신을 살짝 쓰다듬었다.

"우리만의 마스터키예요. 현금지급기 화면에 '일시사용불가'라는 문구가 뜬다는 건 경비원들이 안쪽에서 기계를 열었다는 뜻이에요, 삼. 그리고 이 열쇠를 사용해야 할 타이밍이라는 뜻이기도 하고요. 경비들이 경보장치를 차단해놓고 금고문을 활짝 열어놓은 그때 보안 문을 열려면 이 굵직한 마스터키가 필요해요. 현금을 수송할 때는 바짝 긴장하고 경계하지만, 문을 닫아놓고 그 안에 있을 때는 대부분 자신들이 안전하다고 생각하거든요. 우린 그때를 노려서 첫 총격을 가하는 거예요. 삼은 이 파란 작업복을 걸친 파란 강도가 되는 거지요. 단, 정조준 사격은 피해야 해요. 실탄에 맞으면 상처를 입거나 최악의 경우 사망자가 발생할 수도 있으니까요. 그러니까 자물쇠를 비스듬히 노려서 거기만 집중 사격하는 게 최선이에요. 실탄이 튀어나올 일은 없어요. 콘크리트 벽에 그대로 박힐 테니까요. 그래서 스웨덴 군용 실탄을 사용하는 거예요. 탄피가 두껍고 단단하거든요. 또 그래서 스웨덴군에서 사용하는 총기를 쓰는 거고요. 러시아제 AK47처럼 연사가 되는 상황을 막기 위해서요. 그러면 안쪽은 아마 난장판이 돼 있을 거예요."

지도 위에 그려진 십자 표시와 화살표 사이에 초록색 원이 두 개 그려져 있었다. 레오는 다음으로 그 원을 가리켰다. 손가락 끝이 정확히 원 안에 들어갔다.

"그다음 확인사항이에요. 모든 게 완료된 순간을 말해요. 차량 바꿔치기, 다시 말하면 강도가 홀연히 사라지는 과정이에요. 초짜들은 절대 이런 계획 못 세워요. 경찰들한테 두 손 들고 항복하기 싫으면 절대적으로 확보해둬야 할 순간이거든요."

초록색 원이 뜻하는 의미였다. 차량1과 차량2.

"놈들이 보는 앞에서 차량 바꿔치기가 진행되는 거예요."

레오는 그 과정에 대해 수차례 설명했었다. 삼이 알고 싶어 하고 또 들어야 할 내용이었기 때문이다. 그들이 머릿속으로 연습하고 외운 모든 내용들은 더 이상 먼 훗날의 이야기가 아니라 눈앞에 닥친 현실이었다.

"예전에 한 번은 똑같은 차 두 대를 작은 마을 양쪽 끝에 세워둔 적이 있었어요. 색깔, 번호판까지 똑같은 차였어요. 각기 다른 양 방향에서 나타난 순찰차를 보고 떠오른 아이디어였어요. 그 덕에 삼의 빌어먹을 형사 동생은 우리가 빠져나가는 동안 양쪽으로 추격범위를 넓힐 수밖에 없었고요. 또 한 번은, 방금 턴 은행에서 불과 몇 백여 미터 떨어진 곳에 위치한 주차장에서 첫 번째 도주 차량을 바꿔 탄 적도 있어요. 행인들이 핫도그를 먹으며 지나다니는 길에서요. 동생 양반은 우리가 똑같은 밴을 앞뒤가 서로 다르게 나란히 붙여서 주차해놓았었다는 사실을 알아채지 못했어요. 그 덕에 우리는 외부의 시선에서 완전히 자유롭게 차를 옮겨 탈 수 있었어요. 그런데 삼, 이번 작전은 나도 처음이에요. 현장에서 차를 바꿔 타는 거 말이에요. 그것도 경찰 코앞에서요. 그 누구도 이런 작전을 실행에 옮긴 적은 없거든요."

설명을 이어가고 있는 레오의 목소리는 신이 난 만큼 확신에 차 있었다. 레오는 몇 시간만 지나면, 평생 처음으로 타인을 향해 자동화기의 방아쇠를 당겨야 하는 한 남자를 안심시키는 중이었다. 그리고 그 남자에게, 만약 현금수송 차량을 습격한 강도가 위협적인 분위기를 조성해 벌어놓은 시간 동안 재빨리 움직이기만 한다면, 바닥에 엎드려 숨을 경비원이나 무장괴한들이 총을 난사한다고 무전을 칠 경비원의 시간을 멈추게 할 수 있다는 걸 이해시켜야 했다. 아무런 방해 없이 자유로이 강탈행위를 이어나갈 수 있는 시간이었다.

"그리고 가장 결정적인 순간에 핸들을 잡고 차를 몰아야 하는 게 바로 삼이에요. 그러니까 경찰 바리케이드를 통과하는 그 순간을 말하는 거예요. 경찰이 보게 되는 건 바로 삼이에요. 삼이 차분하게 반응하면, 경찰도 똑같이 그럴 거예요. 경찰은 무장 강도를 찾는 중이지 우유 박스 싣고 다니는 배달원을 조사하는 게 아니거든요. 검은색과 파란색 작업복을 걸치고 자동화기를 들고 다니는 강도들을 찾는 중인데 차에 타고 있는 사람들이 초록색과 흰색 제복 차림의 우유배달 트럭 운전사와 보조인 데다 정상적인 운전면허증도 가지고 있다면, 여기서 절대 흥분하면 안 되는 거예요……. 그러니까 면허증 확인하는 경찰이 엄지로 표면을 슬쩍 문질러 보고 아무 이상이 없으면 경찰들도 안도하면서 우유를 싣고 있는 트럭을 무사통과시켜줄 거예요. 왜냐하면 눈에 불을 켜고 찾고 있는 용의차량은 따로 있거든요."

장작 난로 옆에는 녹슨 철제 상자가 하나 놓여 있었다. 그 안에는 조심스레 자르고 패놓은 장작과 여기저기 이끼가 낀 흰 자작 껍질들이 가득 차 있었다. 레오는 장작 두 개를 들어 올린 다음 손가락으로 철제 상자 바닥을 더듬거리며 불을 붙일 불쏘시개를 찾다가 날카로운 자작나무껍질 세 개를 찾아냈다.

"이거 제대로 작동은 해요?"

레오가 주물로 된 장작 난로 문을 열자 삐걱거리는 소리가 났다.

"당연히 멀쩡히 작동하지. 그거 덕에 전기히터 쓸 일 없거든. 온기가 잘 퍼져서 불만 피워놔도 겨우내 온 집안이 따뜻해."

레오는 장작 투입구를 열고 마른 가지들 사이와 아래로 장작을 밀어 넣었다. 얼마가 지나자 제대로 불이 붙으며 장작들이 한꺼번에 털썩 내려앉았다. 마른 장작과 나뭇가지들이 타들어가는 익숙한 소리가 배경음처럼 대화 뒤로 깔렸다.

"일단 무슨 말인지는 알겠어, 레오."

삼은 난로 위 선반에서 술병 하나를 꺼냈다. 아쿠아비트. 적어도 레오는 그럴 거라 생각했다. 병에 따로 상표가 붙어 있지 않기 때문이다. 삼은 식기 건조대에서 작은 유리잔 두 개를 꺼내 잔을 채웠다.

"페리 관리인이 준 술이야. 직접 만든 거라고. 섬에서 자라는 야생식물들만 사용해서 항상 향이 강해. 이건 딱총나무 꽃하고 다른 거로 빚은 건데 정확히 뭔지는 몰라."

"고맙지만 사양할게요. 지금은 아니에요. 첫 작전을 앞두고 있잖아요."

"자넨 나를 진정시키려고 차근차근 설명해줬잖아. 이제 내 차례야. 내가 자넬 진정시킬 차례라고."

"술은 됐다니까요, 삼."

"그건 나도 알아. 그런데 이건 술을 마시고 안 마시고의 차원이 아니야. 우리가 이제 자유의 몸이 됐다는 사실을 자축하자는 거야. 이제 우리가 원하는 건 시발, 뭐가 됐든 할 수 있게 됐잖아."

레오는 자신을 향해 뻗은 삼의 손에서 잔을 건네받아 입으로 가져갔다. 딱총나무 꽃 향이 느껴졌다. 그리고 주니퍼 베리 향도 확실히 느껴졌다. 양지꽃도. 하지만 마시지는 않았다.

"아니, 아직 자유의 몸은 아니에요. 리가나 상크트 페테르부르크, 아니면 스베르방크 로시로 향하는 배 위에 앉으면, 그때 제대로 취하는 거예요. 젠장, 샴페인을 박스째로 쌓아두고 마실 거라고요. 그때가 돼야 진정 자유의 몸이 되는 거라고요, 삼."

레오는 허공에 잔을 들며 건배 동작을 취한 다음 싱크대로 내려 술을 쏟아 버렸다. 그러고는 펼쳐놓았던 지도를 들고 마지막으로 다시 한번 스웨덴 최대의 상권이 조성된 지구들 가까이 있는 큰 광장으로 들어가는 작은 광장에 그려놓은 십자 표시를 쳐다본 다음 장작 투입구를 열고 불길 속으로 지도를 던져 넣었다. 종이는 불이 붙자 가느다란 연기를 내뿜으며 재로 변해버렸다.

그날 오후, 주차한 차에서 내리는 사람들과 쇼핑몰 안으로 들어가는 인파로 붐비는 바로 그 순간에 대형 쇼핑몰 아스팔트 주차장 바닥에 한 사람이 피를 흘리며 죽어가게 될 거란 사실을 알고 있는 이는 아무도 없었다.

양손에 묵직한 쇼핑백을 들고 자동문을 통과해 쇼핑몰을 빠져나가기 위해 길게 줄을 선 수백 명의 손님도, 4월에 내린 비로 젖은 아스팔트 위를 서서히 달려오고 있던 현금수송 차량의 경비원들도 그 사실을 알 수 없었다.

그러한 사실은, 경찰들이 확신을 갖고 '오해하게' 될 용의차량인 올해 출시된 아우디 RS7을 쇼핑센터 정문 밖에 세워두고 앞자리에 앉아 있던 파란색과 검은색 작업복 차림의 2인조 복면강도들조차 모르고 있었다.

차 문이 동시에 불쑥 열렸다. 차에서 내린 한 경비원은 등이 하도 넓어 입고 있던 제복 상의의 솔기가 터져나가기 일보 직전이었다. 건축자재 상점들이 전자제품 취급점들과 이어져 있고 슈퍼마켓은 물론 가구상을 비롯해 온갖 종류의 가게들이 밀집한 지역이었다. 그리고 전략적 요충지마다 입체파 그림의 패턴을 입힌 파란색과 흰색이 섞인 부스가 설치돼 있었다. 이 ATM기기는 쇼핑의 전제조건이 되는 도구였다. 다른 한 명은 제복 품이 넉넉한 여성 경비원으로 현금 가방을 단단히 쥐고 있었다. 비록 강도가 나타나 토치램프로 은회색 현금 가방을 강제로 개봉하려는 상황은 얼마든지 발생할 수 있었지만, 그녀는 제아무리 토치램프를 들고 설치더라도 가방 표면에 손상을 입히는 게 전부라는 걸 잘 알고 있었다. 차에서 보안실에 이르는 짧은 구간에서 강도 사건이 발생할 경우 가방의 자동잠금장치가 작동하기 때문이다.

슬라이딩 도어가 부드럽게 열리자 두 경비원은 온기가 느껴지는 쇼핑센터 안으로 걸어 들어가 붙박이로 설치된 두 개의 ATM 기기로 향했다. 두 기기 모두 화면에 '카드를 투입구에 넣으시오'라는 문구가 떠 있었다.

조만간 경비원들이 보안실로 들어가 현금 카트리지를 교환하게 되면 ATM기기 화면에 '일시사용중지'라는 문구가 뜨게 된다. 당장 현금을 찾으러 온 젊은 고객들에게 잠깐 기다려달라는 의미이지만 동시에 2인조 무장 강도에게는 행동을 개시하라는 신호이기도 했다.

경비원들은 곧장 직진해서 상품들이 쌓여 있는 통로로 향하는 대신 카페와 마권 판매소 쪽으로 방향을 틀었다. 누빔 재킷을 입은 젊은 여성 둘이 벽에 붙은 벤치에 기대어 그 주에 벌어질 경기 결과를 예측하며 용지에 표기하고 있었고, 택시기사 한 명과 유모차를 끄는 아빠 둘은 색색의 골판지로 만들어진 테이블에서 플라스틱 컵에 담긴 커피를 마시고 있었다. 두 경비원은 보안실 문을 가리고 있는 보행보조기를 옆으로 살짝 밀었다. 그러고는 열쇠 꾸러미를 꺼내 잠금장치를 풀고 안으로 들어가기 전에 기계적으로 뒤를 돌아보았다.

16:14:40

카페의 기다란 창문 밖으로 보이는 곳에 불법 주차된 검은색 아우디 승용차의 짙게 선팅한 차창 너머에서 강도가 쌍안경을 들고 ATM기기 화면을 들여다보고 있다는 사실은 아무도 알 수 없었다.

16:15:05

보안실 내부는 비좁은 편이었다. 나무 의자 하나와 흔들리는 플라스틱 테이블 하나가 ATM기기 후면 옆에 놓여 있었는데 사실상 금고의 문이라 할 수 있었다. 그것을 열기 위해서는 열쇠와 마그네틱 카드단말기가 필요했다. 남성 경비원이 거의 빈 현금 카트리지를 기기에서 빼는 동안 여성 동료는 빳빳한 현금으로 가득 찬 새 카트리지 여섯 개가 드러나도록 현금 가방 덮개를 열었다. 여성 경비원이 카트리지 세 개를 제 위치에 꽂아 넣은 순간 비좁은 보안실에서 폭발이 발생했다.

여덟 차례에 걸친 폭발로 텁텁하고 거친 먼지가 구름처럼 퍼져 나갔고 수천 조각에 달하는 파편들은 벽과 천장에 박히고 마치 유리 조각처럼 경비원들의 얼굴과 손을 베었다.

몇 초간 정적이 흘렀다.

그러더니 실탄 다섯 발이 잠금장치를 뚫고 들어와 벽에 박히면서 또다시 파편을 뱉어냈다. 경비원들은 미친 듯이 날뛰는 심장박동을 달랠 겨를도 없이 본능적으로 바닥에 납작 엎드렸다.

뒤이어 느껴지는 것은 소리가 아니었다. 진동이었다. 엉망이 된 바닥에 깔려 있던 콘크리트 파편들이 신발 밑창에 밟힐 때마다 진동이 이어졌다.

검은색 작업복을 걸친 강도 하나가 발소리가 느껴지는 곳으로 시선을 돌리려던 여성 경비원에게 총을 겨누고 있었다. 어마어마한 먼지를 뒤집어쓴 탓에 두 눈에 핏발이 섰고 눈을 깜빡일 때마다 흘러나온 눈물은 먼지와 뒤엉켜 순식간에 마르며 속눈썹 위아래로 잿빛 덩어리를 만들어냈다. 그녀는 강도들이 검은 복면을 쓴 상태였다는 것, 파란색 작업복이 검은색과 동일했다는 것, 그리고 강도 하나가 어깨에 큼지막한 나일론 가방을 메고 있다는 것도 제대로 볼 수 없었다.

그리고 자신의 머리를 바닥에 짓누르고 있는 게 자동소총인지 강도의 손인지도 구분할 수 없었다.

비명조차 내지를 수 없었다.

할 수 있는 거라곤 낮게 신음을 내는 게 전부였지만 그 소리마 저 이 주의 특별할인행사 소식을 안내하는 스피커 소리에 파묻혀 버렸다.

16:15:45

얇고 날카로운 플라스틱 끈이 경비원들의 손목과 발목에 감겼 다.

입술 위로 테이프가 단단히 붙었다.

귓속으로 귀마개가 밀려들어왔다.

짙은 색 베갯잇이 두 사람 머리 위로 씌워졌다.

그때부터 두 경비원은 바깥세상에서 벌어지는 일과 완전히 차 단되었다.

16:16:20

검은 작업복을 입은 강도는 산산조각이 난 보안실 문을 밟고 나 가면서 쇼핑몰 쪽으로 총구를 돌렸다. 그러자 사람들이 썰물처럼 순식간에 빠져나갔다. 미처 탈출하지 못한 사람들은 기둥이나 선 반 아니면 계산대를 찾아 몸을 숨겼다. 강도는 주차장으로 이어지 는 출입구로 발걸음을 옮겼고 공포에 질린 사람들은 몸을 던지듯 아스팔트 바닥에 엎드렸다. 강도는 사람들 위로 총을 난사했다. 탄창 하나를 비우자마자 갈아 끼우고 다시 바닥날 때까지 방아쇠를 놓지 않았다. 조만간 현장에 나타날 '무리'와 같은 편으로 오해받고 싶지 않은 시민 모두를 공포에 벌벌 떨며 그곳에서 달아나게 만들어야 했다.

그런 다음 강도는 쇼핑몰 출입구 앞에서 이리저리 서성거렸다. 그가 움직일 때마다 감지기가 작동해 슬라이딩 도어가 열렸다 닫히기를 반복했다. 그는 양손으로 자동소총을 꽉 움켜쥐고 총구를 허공으로 살짝 들어 올렸다. 조만간 그곳에 들이닥칠 무리는 그의 손에 들린 무기가 얼마나 강력한지 깨닫게 될 터였다. 그리고 도주 차량까지 준비해두었다는 사실도 두 눈으로 똑똑히 보게 될 터였다.

16:16:40

한눈에 파악할 수 있는 상황이었다.

움직이는 사람은 어디에도 없었다. 강도는 계속해서 주변을 살폈다. 도주 차량은 시동이 걸린 채 문도 열려 있었다.

그 순간, 첫 번째 순찰차가 주차장으로 들이닥쳤다. 탄창을 새로 끼워 넣은 총구와 순찰차가 마주 보고 있는 이 통제와 혼돈 사이의 거리는 불과 50여 미터도 채 되지 않았다.

16:17:00

파란 강도는 만반의 준비를 마친 상태였다. 물론 모든 게 계획의 일환이었다. 그럼에도 불구하고 보안실에서 들린 총성이나 주차장에서 울려 퍼진 총성을 듣는 순간 온몸이 움찔했다. 일당은 현장에서 가장 가까운 경찰서가 불과 몇 킬로미터라는 사실을 잘 알고 있었기에 순찰차가 즉시 도착할 거라 예상하고 있었다. 총기 난사는 검은 강도의 몫이었다. 사람들을 겁주고 경찰들에게도 자신들이 사용하는 총기가 경찰들 것만큼이나 강력하다는 걸 알려야 했다. 순찰차 뒤에 숨어도 무사할 수 없다는 사실까지. AK4가 뿜어내는 실탄은 철판도 종잇조각처럼 꿰뚫기 때문이다.

바깥에서 총기 난사가 이어지는 동안 파란 강도는 현금수송을 담당하는 두 경비원의 손발을 결박하고 머리에 베갯잇을 씌워 바닥에 엎드리게 했다.

경비원들의 눈과 귀를 가려서 자신이 이제 무슨 행동을 할지 감히 추측도 하지 못하게 만드는 게 관건이었다.

어깨에 메고 왔던 가방을 바닥에 펼쳐놓자 내용물이 드러났다. 초록색과 흰색이 들어간 1.5리터 들이 우유 팩 여섯 개. 파란 강도는 우유 팩 하나를 들고 위와 아래를 잡더니 단번에 반으로 뜯어냈다. 우유를 버리고 미리 반으로 잘라둔 팩을 접착제로 살짝 이어 붙여놓았던 것이다.

그는 현금 카트리지 하나를 들고 우유 팩 아래쪽에 밀어 넣고 윗부분을 덮어씌웠다. 외관상 이음새는 거의 보이지 않았다. 그는 현금 90만 크로나로 채워진 묵직한 우유 팩을 가방 속에 넣고 똑같은 과정을 다섯 차례 반복했다. 그런데 주차장에서 들리는 총성이 달라졌다. 일방적인 난사로 시작된 총성이 어느 순간 맹렬한 총격전으로 변하고 있었던 것이다.

파란 강도는 누런 액체가 돌바닥을 검게 물들이며 퍼지기 직전에 냄새로 느낄 수 있었다. 그래서 남성 경비원이 지린 오줌에 젖기 전에 가방을 있는 힘껏 들어 올렸다.

그는 가방끈을 머리 뒤로 넘겨 가방이 왼쪽 어깨를 타고 오른쪽 엉덩이 부분으로 오도록 둘러맸다. 그러고는 검은 강도에게 첫 단계가 끝났다는 신호를 보내기 위해 쇼핑몰 입구로 달려갔다.

발걸음을 옮길수록 오줌 묻은 발자국이 점점 옅어지고 있었다.

16:18:05

먼저 도착한 순찰차 두 대는 총알받이 신세를 면할 수 없었다. 하지만 출구만큼은 효과적으로 봉쇄할 수 있는 위치에 세워져 있었다. 검은 강도가 쏘아대는 총탄 세례에 경관 네 사람은 바닥에 납작 엎드려 있을 수밖에 없었다. 처음에는 군용 무기가 차를 이렇게 망가뜨릴 수 있을 거라고는 생각하지 못했다. 하지만 지금은 차체를 뚫고 들어간 실탄이 고무 같은 실내장식까지 녹이는 것을 냄새로도 느낄 수 있었다.

16:18:15

우유 팩 속에 넣은 여섯 개의 현금 카트리지는 파란 강도가 어깨에 메고 있는 나일론 가방에 들어 있었다. 그는 쇼핑몰 입구 안쪽에서 검은 강도에게 소리쳤다.

"이쪽은 완료됐어!"

이제는 쇼핑몰 안쪽으로 들어갈 차례였다. 교도소 H 사동에 있는 7번 감방에서 머리를 맞대고 치밀하게 짠 작전이었다. 지원 병력을 기다리는 동안 철판까지 뚫어버리는 실탄 세례를 받고 있는 순찰차 뒤에 몸을 바짝 웅크리고 있는 경찰들에게 강도들이 도주 차량을 포기하고 쇼핑몰 안으로 숨어들어 갔다는 확신을 심어주는 게 관건이었다.

그런데 2인조 강도단이 예상하지 못한 부분은 지원 병력이 예상외로 일찍 도착한 점이었다. 주차되어 있던 차들 사이에서 경찰 특공대대원 8명이 이미 위치를 잡고 진압 작전 준비를 하며 조금씩 다가오고 있었던 것이다.

몇 년 전에 비해 일련의 무장 강도 사건에 대응하는 경찰의 반응이 체계적이고 신속할 뿐만 아니라 동원병력과 방식까지 한층 강화된 사실 또한 강도단이 예상하지 못한 부분이었다.

16:18:25

오른쪽 다리가 먼저 풀렸다. 입구 주변으로 천이 펄럭이고 있었는데 그 모습이 마치 풍선에서 바람이 빠지는 것 같았다. 그러더니 다리 근육이 더 이상의 협조를 거부했다.

검은 강도는 뒤로 넘어지면서도 경찰이 응사하는 쪽으로 총구를 겨누고 필사적으로 방아쇠를 당겨 비록 몇 발에 지나지 않았지만 또다시 사격을 가했다.

그리고 일어나려던 순간, 누군가가 자신의 손을 잡고 체중을 더 이상 지탱해줄 수 없는 다리를 대신해주면서 그를 쇼핑몰 슬라이딩 도어 안쪽으로 끌어당겼다.

그 과정에서 복부 위치에 세 차례 쿡, 쿡, 쿡 총알이 박히는 느낌이 들었고 다섯 번째는 방탄조끼가 완벽히 조여지지 않은 부위를 관통했다.

이것이 의식이 남아 있을 때 마지막으로 느낀 것들이었다.

여섯 번째 총알이 그의 뒤통수를 뚫고 들어가 이마로 튀어나오기 직전까지는.


16:18:40


삼은 죽은 동료의 손을 붙잡고 있었다.

느낌이 왔다. 맨살이 드러나도록 동료의 복면을 찢고 튀어나온 게 뼛조각과 피라는 걸 느낌으로 알 수 있었다.

그는 시신을 그대로 바닥에 내버려 두고 쇼핑몰 안으로 다시 되돌아온 뒤 파란 작업복을 입은 자신에게 가해지는 일제사격이 지나가기를 기다렸다. 총알이 날아다니는 사선에서 무조건 벗어나야 한다. 머릿속에 떠오른 건 오로지 그 생각뿐이었다.

쇼핑몰 안으로 들어가야 한다.

어떻게든 두 번째 도주 차량까지 가야 한다. 그리고 이제부터 남은 작전은 혼자서 완수해야 한다.

등 뒤에서 쇼핑몰 출입구의 슬라이딩 도어 유리가 산산이 조각나는 소리가 들렸다. 총알이 아슬아슬하게 비껴갔다. 그는 이미 쇼핑몰 안에 있었다. 삼은 식료품 코너로 미친 듯이 달리며 동료와 함께 정성스레 그렸던 그림에 따라 이동했다.

크롬 펜스를 훌쩍 뛰어넘어 하얀 냉매가 안개처럼 휘감고 있는 방울토마토 바구니와 레몬 상자 사이에 착지했다. 쌓여 있던 오이 더미를 무너뜨리면서 왼쪽으로 방향을 틀고 유리병에 담긴 이탈리안 소스와 온갖 종류의 파스타가 진열된 통로를 따라 계속 달렸다. 그다음 코스는 물품보관소의 스윙 도어를 강제로 열어야 한다. 그는 어깨에 가방을 둘러매고 두 손으로 자동소총을 꽉 쥐고 있었다.

그러다 갑자기 걸음을 멈췄다. 잠시 숨 몇 번 고르는 정도의 찰나였다. 그리고 그 과정에서 무슨 일이 벌어지고 있는지 깨달았다.

사람들이 자신을 피해 달아나고 있었다.

아무도 그가 발들인 영역 근처로 다가오려 하지 않았다. 그는 남들과 어울리지 못하고, 두렵게 하며, 멀어지게 하는 유일한 사람이었다. 정신을 집중하고 귀를 기울이면 다른 사람들 숨소리까지 들릴 정도였다. 냉장고 뒤에 숨은 사람들, 울먹이는 사람들, 알아들을 수 없는 말을 웅얼거리는 사람들. 아수라장 속에서 유일하게 멀쩡한 건 고객들의 구매를 부추기기 위해 이 주의 특별할인행사를 알리고 있는 대형스피커뿐이었다.

세 발.

가로대 역할을 하는 스윙 도어 손잡이가 갈라지면서 문이 열렸다. 삼은 물품보관소 안으로 뛰어 들어가 화물 상하차장으로 연결되는 셔터로 달려갔다.

16:19:25

측면에 널찍한 우유 사진이 붙어 있는 트럭은 무장 강도를 벌이기 전에 야리가 미리 세워두겠다고 약속한 그 자리에 주차돼 있었다. 쓰레기통과 유통기한 지난 물품 보관 전용 냉장실 맞은편으로 적절한 위치였다. 눈에 잘 띄지 않는 동시에 의도적으로 숨겨놓은 것 같지도 않았다.

인근 차량의 흐름은 정상적으로 보였다. 운 좋게도 경찰이 아직 도로차단용 바리케이드를 설치할 시간이 없었다는 뜻이었다.

그는 상하차장에서 바닥으로 뛰어내려 우유배달 트럭으로 뛰어가면서 자신이 심하게 떨고 있다는 사실을 깨달았다. 몸 전체가 여진을 겪는 듯 부들부들 떨렸다. 손가락 관절이 하얗게 변할 때까지 억지로 두 손을 꽉 맞잡고 난 뒤에야 우유 운반대로 꽉 차 있는 트럭 화물칸 문을 간신히 열 수 있었다.

16:19:55

우유 운반대 한 개에 실을 수 있는 상자는 여덟 개였고, 상자 하나당 채울 수 있는 우유 팩은 16개였다. 하지만 아래로 위치를 바꾼 맨 위에 있던 상자에는 여섯 팩 들어갈 자리가 비어 있었다. 이제는 5백 크로나 지폐로 꽉 찬 현금 카트리지를 끼워 넣은 우유 팩이 들어갈 것이었다.

그는 파란색 작업복과 복면을 벗어 가방 속에 쑤셔 넣은 뒤 가방을 옆에 있던 우유 상자 가운데로 던져 넣었다. 현금이 든 우유 팩과 마찬가지로 다른 상자들에 둘러싸여 숨기기 좋았다.

자동소총 역시 사전에 마련해둔 공간이 있었다. 우유 운반대 아래 바퀴 사이에 설치한 철제 고리에 총신과 개머리판을 고정하면 운전하는 동안에도 달그락거리는 소리를 내지 않았다.

삼은 다시 트럭에서 내려 한 발 뒤로 물러선 뒤 유심히 살펴보았다.

어디선가 레오의 목소리가 들리는 것 같았다.

경찰력이 거기서 필사적으로 빠져나가려는 멍청한 놈들을 찾는 동안 앞자리에 앉은 사람이 마스크도 쓰지 않고, 목격자들 증언과 일치하지 않을 경우 우유배달 트럭은 그대로 현장을 벗어날 수 있어요. 특히, 쉽게 확인이 가능한 화물칸에 든 게…… 우유밖에 없다면요.

삼은 뒷문을 닫았다.

애초의 계획은 두 사람이 나란히 앞자리에 앉아, 검문을 받게 되면 서로를 도와준다는 설정이었다.

이제는 그럴 수 없다. 홀로 남게 된 지금, 그는 혼자 힘으로 빠져나가야 한다.

쇼핑몰 뒤쪽에서 차를 몰고 나오자마자 알 수 있었다. 차량 흐름이 점점 느려지고 있다는 사실을. 이유는 하나였다. 경찰이 바리케이드를 설치한 것이다.

얼마가 더 지나자 파란색과 흰색이 뒤섞인 차들이 보였다. 지붕에 반짝이는 파란색 경광등을 단 순찰차였다.

삼은 자신의 손을 내려다보았다. 더 이상 떨리지 않았다. 경찰이 찾고 있는 건 우유배달 트럭 운전사가 아니라 검은색 아우디 승용차를 훔친 강도였다. 손가락이 재킷 앞주머니 속으로 들어갔다. 거기에 스웨덴의 S자가 도드라진 느낌을 주는 운전면허증이 들어 있었다.

그리고 가장 결정적인 순간에, 핸들을 잡고 차를 몰아야 하는 게 바로 삼이에요. 그러니까 경찰 바리케이드를 통과하는 그 순간을 말하는 거예요. 경찰이 보게 되는 건 바로 삼이에요. 삼이 차분하게 반응하면 경찰도 똑같이 그럴 거예요.

가까워지고 있었다.

우유배달 트럭 앞으로 경찰의 검문을 기다리는 차량은 세 대였다.

뒷거울을 언뜻 들여다보았지만 어두운 차 안에서는 제대로 보이지 않았다. 살갗 위에 남아 있는 자그마한 마른 핏자국이.

평생 그렇게 큰 TV는 처음이었다. 벽 위에 걸린, 아니 카운터 한쪽 끝에서부터 기름에 절인 초록색 양배추 샐러드 볼들을 올려놓은 직사각형 카트에 이르기까지 벽 전체를 차지하는 크기였다.

창문 옆, 두 번째 자리를 차지한 이반은 낡은 테이블 위에 팔꿈치를 올리고 구부정한 자세로 앉아 있었다. 그 자리는 커피 한 잔을 주문하고 복권용지를 쌓아둔 다음 케노 복권 당첨 방송을 지켜보는 일종의 전용석이었다. 여러 자리에 앉아보았지만, 그곳만큼 화면이 잘 보이는 자리도 없었다. 기둥이 화면을 가리는 일도, 화장실 앞에 줄 서 있는 사람이나 식사를 마치고 나가는 길에 계산대에서 계산하는 사람들 때문에 방해받는 일이 없기 때문이다. TV는 거대한 크기의 사진 같았다. 교도소에 들어갔다 온 사이에 TV 산업에 무슨 일이 있었던 게 분명하다는 생각이 들 정도였다. 마치 크기나 무게는 그대로인데 TV 제조사들이 그것들을 압축 증기 롤러로 평평하게 다림질이라도 한 것 같았다.

그는 스칸스툴에서 짧은 산책 코스 정도 되는 거리에 있는 식당에 앉아 있었다. 스톡홀름 시내에서 전대(임대인이 다시 제3자에게 임대하는 방식-옮긴이)로 얻은 원룸 아파트에 살면서 최근 단골이 된 식당이었다. 어쩌다 여기까지 오게 된 건지…….

식당 이름은 드라바였다. 그곳 주인인 닥소는 호저 털보다 제멋대로 자란 눈썹을 달고 언제나 오븐과 주방 사이를 쏜살같이 오가는 사람이었다. 식당에 같이 나와 일하는 그의 아내 질비아는 얼굴이 예쁜 편이긴 했지만, 순간순간 그 미모가 추하게 느껴질 정도로 싸늘하게 돌변하곤 한다. 식당 주인 부부는 그가 누구인지 알고 있었다. 술을 끊은 전직 아빠 은행 강도라는 사실을. 그래서인지 대놓고 잘 보이려는 것처럼 그를 친절히 대했다. 종업원들을 상대적으로 자주 그의 자리로 보내 커피 리필을 해주는 식이었다. 아마 처음으로 그곳을 찾았던 날, 그가 했던 말 때문이었을지도 모른다. 당시 그는 최후의 은행 강도 이후 숨어들어 간 그 버려진 별장에 자신이 없었다면 오늘 그 자리에서 만나게 될 큰아들은 이미 저세상 사람이 되어 있을 거라는 사실을 공공연히 떠벌였다. 부모 입장이라면 상당히 공감할 발언이기도 했다. 그래서인지 존중받고 대접받는 기분이 들어 좋기도 하고 어깨에 힘이 들어가기도 했다. 하지만 지금은 짜증스러울 뿐이었다. 바에 앉은 사람들이 던지는 호기심 어린 눈초리나 피자 조리대에 서서 은근슬쩍 분위기를 살피는 시선 등이 성가시게 느껴졌다.

오늘은 자유의 몸이 된 큰아들 레오와 이 자리에 앉아 같이 저녁을 먹기로 한 날이다. 닥소와 질비아가 운영하는 식당에서. 시작은 아주 좋았다. 기분이 좋아 말도 많아졌다. 그런데 빌어먹을 대형 TV 화면에 뉴스 보도가 흘러나오자 닥소는 은근슬쩍 질비아에게 다가가더니 귓속말로 속삭였다. 티 나지 않게 최대한 조심스레 행동하려던 부부의 우스꽝스러운 시도는 현금수송 차량의 경비원들을 공격한 강도 사건 화면이 대형 스크린을 차지한 뒤로 더 이상 불가능해졌다. 두 번째 테이블에 앉은 손님은 '선식' 아들 은행 강도를 기다리고 있는 '전직' 아빠 은행 강도였다.

식당 주인 부부는 여전히 피자 조리대 앞에서 귀엣말을 주고받고 있었다. 그러나 좀 전의 신중함은 온데간데없어졌다. 주인은 TV 채널을 돌렸지만 다른 기자가 똑같은 뉴스를 전하고 있었다. 남부 어딘가에서 발생한 무장 강도 사건 현장 사진 여러 장이 화면을 장식했다. 방금 전 채널에서 보지 못한 장면들이었다.

그 순간부터 불쾌한 느낌이 끓어오르기 시작했다. 매번 그의 마음속 깊은 곳에 뿌리를 내리고 있다가 주체할 수 없을 정도로 커져버리면 아예 똬리를 틀고 그를 자극하는 바로 그 느낌. 조심하지 않으면 걸려 넘어지거나 미끄러지다 결국 거꾸로 곤두박질치게 만드는 그 느낌이.

몇 년 전 어느 날이었다. 그날도 집 소파에 앉아서 지금처럼 TV를 보고 있었다. 저녁 TV 프로그램은 〈에프테뤼스트/공개수배〉였고 군사작전에 버금가는 치밀한 작전과 실행방식은 물론 실제로 군용 무기를 탈취해 범행에 사용한 점 때문에 언론에서 '특수부대(밀리테르리간)'라고 이름 붙인 은행 강도단에 대한 1시간 반짜리 특집 심층보도였다. 이반은 화면을 보는 즉시 강도단의 정체를 알아차렸다. 자동소총을 든 채 성큼성큼 은행으로 걸어 들어가는 강도단을 보자마자 느낌이 왔다. 몸동작, 걸음걸이, 발 벌린 각도, 손목을 살짝 굽힌 채 무언가를 가리키는 손. 이어지는 감시 카메라 영상을 지켜보던 그는 또 다른 무언가를 발견했다. 그 순간, 강도단이 제아무리 검은 복면을 뒤집어쓰고 있다 해도 볼 수 있었다. 모든 동작을 하나로 이어주는 그것은 그들이 공통으로 지닌 몸동작이었다.

그때부터 불편한 감정은 사라지고 소속감만 느껴질 뿐이었다. 그리고 레오의 앞을 가로막는 게 불가능해지자 아버지는 전략을 바꿔 일원이 되기를 자청했었다. 아들들과 함께 은행을 털기로.

하지만 지금의 불편함은 뉴스가 전하는 내용과 관련 있었다. 그때와 무언가가 달랐기 때문이다. 이번 강도들은 이미 현장에 있던 경찰들과 대치상황 속에서 총격전을 벌였고 강도 하나가 총을 맞고 치명상을 입었다고 했다.

"아드님은…… 좀 늦나 보네요? 뭐 우리 식당이 꽉 차는 일은 없지만 그래도 예약까지 하셨는데 말입니다."

닥소는 얼마나 궁금했는지 종업원 대신 자신이 직접 리필용 커피 주전자를 들고 이반의 테이블로 찾아왔다.

"지금 오는 중입니다."

이미 절반은 남아 있는 잔에 커피가 다시 채워졌다.

"특별요리를 주문하시지 않았습니까, 이반. 아드님하고 같이 드신다고요. 그래서 최고의 재료를 구해놓았거든요."

잔을 꽉 채워준 뒤에도 닥소는 그대로 이반의 테이블 곁에 머물러 있었다. 그러고는 TV 쪽으로 고개를 돌려 테이블에 앉은 손님처럼 뉴스화면을 바라보았다. 새로운 사진이 화면에 떠 있었다. 시신 한 구. 현장에 있던 누군가가 휴대전화로 찍은 사진이었다. 거리는 다소 있었지만, 화질은 선명했다. 시신은 검은색 작업복에 복면을 뒤집어쓴 상태로 오른쪽 팔 근처에 자동소총 한 정이 놓여 있었다.

"비용이 만만치 않았습니다. 그러니까 오늘 요리할 고기 말입니다."

바닥에 그림을 그려놓은 듯한 핏자국이 보였다. 리포터는 방탄조끼 아래쪽에 총상을 입은 강도가 쓰러진 뒤 일어나려고 시도하다 넘어진 자국이라고 설명했다. 머리를 관통한 총알에 치명상을 입기 바로 직전에.

"혹시 무슨 일이 있으면, 그러니까 제 말은 아드님이 오시지 못할 경우, 그게, 그러니까……."

이반은 지난 2년간 술 한 방울 입에 대지 않고 지내왔다. 그리고 그동안 불같은 자신의 성질도 철저히 다스려왔다. 누군가를 폭행하거나 시비를 건 적도 없었다. 그런데 바로 그 순간만큼은 뻣뻣하게 튀어나온 상대의 눈썹을 모조리 잡아 뽑아 목구멍 속에 쑤셔 넣어 입을 다물게 하고 싶은 마음을 주체할 수 없었다.

"그게 무슨 말이오?"

"오늘이지 않습니까. 출소일 말입니다. 그러니까 제 말은……."

"내 아들 레오는 강도질 다신 안 합니다. 곧 여기 온다지 않습니까. 그러니까 그 우라지게 비싸게 주고 산 고기나 요리해요."

"건조 숙성시킨 아르헨티나 쇠고기입니다."

"그게 뭐든 가서 준비해두라고요. 맛 따윈 신경 안 쓰니까. 그럴 거였으면 애초에 당신이랑 잘난 당신 마누라랑 하는 이 식당에 오지도 않았을 테니까."

그 말에 주인은 이반을 떠났다. 하지만 저들끼리 속닥거리는 것까지 멈추게 할 수는 없었다. 이반은 닥소가 질비아의 귀에 대고 무슨 말을 지껄일지는 알고도 남았다. 극도로 폭력적인 강도 사건이 아빠 강도의 아들이 출소하는 날 벌어진 게 우연은 아닐 거라는.

그런데 그날 아침, 교도소 정문에서 말로 표현할 수는 없지만 아버지의 육감 같은 무언가를 느꼈다. 다가오려 하지 않고 접근을 차단했던 레오. 자기만의 세계에 빠져 있는 모습이었다.

그때는 오랜만에 느껴보는 자유 때문일 거라고 생각했고 또 그러기를 바랐다. 자신도 교도소를 들락거리며 출소할 때마다 온몸으로 겪어본 바다. 수년간 그토록 바랐던 자유의 기쁨은 교도소 철문이 열리는 순간 순식간에 불확실과 혼란으로 뒤바뀐다는 사실을. 그런데…… 뉴스화면에 나왔던 그 핏자국……. 설마 그 녀석이? 그래서 늦는 걸까? 그래 봐야 고작 10분이었다. 훨씬 더 늦을 수도 있다. 스톡홀름 외곽에서 강도 행위를 하고 차단된 도로를 뚫고 경찰을 따돌린 뒤 훔친 돈을 숨겨놓고 옷을 갈아입었기 때문이 아니더라도, 시내에 있는 헝가리 식당에서 아버지와 함께 저녁을 먹는 자리에 늦을 수 있는 것이다.

"닥소?"

"네."

"그 아르헨티나 소고기 요리해서 갖다 주시게."

"하지만 이반, 아드님이 오지 않……."

"그냥 하라면 해요!"

담장. 철문. 펠릭스는 물론 그 여자도 그 자리에 있었다.

애들이 한창 클 때, 낭신이 낭신 방식만 고집하지 않았더라도…… 세상에, 레오가 이렇게 은행 털고 다닐 일은 없었을 거야!

브릿 마리는 가족을 파괴한 장본인이다. 그래서 그녀를 파괴하려 했던 것이다.

그리고 펠릭스하고 빈센트가 전과자 될 일도 없었을 거고.

그러나 지금의 그는 무너뜨린 가족을 다시 일으켜 세우고 있다. 기울어진 집을 고치듯. 과거의 실수는 뒤로 넘겨버렸다. 더 나은 미래가 그들 앞에 있기 때문이다.

내가 달라질 수 있다면, 너도 달라질 수 있어.

"요리하고 있는 거요?"

"금방 나옵니다."

"그 녀석, 지금 오고 있거든!"

이반은 아들이 걸어오는 모습을 더 잘 보기 위해 차가운 창유리 가까이 몸을 기댔다.

한 발, 한 발 분명한 걸음걸이였다. 녀석은 언제나 그렇게 걸었다. 지금 식당 안으로 들어오는 사람의 걸음걸이는 분명 녀석이었다.

그리고 이반은 그날 두 번째로 아들과 포옹을 나눴다.

"젠장, 닥소! 우리 이제 식사해야 하니, 당장 가져와요."

"전 됐어요, 아버지."

이반은 끌어안고 있던 아들을 떼어내고 옆으로 비켜 세웠다. 엿듣는 귀를 피하기 위해서였다.

"레오, 배가 안 고프다는 소리냐? 일단 자리에 앉자. 마실 건 뭐로 할까?"

"시간이 없어요. 그 말씀드리려 잠깐 들른 거예요. 할 일이 있거든요."

대형 벽걸이 TV에서 흘러나온 소리가 벽을 타고 내려와 두 부자 사이에 얇은 장막을 치고 대화를 가로막았다. 전문가 한 사람이 경찰과 범죄자 간 대치가 과도하게 폭력적인 양상으로 변해가고 있다고 지적했고 다른 전문가는 강도가 AK4 소총을 사용한 점이 이례적이라는 평을 내놓았다. 현장을 빠져나간 또 다른 일당의 행방은 현재 알 수 없는 상태라는 경찰청 대변인의 발표가 이어졌다.

"아버지, 다시 연락드릴게요."

레오는 식당 입구에 깔린 빨간 카펫을 밟자마자 바로 발걸음을 돌렸다.

"저녁은 어떻게 합니까? 고기는요? 이반? 아드님 것까지 다 준비해놨는데요."

닥소는 증거라도 대려는 듯 프라이팬을 들어 올리며 물었다. 레오는 그 말과 거의 동시에 뒷주머니에서 5백 크로나는 돼 보이는 현금 뭉치를 꺼내 거기서 네 장을 빼냈다.

"이 정도면 됩니까?"

닥소는 손사래를 치고 고개까지 가로저으며 대답했다.

"그렇게까지는 아닌데……"

"다 받아 두세요. 나중에 아버지하고 같이 와서 제대로 식사 한 번 하겠습니다."

그렇게 말하고는 식당 밖으로 나갔다. 나가는 걸음걸이 역시 들어올 때와 똑같았다. 이반은 큰아들을 따라 나갔다. 비록 낮 동안 슬금슬금 올라갔던 기온이 뚝 떨어진 상태였지만 코트를 챙길 정신도 없이 뛰쳐나갔다. 바깥 날씨는 가을처럼 쌀쌀했다. 버릇처럼 떠올리는 생각이지만 날씨가 꼭 유고슬라비아 같았다. 60년대에 스웨덴으로 오기 위해 자신이 등진 고향 땅. 유고슬라비아는 드라바라는 이름의 강을 두고 헝가리와 국경을 마주하고 있었다. 그런데 지금은 그 강과 똑같은 이름을 가진 식당 앞에서 큰아들을 쫓아가고 있었다.

"레오, 거기 서봐라."

"죄송해요. 진짜 시간 없다니까요. 만날 사람이 있어요."

"그런데 돈은 왜 그렇게 많이 가지고 있는 거냐."

그 말에 레오는 걸음을 멈췄다.

"그게 왜요? 문제라도 된다는 거예요?"

"그렇다. 교도소에서 나온 지 불과 몇 시간밖에 되지 않았는데, 나는……"

이반은 더 이상 말을 잇지 못했고 레오는 그 이유를 알 수 있었다. 오십 대로 보이는 남성 둘이 잠바 주머니에 손을 찔러 넣고 살짝 웅크린 자세로 다가오고 있었다. 두 사람 모두 이반을 보더니 아는 사람처럼 고개를 끄덕였고 이반 역시 똑같이 고갯짓으로 인사를 받았다. 사람들은 자신들도 왜 그러는지 모르는 채 무의식적으로 그와 좋은 관계를 유지하려 했다.

"……네가 경찰에 체포되기 직전, 그 장작 난로에 모든 걸 다 넣고 태워버렸다고 생각했다. 그게 맞는 거냐?"

"오늘 숲에 가서 따온 겁니다. 거기 가서 잘 찾아보시면 여기저기 그런 게 자라고 있거든요."

드라바 창문 쪽을 힐끗 쳐다보았다. 닥소와 쌀쌀맞은 아내가 이제 아예 대놓고 창문에 달라붙어 두 사람을 지켜보고 있었다.

"그런…… 거였어요, 아버지? 그게 이유였느냐고요?"

"뭐가?"

"그래서 이러신 거예요? 그게 그렇게 중요해서 저녁 먹자고 절 부르신 거냐고요? 확인하시려고요? 앞으로 어떤 계획이 있는지 그걸 캐묻고 싶으셨던 거냐고요?"

호기심 어린 눈초리로 창가에 붙어서 있던 식당 주인 부부 뒤로 대형 벽걸이 TV가 여전히 시퍼런 빛을 발산하고 있었다. 사건 발생 이후 수색과 관련된 화면들이 계속 이어지고 있었다.

"왜 그러신지 알겠습니다. 저걸 보고 계셨기 때문이네요. 걱정하실 거 하나 없어요. 전 저 사건하고 아무 상관없으니까요."

레오는 주변을 둘러보았다. 하지만 아버지의 눈빛을 피하기 위해서였다. 자신의 두 눈을 더 자세히 들여다보려는 것 같은 아버지 눈빛을.

초저녁 도심은 의외로 썰렁하고 고요했다.

"아버지, 저 오늘 출소했어요. 제가 출소 당일에 그런 사고 칠 놈으로 보이세요? 경찰도 그런 의심은 안 할 겁니다. 저 감시하는 사람도 없고요."

"늦게 오지 않았느냐. 그래놓고 시간이 없다 하고. 아까 그 철문 앞에서…… 그때 기분이 꼭…… 너한테 더 이상 저항하지 말라고 설득할 때 같았다. 그 덕에 결국 네가 이렇게 살아 있는 거 아니냐."

아들의 목숨을 구했다고 확신하는 아버지.

어머니의 목숨을 한 번 구했다고 확신하는 아들.

"저기요, 아버지. 인간적으로 깔개는 마음대로 뒤섞지 마세요."

아버지는 당혹스러운 표정으로 되물었다.

"그게 무슨 소리냐, 레오?"

"기억 안 나세요? 제가 교도소로 아버지 만나러 갔던 일이오?"

두 사람 모두 기억하고 있었다. 하지만 아버지는 고개를 가로저었다.

"모르겠다."

"모르신다고요?"

"무슨 깔개를 말하는 건지 난 모르겠다."

"누군가의 목숨을 구했다고 믿으시는 분이 그걸 기억 못 하신다고요? 그 목숨을 빼앗는 게 또 얼마나 쉬운 일인지, 그것도 모르신다고요?"

앵커는 어느새 나라 밖 소식을 전하고 있었다. 뉴욕에 있는 UN 본부 건물이 나오더니 중동 어딘가에서 벌어진 전쟁 화면이 재빨리 지나갔다.

그 순간 레오는 처음으로 얼굴에 미소를 지어 보였다.

"아버지, 걱정하실 거 하나 없다고요. 제가 오늘 그 현장에 있었다면, 절대 그런 일은 일어나지 않았을 테니까요. 제가 계획하면 그렇게 끝날 일은 없다고요. 저랑 같이 일을 벌이는 사람은 절대 죽을 일 없거든요."

"다시는 그 짓 해선 안 된다, 레오! 다음엔 종신형을 살게 된다고!"

"전 그 현장에 없었어요. 이렇게 여기 있잖아요?"

"다시는, 안 된다, 알았냐? 마지막엔 다들 빌어먹을 정도로 운이 좋았던 거야. 넌 자동화기 221정을 훔치고 현금수송 차량은 물론 은행을 수차례 터는 거로도 모자라 스톡홀름 중앙역에 폭탄을 터뜨리기까지 했어. 그런데 레오, 네가 유죄판결을 받은 건 은행 강도 두 건이었고 펠릭스와 빈센트는 단 한 건이었어! 나랑 똑같았다고. 나한텐 그저 별 하나 더 다는 것뿐이었어. 넌 그만큼 운이 좋았던 거라고. 아니면 검사가 일하기 싫었거나. 이유가 뭐든, 이 애비는 한 가지 깨달은 게 있어. 네가 몇 년간 여러 교도소를 돌아다녔다고 해서 달라질 건 아무것도 없다는 거야. 어차피 관련사건 수사 자료들이 산더미처럼 쌓여 있다고. 너를 비롯한 너희들 중 누구라도 한 번만 더 그 일을 벌이면 다음에는 모든 것과 영영 결별해야 한다. 중년인 지금 내 나이가 되기 전까지는 바깥세상을 구경할 수도 없어."

이반은 다시 한번 식당 창문을 흘깃 쳐다보았다. 주인 부부는 더 이상 염탐하지 않았다. 닥소는 컵을 닦고 있었고 그의 아내는 주변의 소금 통을 제자리에 가져다 놓고 있었다.

"날 봐라, 레오."

이반은 큰아들의 두 눈을 똑바로 들여다보기 위해 레오와 눈을 맞추려 애썼다.

"너도 달라질 수 있어. 내가 달라진 것처럼."

"그 말씀은 제가 여전히 부족하다는 말씀인 건가요?"

"나처럼…… 살 필요는 없다, 레오. 사람은 누구나 변할 수 있어. 나도 마찬가지야! 의지만 있으면 되는 거야. 의지라는 건 충돌하게 돼 있어. 기억하지? 어렸을 때 이 애비가 보여줬던 것처럼 말이야. 곰하고 춤을 출 때 어떻게 해야 하는지."

"아버지, 전 은행을 털긴 했지만 술은 안 마셨어요. 은행 강도는 그러기로 선택했기 때문에 벌인 일이에요. 계획만 잘 세우고 위험을 최소로 낮추기만 하면……. 술은 아버지 같은 사람이나 마시는 거예요. 현실을 제대로 다루지 못하는 사람들이오."

따뜻한 식당에서 질 좋은 고기를 앞에 두고 대화를 나누고 싶었는데…… 결국 이렇게 끝나고 말았다. 땅거미가 지기 시작한 시각, 축축한 보도블록 위에서 처음 시작했을 때만큼이나 서로를 멀게 느끼면서.

"레오, 거지같은 지난 일들은 이제 남아 있지 않다. 우리 앞에는 모든 게 있어. 중요한 건 그거라고."

"어쨌든 반가웠어요…… 이반."

레오의 차는 가장 가까운 주차장에 전면 주차돼 있었다. 레오는 재빨리 발걸음을 옮겼다. 조금이라도 더 있고 싶은 마음이 전혀 없었기 때문이다. 앞 유리에 붙어 있는 스티커가 말해주듯 렌터카였다. 부자는 더 이상 말을 하지도 서로 쳐다보지도 않았다. 레오는 차 문을 열고 운전석에 앉아 시동을 걸기 무섭게 멀어져갔다.

이반…….

자기 아들에게 아버지가 아니라 이반이라 불릴 때마다 거리감이 느껴졌다.

그 기분이 결코 좋을 리 없다. 아침부터 느꼈던 불편한 감정이 이제는 아예 커다란 구멍을 뚫어 놓았다. 큰아들은 말 그대로 단절된 세상으로 들어가 버렸다. 어딘지 모를 곳으로 가버릴 때마다 그러듯. 더는 붙잡을 수 없는 곳으로 가버릴 때마다 그러듯.

모든 것을 숨겨버리는 칠흑 같은 어둠이었다.

레오는 좁은 숲길 마지막 직선 구간에 있는 갓길에 차를 세웠다. 그리고 시동에 이어 전조등까지 끄면서 어둠의 일부가 되었다.

천천히 심호흡했다. 들이쉬고, 내쉬고, 들이쉬고, 또 내쉬고. 그런데도 벌렁거리는 심장에 가속도가 붙는 것 같았다. 주변을 둘러싼 모든 소리가 사라지고서야 심장이 얼마나 미친 듯이 쿵쾅거리고 있었는지 알 수 있었다.

초봄의 쌀쌀한 날씨였다. 땅속에 묻어둔 총을 파내러 갔던 휴게소보다 훨씬 더 많은 눈이 쌓여 있었다. 그날 오후 1시, 페리를 타기 위해 차를 몰고 처음 그곳을 찾았을 때는 미처 발견하지 못했었다. 하지만 내륙에서 조금만 벗어나도 기온이 달라진다. 빛을 찾아 걷기 시작하자 낮 동안 녹았던 것들이 서서히 얼기 시작하면서 형성된 살얼음이 발밑에서 부서지는 소리가 났다.

조금만 더 가면 길이 끝나고 멜라렌 호수가 나온다. 지도상으로는 4백여 미터 정도 되는 거리이다. 그곳에는 밝게 빛나는 가로등 세 개가 어둠을 꿰뚫고 기세등등하게 페리 선착장을 밝히고 있었다.

가파르게 올라가고 있는 심박수를 정상으로 끌어내려야 한다. 자신도 모르게 불안감이 발걸음을 휘감고 걸음을 재촉하고 있었다. 하지만 그렇게 서두르면 안 된다. 그들의 존재를 먼저 알아차리는 건 그 자신이어야지, 그 반대가 돼선 안 되기 때문이다. 그들이 먼저 와 있는 거라면 남의 눈에 띄지 않고 당장 되돌아가야 한다.

도시의 경우 거대한 빛 덩어리가 커다랗고 부드러운 모자처럼 건물 위를 뒤덮어주고 있어서 가까이 다가갈수록 밝아지는 반면, 여기는 총총한 별들과 가로등 세 개가 유일한 '조명'이었고, 동물 울음소리만이 그를 옳은 길로 인도하고 있었다. 정확히 이쯤 되면 안도감이 찾아와야 했다. 그건 경찰의 검문검색을 무사히 통과했다는 보상이기 때문이다. 하지만 지금은 상황이 다르다. 이번에는 현장의 진행 상황이나 사후 도피 과정을 직접 통제할 수 없었다. 그랬기에 아버지와의 약속에 늦었던 것이다. 모든 걸 알고 있어야만 했기 때문이다! 4시 45분, 저녁 뉴스에서 첫 소식이 흘러나왔다. 레오는 갓길에 차를 세우고 라디오에 귀를 기울였다. 현금수송 차량 경비원들을 대상으로 한 무장 강도 사건을 보도하는 내용이었다. 앵커는 담담한 목소리로 총격전이 벌어졌다는 소식을 전했다.

소식통에 따르면 강도 한 명이 총에 맞았다고 합니다.

총격전?

강도 중 한 명?

누구지?

어둠은 바닥이 보이지 않는 구멍처럼 온 주변을 감싸고 있었다.
가끔 그런 꿈을 꾸곤 했다. 계속 떨어지는데 그 끝을 알 수 없는 어
둠. 어렸을 때 호수에서 수영하다 밑바닥까지 계속 헤엄쳐 내려가
면서 어떻게 거기서 지낼 수 있을까 궁금해하던 컴컴한 세상처럼.

오른쪽 수풀에서 무언가 기척이 느껴졌다. 뒤이어 그게 생명체
라는 사실을 알려주는 강한 향이 이어졌다. 대부분 그가 지나가
는 인근에서 밤을 보내려던 엘크 떼나 멧돼지였다. 그 칠흑 같은
어둠이 앞을 가리고 동물들의 흔적이 코를 자극하는 와중에 갑자
기 휴대전화가 앞주머니 안에서 부르르 요동을 쳤다. 삼이다! 레
오는 주머니를 더듬거리다 휴대전화를 꺼냈다. 이제 삼의 목소리
를 들을 수 있다! 아니다. 다른 전화기라니! 암호화되지 않은 일
반 휴대전화를 꺼냈던 것이다. 08로 시작되는 번호. 스톡홀름이
다. 이건 무슨 조화지? 삼이 다른 번호로 전화를 건 걸까? 삼이 어
딘가에 숨어 있다는 뜻일까? 일단 전화를 받아야 한다. 하지만 여
기선 아니다. 숨어서 그를 기다리고 있을 자들과 너무 가깝다. 혹
시…… 야리의 전화일까? 아니다. 삼도, 야리도 보안이 되지 않

는 번호로 연락할 일은 없다. 만약 그 두 사람이 아니라면 목적지의 반 가까이 온 상태에서 전화를 받는 위험을 감수할 수는 없었다. 적막감이 감도는 환경 속에서는 제아무리 작은 소리도 아무런 저항 없이 빠른 속도로 퍼져나가기 마련이다.

레오는 살짝 방향을 틀어 다시 도로로 향해 배수로 가장자리를 따라 걸으며 선착장의 상황을 파악하기 위해 애썼다. 그는 당장이라도 차단기 앞에 서서 강 반대편으로 건너가는 페리를 기다리며, 혹시 누군가가 원형 아스팔트 구간을 기웃거리는 건 아닌지, 누군가 지켜보고 있는 건 아닌지 확인해보고 싶었다.

그는 차로 되돌아가 저녁 뉴스에서 흘러나온 내용을 두 눈으로 직접 확인하러 현장으로 가볼까도 생각했다. 하지만 아버지와 약속한 시간에 맞춰 그 식당에 가기로 결심했다. 모두의 기억 속에 확실히 각인되기 위해서라도 가능한 많은 사람의 시야에, 최대한 오래 노출되는 게 목적이었다. 단지 아버지가 기억해주기를 바라기 때문만은 아니었다. 먹지도 않은 음식값까지 굳이 5백 크로나 지폐 뭉치로 계산해버린 것도 식당 주인은 그 일을 잊을 수 없을 거란 계산에서였다. 행여 경찰이 식당 주방으로 찾아와 통상적인 탐문 수사를 벌이게 되면 레오 뒤브냑에게는 견고한 알리바이가 조성되는 것이다. 식당 주인도 그 정도 액수면 받았다는 사실을 깜빡할 일은 없을 테니까. 그리고 모든 게 가족 이외 제삼자의 진술이 된다. 레오가 스톡홀름 남부 외곽지역에서 강도 사건을 벌이고 깨끗이 옷까지 갈아입은 다음 시내에 있는 헝가리 식당 문을 열고 들어오는 일은 물리적인 시간상 불가능했다.

자신이 직접 설계했던 강도 사건을 흥분된 목소리로 전하고 있는 뉴스화면이 더러운 창문을 통해 들여다보이는 식당 앞 보도블록 위에 서 있는 건 정말 힘든 일이었다.

불과 나흘이 그들에게 주어진 전부였다. 비용마련을 위한 작전에 직접 개입할 수는 없었다. 세 사람 중 사후 경찰 검문을 통과할 수 없는 유일한 사람이었기 때문이다. 그는 은행 강도계의 신성이자 바로 오늘 출소한 전직 유명 은행 강도였다. 나머지 두 사람, 삼과 야리는 다른 범죄를 짓고 H 사동에서 복역했다. 불필요한 질문에 답할 시간이 없고 마지막 큰 건을 성공시키고 세상에 없는 것을 되찾아올 생각이라면 물 샐 틈 없는 알리바이를 갖추고 있어야 한다.

현란한 불빛이 춤추는 식당 창문을 통해 눈에 들어온 장면은 현장에 있던 목격자가 떨리는 손으로 촬영한 휴대전화 영상이었다. 교도소에서 복역하는 동안 휴대전화의 기능과 성능이 폭발적으로 발전해 이제는 거의 신체 일부와 다름없는 물건이 되었다. 첫 은행 강도를 벌일 때만 해도 신경 써야 할 물건은 정해진 위치에 있는 감시 카메라가 전부였다. 은행에 들어가자마자 감시 카메라를 총으로 박살 내 수사관들이 범행패턴을 분석하지 못하게 방해하면 그만이었다. 그러면 목격자들의 머릿속에 남아 있던 단편적이고 왜곡된 기억들이 저마다의 방식으로 혼란스러운 증언을 쏟아내게 된다. 충격을 받은 사람들은 자신이 봤다고 생각하는 걸 사실이라 믿게 되기 때문이다. 그리고 경찰이 여러 개의 조각을 하나로 끼워 맞추기까지는 어마어마한 시간이 소요된다. 지금은 휴대전화로 찍는 사진이나 영상이 보조 증거 자료로까지 쓰이는데 사람들의 손까지 일일이 통제할 수 없기에 애초 계획을 세울 때 그 부분까지 치밀하게 계산에 넣어야 했다. 그런데 지금 그 행인이 떨리는 손으로 찍은 동영상은 최악의 상황을 보여주고 있었다. 피바다 위에 누워 있는 삼의 모습이었다.

레오는 페리 관리인이 출발시간 전까지 시간을 보내는 작은 집을 비추고 있는 세 개의 가로등을 향해 걸어갔다. 물가로 다가갈수록 시커먼 수면 위에 정박해 있는 진노랑 페리가 희미하게 보이는 것 같았다. 그 순간, 다시 한번 휴대전화가 앞주머니를 흔들며 진동 소리를 냈다. 역시 스톡홀름 지역 번호였다. 레오는 그대로 무시하고 계속 발걸음을 옮겼다.

차 한 대가 시동을 끄고 페리에 오르기 위해 기다리고 있었다. 경찰일까? 그런 거라면 누군가 저 어둠 속 어딘가에 숨어 있는 건 아닐까? 레오는 더 가까이 다가갔다. 달리 선택권이 없었다. 일단 상황을 파악하는 게 급선무였다. 삼은 결코 누구도 대신해줄 수 없는 존재였다. 삼의 감방에서 몇 달에 걸쳐 모든 걸 계획했다. 살인과 협박으로 형을 살고 있던 청부업자 야리는 뒤늦게 합류했다. 첫 만남에서 야리와 협상할 내용은 전적으로 그의 몫이었다. 현금 수송 차량을 한 번 털고 최후의 한 건에서 도주계획에 주도적으로 참여하는 대가가 서로 적절히 맞아야 협상을 계속 이어갈 수 있기 때문이다. 야리를 설득하는 일은 상대적으로 쉬웠다. 그는 자신이 잘하는 게 무언지, 자신이 무슨 역할을 해야 하는지를 잘 알고 있었다. 그래서 시시콜콜한 것까지 알려고 들지 않았고 단지 자신이

해야 하는 것들만 물었다. 게다가 입이 상당히 무겁기로 정평이 난 인물이었다. 그의 몫은 1천5백만 크로나였다. 양측 모두 받아들일 수 있는 제안이었다. 어마어마한 액수가 예상되는 최후의 전리품을 앞두고 있던 터라, 범죄 세계에서는 그 정도가 적정선이었다. 범죄에 가담하고 평생 침묵을 지키는 대가는 교도소 바깥세상에서 비밀유지계약서와 다를 바 없었기 때문이다.

그렇기 때문에 만약 삼이 죽었거나 체포된 거라면 모든 게 무너지는 것이다. 왜냐하면 이번 작전은 시간제한이 있기 때문이다. 단기간 내에 많은 일을 처리해야 하는 일이었다. 레오는 교도소에 수감되며 '유명인사'로 등극하기 전, 이번 작전 말고도 하나씩 차근차근 은행 강도를 이어나갈 계획을 짜놓을 수 있었다. 그렇게 한 건씩 이어가며 최후의 한 판에 필요한 비용을 마련하는 식이었다. 그런데 모든 경찰의 의식 속에 상상을 초월하는 규모로 강도질을 하고도 남을 인물로 각인된 지금은 더 이상 그 방법을 이어나갈 수 없게 되었다. 방법은 하나뿐이었다. 그 어느 때보다 큰 위험을 감수해야 했지만, 충분히 받아들일 수 있었다. 그만큼 '수익'도 엄청날 테니까. 다시 오지 않을 기회이기도 했다.

오는 길에 들은 7시 뉴스에서도 자세한 정황은 보도되지 않았다. 총을 맞은 강도의 신원이나 다른 공범에 관한 정보는 전혀 없었다. 체포가 된 건지, 여전히 도주 중인지도. 모든 뉴스가 오직 총격전이 있었고 한 명이 사망했다는 내용만 되풀이하고 있었다. 추가된 내용이라고는 주차장과 쇼핑몰에 있던 목격자 증언뿐이었다. 강도들의 총기 난사로 만신창이가 된 경찰차와 몸을 던지듯 바닥에 납작 엎드린 상황 등을 혼란스러운 목소리로 전하고 있었다. 그들이 느꼈던 공포심까지. 하지만 또 다른 강도에 관한 이야기는 전혀 없었다.

페리 관리인의 작은 오두막에는 창문이 네 개였고 그중 한 곳에서 은은하게 불빛이 흘러나오고 있었다. 레오는 숲을 향해 난 창으로 슬금슬금 걸어갔다. 그 위치에서는 제멋대로 자란 관목 뒤에 몸을 숨길 수 있었다. 그는 조금씩 더 가까이 다가가 벽에 붙어 서서 안을 들여다보았다. 테이블 위에 커피가 가득 담긴 잔을 놓고 신문을 펼쳐두고 앉아 있는 관리인이 전부였다. 오후에 봤던 바로 그 사람이었다.

다른 사람은 없었다. 그건 분명했다.

관리인 뒤로 하얗고 널찍한 시계 하나가 벽에 걸려 있었다. 어릴 때 학교에서 보던 시계가 떠올랐다. 분침이 45분을 가리키고 있었다. 출발까지 남은 시간은 15분.

레오는 다시 조심스레 발걸음을 되돌려 수풀로 돌아간 뒤 주차장으로 향했다. 페리에 오르기를 기다리는 차를 뒤에서 확인할 생각이었다.

운전석에 앉은 남자와 조수석에 앉은 여자가 전부였다.

가까이 다가가 보니 안테나나 이중 뒷거울 같은 것도 없는 제법 낡은 빨간 승용차였다. 경찰로 의심되는 정황은 어디에도 보이지 않았다. 두 사람은 라디오를 듣고 있었다. 차 밖으로 음악 소리가 또렷이 들렸다. 라디오 웁란드 채널이었다. 차에 손이 닿을 정도로 가까이 기어갔다. 조수석에 앉은 여성은 하이칼라 코트에 모자를 쓰고 있고 운전석에 앉은 머리가 벗어진 남성은 모자와 퀼트 재킷 차림이었다. 경찰은 없는 듯했다. 아직은.

레오는 마지막으로 다시 페리 관리인 사무실로 되돌아갔다. 관리인은 편안해 보였고 커피 잔도 그새 반쯤 줄어 있었다. 시계는 7시 49분을 가리키고 있었다. 관리인은 작은 섬으로 들어가거나 나오는 사람을 지켜볼 수 있는 유일한 사람이었다. 주중이라 드나드는 사람도 거의 없었다. 예상치 못한 상황은 전혀 없다는 듯 아무렇지 않게 노란 형광 조끼 차림으로 자리에 앉아 있었다. 무슨 일이 있었다면 경계하는 자세로 안절부절못하고 돌아다니거나 조타실에 서서 아스팔트가 깔린 지점을 지켜보고 있었을 것이다. 커피를 홀짝이며 신문 스포츠면 기사를 뒤적이는 대신.

레오는 축축한 호수의 공기를 들이켰다. 확인할 수 있는 건 모두 확인했다. 8시에 출발하는 페리를 타고 호수를 건너도 무방하다. 왜냐하면 그게 바로 그가 해야 할 일이기 때문이다. 황급히 차로 뛰어가 차단기까지 미친 듯이 달릴 필요가 없게 되었다. 다만, 발걸음을 재촉해서 나쁠 일은 없었다.

---

잘못된 것 같다는 느낌이었다.

그는 드라바 식당을 찾을 때마다 매번 차지하는 자리에 앉아 있었다. 단골손님들은 주변 테이블에 자리를 잡고, 주인 닥소는 여느 때처럼 하얀색 조리 모자를 쓰고 피자 판을 들고 오븐 앞에 몸을 구부리고 있었다. 그럼에도 불구하고 불편하고 갑갑한 빌어먹을 느낌이 가슴속을 짓누르고 있었다. 이 감정이 마치 맹렬한 암세포처럼 순식간에 번지고 분열하면서 자신을 공격할 거라고는 생각지 못했다.

저녁 식사는 불발되었다. 레오는 기분 나쁠 정도로 극도로 무언가에 집중하고 있었다. 부자가 동시에 체포되던 마지막 강도 사건 직전처럼 다가가기 힘든 분위기를 풍겼다.

이반은 링베겐에 멍하니 서서 굴마스플란 쪽으로 사라지는 렌터카를 쳐다보다가 점점 커지는 불안감을 떠안은 채 식당으로 돌아왔다. 그러고는 단골들의 원성에도 불구하고 빌어먹을 강도 현장의, 빌어먹을 영상과 소식을 전하고 있는, 빌어먹을 뉴스가 흘러나오는, 빌어먹을 TV의 볼륨을 키웠다. 이반은 식당 주인 부부를 힐끗 쳐다보았다. 카운터 뒤에 웅크린 채, 그와 마찬가지로 TV에서 흘러나오는 뉴스에 관심을 기울이고 있었다. 이반의 아들이 누구인지 알고 있다고 착각하는 하이에나 두 마리 같았다.

그리고 하이에나 두 마리의 머리 위에 한 줄로 늘어선 레드 와인 병들이 보였다.

아주 오랜만에 처음으로 느낌이 왔다. 팔을 잘라냈는데도 가려운 느낌이 드는 것처럼 한 방울도 마시지 않은 상온의 와인이 온몸을 휘감는 것 같았다. 가상의 갈증. 평안함과 동시에 멍한 기분이 머릿속을 파고들었다.

아니야. 이반은 생각했다. 절대 안 된다. 약해지면 안 된다. 지금은 아니다. 오직 나만이 녀석을 바꿀 수 있고 그게 어디든, 지옥으로 걸어 들어가고 있는 녀석을 올바르게 이끌 수 있으니까.

이반은 불편하기 짝이 없는 플라스틱 스툴에서 일어나 피자 도를 반죽하느라 밀가루가 그대로 묻어 있는 닥소의 손에서 전화기를 빌렸다. 오늘만 벌써 세 번째로 단조로운 신호음을 들으며 그는 자신이 누른 번호와 종이에 적힌 번호를 비교했다. 빈센트를 졸라 받아낸 것이다. 오전에 레오가 걸어온 번호였다. 번호는 제대로 눌렀다. 마지막으로 한 번만 더.

"여보세요?"

레오의 목소리였다. 그런가?

"나다⋯⋯. 이반."

침묵이 흘렀다. 그는 상대가 어디서 전화를 받는 건지 유추해보려 했다. 하지만 아무것도 들리지 않았다. 너무 고요했다.

"왜요?"

"나는⋯⋯. 너도 알다시피, 난 네 걱정을 많이 한다. 너도 그건 알지 않냐?"

"그래서요?"

"생각해봐라. 난 여기 있으니까. 도움이 필요하면 말이다."

"어디서 전화하시는 거예요?"

"식당이다."

"번호는 어떻게 아셨어요?"

"네 동생한테서."

다시 침묵이 흘렀다.

"이반?"

"그래."

"앞으로는 제가 사용해도 된다고 허락한 번호로만 전화하세요."

이번에는 다른 형태의 침묵이 이어졌다. 레오가 전화를 끊었던 것이다.

이반은 혼란스러웠다. 방금 전까지만 해도 불안, 불편, 걱정으로 가슴이 답답했었다. 그런데 지금은 분노가 치솟았다.

그날 하루, 벌써 세 차례나 아들에게 무시를 당했다. 교도소 정문에서, 저녁 식사 자리에서, 그리고 지금. 이반은 생각했다. 허락을 받으라고? 내가 전화하고 싶은 데서 하는 거지, 빌어먹을 번호가 무슨 상관이라고!

"통화는 하셨습니까?"

닥소 하이에나가 피자 오븐 앞에서 큰 소리로 물었다. 그 옆에 아내 하이에나를 끼고서. 부부는 하이에나 식으로 비웃으면서 그를 쳐다보고 있었다.

"통화를 하든 말든 그게 주인 양반하고 무슨 상관이오? 당신 일이나 신경 써요."

"어쨌든 아드님이었죠? 그렇게 들리더라고요."

"하이에나가 그렇게 귀도 밝았나?"

"그게 무슨 말씀입니까?"

"그 빌어먹을 피자나 구워요. 듣지 말아야 할 일까지 신경 쓰지 마시고."

TV에서 흘러나오는 음악이 귀에 들어왔다. 뉴스의 시작을 알리는 시그널 음악이었다. 이반은 볼륨을 더 키웠다. 또다시 이어지는 다른 손님들의 항의는 신경도 쓰지 않았다. 참다못한 손님 하나가 자리에서 일어나 다소 물리적인 방법으로 항의하려 했으나, 상대를 알아보고는 이내 바퀴 달린 서빙 카트 쪽으로 방향을 돌려 냅킨이나 소금 통을 찾는 척했다.

남성 앵커가 첫 뉴스를 전하고 있었다. 머리 손질에 메이크업도 받았겠지만 별 도움이 되진 않아 보였다. 정말로 진지한 게 아니라 심각한 척 연기를 하고 있다는 게, 타성에 젖은 반복연습의 결과라는 게 너무나 뻔했다. 앵커 어깨너머로 피바다 위에 놓인 자동소총 사진이 걸려 있었다.

이반은 배경 화면이 커지며 본격적으로 뉴스가 진행되자 더 자세히 보기 위해 자리에서 일어났다. 아직은 먼저 보도된 내용과 별 다를 바 없었다. 피바다. 사망한 강도. 부상당한 채 들것에 실려 나가는 경비원. 몇 분간 뉴스를 지켜보던 이반이 TV를 아예 꺼버리려던 순간 새로운 화면이 앞의 사진들을 밀어냈다. 정복 차림의 여성 경찰 대변인이 순찰차 앞에서 인터뷰를 하고 있는 모습이었다. 이전에는 등장하지 않은 인물이었다. 환한 조명이 영화 속 배경화면처럼 일시적으로 범죄현장을 밝히고 있었다. 마치 시청자들을 위해 사전에 철저히 계획한 무대 위에 오른 사람 같아서 심지어 경찰 조사결과를 발표하는 진지한 목소리조차 인위적으로 들릴 정도였다. 발표내용에 따르면 복면을 뒤집어쓴 무장 강도는 2인조였으며 강도 한 명이 총격전 도중 총상을 입었고 다른 공범은 현재 도주 중인데, 중무장한 상태인 데다 극도의 스트레스를 받고 있기 때문에 위험할 수도 있다고 했다.

이반은 물컵으로 손을 뻗었다. 와인이 그를 향해 우아하게 손을 흔들고 있는데도 커피와 물로 만족해야 했다. 그는 조금이나마 자랑스러운 마음으로 뒤로 기대앉아 화면 속의 여성 대변인을 노려보며 벌컥벌컥 물을 들이켰다.

대변인은 질문들을 요리조리 피해가고 있었다. 현재 진행 중인 사건 수사에 민감한 부분이므로 이런저런 질문에 대답하는 게 시기상조라고 해명했다. 하지만 이반은 모두 새빨간 거짓말이라는 걸 알고 있었다. 경찰은 말하는 것보다 훨씬 많은 걸 알고 있기 때문이다. 아마 총에 맞은 강도의 신원을 알아낸 게 분명하다. 하나의 정체가 밝혀지면 오래지 않아 다른 공범의 정체도 드러나기 마련이다. 자신과 세 아들이 아니라, 다른 누구라도 알 수 있는 일이었다.

레오일 수는 없다. 이젠 그도 알고 있다. 그 레스토랑까지 찾아온 일로 범죄 가담 자체가 불가능했다.

하지만 여전히 큰 그림이 하나로 모아지지 않았다.

큰아들은 자유를 되찾은 첫날, 왜 자신에게 이토록 적대적으로 구는 걸까? 아버지와 약속한 저녁 식사를 하는 대신 도대체 어디로 가 있는 걸까?

———

페리를 타고 5분, 섬 한쪽 끝에서 반대편 끝까지 차를 몰고 또

5분. 몇 시간 전 그곳을 찾았을 때와 비슷하게 걸렸다. 다만 이번에는 가는 내내 극도의 불안감이 꼬리표처럼 따라다녔다. 시작도 하기 전에 모든 게 끝난 상황일 수도 있었다. 마지막 구간이 나오자 전조등을 껐다. 그리고 브레이크를 밟고 차를 세웠다. 칠흑 같은 어둠 속 불 꺼진 집 한 채. 눈에 보이지는 않았지만 모든 것을 의미할 수 있었다.

삼이 그 집에 있다면.

삼이 그 집에 없다면.

레오는 잠시 차에 앉아 있다가 차창을 내렸다. 찬바람이 밀려들었다. 정신이 번쩍 들었다. 차에 그렇게 앉아 있다는 건 아무것도 모른다는 뜻이었다. 아무것도 모른다는 건 삼이 여전히 살아 있고 도주 중이라는 것과 같았다.

휴대전화가 세 번째, 네 번째 계속해서 요동쳤다. 고집스럽게 애원하듯. 파란 강도일 수도 있다. 레오는 결심을 하고 앞주머니에서 황급히 휴대전화를 끄집어내 버튼을 누르고 전화를 받았다. 아버지였다. 그것도 빌어먹을 식당 전화로. 주변에 있는 누군가가 엿들을 수도 있고 감청이 될 수도 있었다.

레오는 다시 차창을 올렸다. 바깥은 여전히 춥고 싸늘했다. 그나마 차 안은 온기가 남아 있었다.

전에는 언제나 해결책이 있었다. 빠져나갈 탈출구가. 하지만 이번에는…… 도무지 보이지 않았다. 경찰이 어두운 집 안에서 기다리고 있는 거라면……. 위장 순찰차로 자신보다 먼저 페리를 타고 페리 관리인에게 아무런 경고도 하지 않은 거라면……. 그와 마찬가지로 어둠 속에 숨어 있는 거라면……. 지금 이 순간 열 감지기 고글을 착용하고 그의 체온이 발산하는 초록색 빛을 통해 지켜보고 있는 거라면…….

레오는 차 문을 열었다. 단단히 땅에 발을 딛고 담장을 향해 성큼성큼 걸어 나갔다. 그러다 걸음을 멈추고 귀를 기울였다. 아무 소리도 들리지 않았다. 바람 소리조차.

둘이었다가 셋이 되었다. 은행 강도, 살인자, 근육 덩어리. 그중 하나가 사망했다. 다시 둘이 되었다. 과연 남은 둘은 누구인가?

완만한 경사를 이룬 잔디밭이 살짝 언 탓에 단단한 신발 밑창이 의지와 상관없이 미끄러졌다. 오후에 그 집을 찾았을 때만 해도 그 부근 돌 담벼락 근처 어딘가에 삼의 차가 주차돼 있었다. 그런데 차가 있어야 할 자리가 비어 있었다. 최악의 상황이 발생했음을 뜻할 수도 있다. 아니면 분명 어딘가에 꼭꼭 숨어 있다는 뜻일 수도.

레오는 집 현관문 얼굴 높이에 각진 창문이 달려 있던 것을 떠올렸다. 하지만 불투명 유리라 안을 들여다볼 수는 없었다. 그리고 다른 창문을 통해 부엌을 엿보거나 집 뒤쪽에 난 창문을 통해 들여다보는 것 역시 노출될 위험이 컸다.

경금속 재질로 된 문손잡이가 어슴푸레 빛났다. 레오는 조심스레 문을 당겨보았다. 열려 있었다. 그는 비좁고 어두운 통로로 발걸음을 옮기며 문지방을 넘어 부엌으로 들어가 오후에 삼과 함께 지도를 태운 장작 난로를 지나갔다.

숨소리.

상상이 만들어낸 소리였나?

부엌 의자 두 개는 부엌에 있던 소파처럼 누군가를 기다리듯 비어 있었다.

레오는 다시 작은 거실로 들어갔다. 그리고…… 바로 거기에 아마도 안락의자에 누군가 몸을 앞으로 살짝 숙인 상태로 앉아 있는 것 같았다.

누군가의 그림자처럼.

"그게 나일 수도 있었잖아."

삼이다.

레오는 이 상황에서 기뻐하거나 안도해야 할지, 아니면 화를 내야 할지 알 수 없었다. 확실한 건 그 짧은 순간 말 그대로 만감이 교차했다는 것이다.

레오는 부엌 의자를 그림자 가까이 끌어당겼다.

"그런데 그런 일은 없었잖아요, 삼."

"젠장, 난 봤다고……. 그 친구 비틀거리던 거. 그리고…… 붙잡았어, 여길……."

삼은 어둠 속에 묻혀 있는 팔을 들고 부들부들 떨면서 엉덩이와 어깨뼈 사이를 가리키며 말을 이었다.

"난 달렸어. 그 친구 여기를 붙잡고. 그러려고 했는데…… 그 친구가 머리에도 총을 맞았는지 모르고 있었어. 그게 정확히 여기 박혀버렸어. 그 순간 야리가 죽었다는 느낌이 왔어. 손에서 느껴졌어. 근육이 멈춘 그 느낌말이야. 지금은 이런 생각이 들어. 내가 그렇게 됐을 수도 있다는 생각."

레오는 삼과 신체접촉을 거의 한 적 없었다. H 사동에 기거하는 재소자들이 오가다 만나면 통상적으로 서로 살짝 포옹하는 인사를 제외하고는 그랬다. 그런데 지금은 어둠 속에 잠겨 있는 삼의 손 위에 자신의 손을 얹었다.

"하지만 이렇게 살아 있잖아요. 삼의 손에서는 그걸 느낄 수 있어요."

그의 범죄 전과에 비춰보면 다소 이해할 수 없는 반응이었다. 하지만 레오의 앞에 앉아 있던 삼은 폭력이라는 행위가 어떻게 행사되는지 그 실체를 전혀 모르는 사람이었다. 한때, 그것도 25년 전에 그 자신이 직접 그런 행위를 저지른 적은 있지만 그 이후 과거로 돌아가려 한 적도, 과거의 그 폭력성을 되찾으려 한 적도 없었다.

레오는 어둠 속에 숨어 있는 그 손을 살짝 눌렀다. 아무런 반응도 없었다. 밀어내지도 않았다. 다시 한번 세게 눌렀다. 여전히 아무런 반응도 없었다.

레오는 자리에서 일어나 단번에 블라인드를 내려 방 안의 양쪽 창문을 가렸다. 그러고는 유일한 전기스탠드 코드를 찾기 위해 손가락으로 바닥을 더듬거렸다. 스탠드를 켜자 필라멘트가 희미하게 빛을 만들어냈다. 하지만 상대의 얼굴에서 표정을 읽기에는 충분했다.

삼의 머리는 눌리고 헝클어진 상태였다. 한참 동안 복면을 뒤집어쓴 채 땀까지 흘렸으니 당연한 일이었다. 두 눈은 눈앞의 상황이 아니라 내면의 어딘가를 들여다보고 있었다. 쇼핑몰 밖 주차장에서 벌어진 장면을 반복적으로 떠올리는 눈빛이었다. 복면을 써도 노출되는 부위인 왼쪽 눈과 왼쪽 입 언저리에 마른 피가 보일락 말락 묻어 있고 옷 칼라가 시작되는 부위에도 아주 작은 핏자국이 튀어 있었다.

"엄지손가락……. 바리케이드를 친 경찰들 말이야. 네가 말한 대로였어."

계속해서 내가 그렇게 됐을 수도 있었다는 말을 되뇌던 삼이 처음으로 꺼낸 다른 말이었다. 마치 성대가 그 말을 하도록 내버려 두지 않았던 듯 가까스로 뱉어냈다.

"기계적으로 문질러보더라고, 앞뒤로……. 도드라진 부분이랑 UV 코팅을 엄지로 문지르면서 나보다 면허증을 더 자세히 살펴봤어."

삼의 목소리가 점점 단호해지기 시작했다.

"복면, 작업복, 워커, 사전에 약속했던 대로 다 태워버렸어."

"바리케이드 통과할 때 입었던 건요? 우유 배달원 작업복 말이에요."

"그것도 태웠어."

레오는 삼의 눈빛을 통해 그의 마음이 쇼핑몰 주차장을 떠나 다시 이곳으로 돌아오기 위해 안간힘을 쓰고 있음을 알 수 있었다.

"그리고 우유배달 트럭도 동시에 태웠어."

현금수송 차량을 기습한 뒤 동료의 사망으로 충격에 빠져 실의에 가득 차 있던 강도의 눈빛은 오늘 배달해야 할 우유를 실어 나른 트럭 기사의 침착한 눈빛으로 변했다.

"그리고 내 총은 부교에서 배 타고 2분 정도 나가 수심 25미터 정도 되는 위치에 빈 탄창하고 같이 빠뜨렸어."

두 사람은 서로를 마주 보고 있었다. 그 순간 우정과 신뢰가 점점 커지는 기분이 들었다. 충격적인 상황을 겪고도 삼은 사전에 약속한 내용을 정확히 지켰다. 강도에서 우유배달 기사로 변신해 바리케이드를 뚫었고 옷가지는 물론 첫 번째 도주에 사용한 차량을 불태운 뒤 두 번째 도주 차량인 자신의 차를 타고 섬에 도착해 범행에 사용한 총과 증거물들을 없애버렸다. 그리고 외롭고 어두운 집에 들어와 쓰러지듯 의자에 주저앉기 전까지 긴장의 끈을 풀지 않았던 것이다.

레오는 엷은 미소를 지었다. 파트너 하나는 제대로 골랐다는 자부심이 솟았다. 그는 의자에서 일어나 부엌으로 간 다음 찬장 문을 열고 두 번째와 세 번째 선반 사이에 붙어 있는 철제 뚜껑을 돌렸다. 공기 흡입구였다.

"이 안에 있는 거 맞죠?"

삼은 고개를 끄덕였다. 레오는 손 하나가 들어갈 정도로 원형 철제 뚜껑을 돌려 직사각형 모양의 비닐 뭉치를 끄집어냈다.

"자 있어요? 접자 같은 거?"

"아마 어머니가 쓰시던 낡은 줄자가 여기 어디 있을 거야."

삼은 작업대 서랍을 뒤적이다 작은 두루마리 같은 물건 하나를 건넸다. 1미터 정도 되는 줄자였다. 레오는 줄자를 비닐로 감싸놓은 지폐 뭉치 옆면에 바싹 갖다 붙였다.

"20센티미터예요. 1센티미터가 5만이니까, 20센티미터면 백만

이에요. 여섯 뭉치 높이가 똑같으니까 6백만이고요. 이거면 '가정 방문' 진행하고 용돈으로 쓰기에 충분해요."

레오는 지폐뭉치를 다시 구멍 안에 넣고 뚜껑을 닫은 다음 찬장 문을 닫았다.

"다른 총은요?"

"그건 야리가 아스팔트 바닥에 떨어뜨린 그대로 놓고 왔어. 그것까지 챙겨올 시간이 없었어."

절대, 무슨 일이 있어도 흔적을 남기지 않는다.

발견되는 유일한 증거는 내가 남기기로 작정한 것들이어야 한다.

두 사람은 어쨌든 다소 차분해진 상태에서 아무 말 없이 서로를 응시하고 있었다. 거실을 밝히고 있는 희미한 스탠드 불빛이 표정 변화까지 읽어낼 만큼 환하지는 않았지만, 레오는 삼의 눈빛이 정상으로 돌아왔음을 짐작할 수 있었다. 그의 얼굴에 남아 있는 죽음의 흔적은 왼쪽 눈과 입가에 묻은 핏자국이 전부였다.

"삼, 내일은 이것저것 생각해봐야 할 게 있어요. 내 추측이 정확하다면 현장에서 범행에 사용된 자동소총이 발견된 건, 안 그래도 다른 데 쓸 시간이 없는데 예정에 없던 경찰서 방문을 해야 한다는 뜻이기도 하거든요."

지금쯤 그 자동소총은 과학수사대 감식반 책상 위에 놓여 있을 터였다. 레오는 그런 증거를 현장에 남겼다는 게 무슨 뜻인지 잘 알고 있었다. 경찰은 그를 취조실로 불러들여 이것저것 캐물을 것이다. 그에게 완벽한 알리바이가 있다는 사실을 확인할 때까지 정보수집 차원에서. 현장에 있던 자동소총 한 정이 그와 직접적인 연관이 있다는 단서는 어디에도 없다. 그저 근거 없는 의심일 뿐이었다. 이전의 증거들과 아무리 엮어보려 해도 아귀가 맞지 않는 그런 의심들.

"내가 삼의 형사 동생하고 볼일이 끝나면 몇 시간 정도 시간이 좀 필요해요. 야리를 대신해줄 사람을 찾아야 하거든요."

작전의 마지막 단계인 '경찰서'까지 완성하려면 전적으로 믿을 만한 사람이 필요하다. 하지만 그런 신뢰 관계를 구축할 시간 여유는 눈곱만큼도 없었다. 그렇기 때문에 택할 수 있는 방법은 단 두 가지였다.

펠릭스 아니면 빈센트.

"그러니까 삼이 알바니아 친구들을 좀 만나주면 좋겠어요. 그리고 '가정방문'은 저녁때 하는 거로 하고요."

펠릭스. 예전에도 이미 싫다고 말했었고 자신이 알고 있는 인간 중 가장 고집이 셌다.

아니면 빈센트. 마찬가지로 이미 거부의 의사를 밝혔고 자신을 꺼리는 것 같았다.

"삼은 지금 멀쩡히 살아 있어요. 그리고 현금도 고스란히 챙겼고 잘 보관돼 있고요. 그냥 내일까지 몇 시간 미뤄지는 거예요. 왜냐하면…… 알잖아요, 오늘 무슨 일이 있었는지. 그래도 아직 시간은 있어요. 우리 작전은 이상 없어요. 3일이면 완성할 수 있다고요."

공포.

어디서부터 밀려오고 있는지 알 수 없었지만, 그녀가 느끼는 감정이었다.

브릿 마리는 다시 한번 돌아누웠다. 목에서부터 허리 아래까지 식은땀이 흐르고 있었다. 곁탁자에 놓인 알람시계는 성냥개비 같은 얇은 막대기 여러 개를 조합해 23:47이라는 숫자를 보여주고 있었다.

침대에 누운 건 이미 1시간 반 전이었다. 어둠 속에서 잠에 빠져들고 싶은 마음뿐이었다. 그 녀석이 언제 어떤 상태로 집에 돌아오게 될지 기다리고 싶지 않았기 때문이다. 다음 날 아침에 눈을 뜨면 아마 게스트 룸에서 어렸을 때처럼 이불을 감싼 채 살짝 코를 골며 자는 큰아들 모습을 보게 될 테니까.

묘한 감정들이 서로 뒤엉키며 공방전을 벌이고 있었다. 불면의 몇 시간 동안은 그런 감정이 드는 게 비정상인 건지, 아니면 단지 아들을 사랑하고 걱정하는 어머니이기에 당연한 건지 이해해보려 애썼다. 장기간의 교도소 복역을 마친 날이라 어쩌면 자축파티를 위해 밖에 있는 거라고.

그래서 자연스럽고 당연한 일이라고 마음을 다잡았다. 그녀가 느끼는 감정은 사랑이었다. 하지만 동시에 다른 감정이 뒤섞였다. 공포. 너무나 강렬하고 익숙한 감정이었다. 몽롱한 수면의 단계로 접어들려는 순간마다 감방이 눈앞에 나타나 그녀를 흔들어 깨웠다. 그녀가 가진 두려움은 전국 여러 곳의 퀴퀴하고 황량한 접견실을 돌아다닌 경험과 무관하지 않았다. 해마다 2주에 한 번씩, 거리가 얼마가 되든 그녀는 각기 다른 교도소에서 수감생활을 하고 있던 세 아들을 찾아다녔다.

브릿 마리는 오래 전에 지어진 작고 단출한 집 안을 둘러보았다. 스톡홀름에서 남쪽으로 대략 5킬로미터 정도 떨어진 곳에 위치하는 탈크로엔이라는 동네는 좀 좁긴 하지만 아늑한 집들에 평범한 근로자들이 모여 사는 곳이었다. 비록 창밖을 내다보면 통행량이 많은 뉘네스 고속도로가 길게 뻗은 모습이 보이긴 했지만, 그녀는 이곳의 생활이 만족스러웠다. 이미 오래전부터 일상에 자연스레 깔리는 배경음악처럼 여겨온 터라 낮 동안에는 차가 지나다니는 소리를 거의 인식하지 못하고 지냈다. 하지만 밤이 되자 지나다니는 차 소리가 한 대, 한 대 또렷이 들렸다. 심지어 묵직한 트럭이 만들어낸 진동은 나무로 된 담장과 마루, 그리고 침대를 타고 고스란히 전해질 정도였다. 그녀는 세 아들이 체포되고 재판

첫날, 이곳으로 이사 왔다. 부분적으로는 팔룬 같은 소도시에서 떠도는 온갖 소문이 원인이기도 했다. 일간지 1면 기사에서 시작된 수군거림은 동네는 물론이고 그녀가 일하고 있는 요양원에서도 꼬리표처럼 따라다녔다. 하지만 아들들이 경비가 삼엄한 스웨덴 교도소에서 자유를 찾아 나오는 날 가장 가까운 곳에 있고 싶었던 엄마의 마음도 그 이유였다.

한 달에 두 번씩 세 아들을 각각 찾아가 만났지만, 아들들의 반응은 서로 달랐다. 빈센트를 처음 찾아간 날, 그녀는 이미 막내아들이 훌쩍 커버렸다는 것과 회개하고 다시는 범죄를 짓지 않으리라는 걸 직감했다. 그게 마지막이에요, 엄마. 빈센트는 말 한 마디, 한 마디에 힘을 실어가며 그렇게 말했었다. 마지막이라고. 펠릭스는 수사 내내 묵비권을 행사했고 유죄판결을 받은 범행에 대해서도 말 한 마디 없었으며 심지어 자신과 단둘이 있을 때조차도 그 이야기는 꺼내지 않았다. 그래서 아직도 그 애의 속을 알 수 없었다. 그저 바랄 뿐이었다……. 그리고 레오는 빈센트와 마찬가지로 바로 알 수 있었다. 큰아들은 막내와 달리 절대 멈추지 않으리라는 걸, 범죄 세계에서 결코 나올 마음이 없으며 앞으로도 절대로 달라지지 않으리라는 걸 말이다.

그녀는 다시 돌아누웠다. 이제는 이마와 관자놀이까지 땀에 젖었다. 밝게 빛나는 알람시계는 소리를 내지 않았지만 마치 째깍거리는 시계 소리가 고막을 때리는 것 같았다.

두려움은 사그라지지 않았다. 오히려 그녀가 누워 있던 침대를 잠식하고는 옆에서 이리 밀고, 저리 밀며 그녀를 괴롭히고 있었다.

아들들이 모두 자유의 몸이 됐다는 사실이 기쁘고 행복해야 했다. 마지막으로 세 아들을 한자리에서 본 게 언제였더라? 내일을 생각하자. 점심을 먹으러 올 그 애들을 향해, 사랑하는 아들들아. 오늘은 한 가족으로 계속해서 이어나갈 첫날이다라고 크게 외칠 것이다. 하지만 속으로는 그게 아니라는 사실을 잘 알고 있었다. 어쩌면 마지막이 시작되는 첫날이기 때문일 수도 있었다.

그러자 공포심이 다시 솟구치기 시작했다. 그리고 그 감정이 무엇과 연결돼 있었는지 깨달았다. 이반이 심어놓은, 뒤틀리고 병적이며 역겨운 유대감이었다. 오늘 아침, 교도소 정문 앞에 서 있던 그를 보는 순간 긴 시간 동안 거리를 두고 지내온 것도 무용지물이었다는 생각이 들었다. 기필코 모든 걸 예전으로 되돌려놓았던 것이다.

이제 또다시 빌어먹을 형제애라는 유대감이 둘째와 셋째의 결심을 무너뜨리려 할 터였다.

빈센트와 펠릭스가 큰형 레오에게 맞서 견딜 수 있을까? 두 녀석의 의지가 그만큼 강했던가?

그녀가 느끼고 있는 두려움은 바로 거기서 비롯된 것이었다. 이반이 그토록 악용했던 그 애착 관계를 큰아들도 써먹을 게 분명했다. 레오는 자신이 살기 위해 떠날 수밖에 없었던 그 남자를 점점 더 닮아가고 있었다. 그렇지만 그녀는 큰아들 곁을 그렇게 떠나고 싶지는 않았다.

차 엔진 소리가 들렸다. 하지만 고속도로 쪽이 아니었다.

주택단지를 가르는 비좁은 반월형 길 쪽에서 난 소리는 이웃집 쪽으로 난 부엌 창문을 통해 들어왔다. 차는 점점 가까이 다가오더니 브레이크를 밟고 멈춰 섰다. 그리고 이어지는 단호하면서 동시에 조심스러운 발소리. 그녀는 누구인지 알 것 같았다. 뒤이어 현관문 열리는 소리가 났다.

걸쇠 소리는 듣지 못했지만 여느 때처럼 거실 바닥이 소리를 냈다.

이제 확실히 알 수 있었다. 그게 큰아들 발소리라는 것을. 그녀는 레오의 모습을 보고 싶었다. 어떤 상태인지, 그동안 어디에 있었는지 알고 싶었다.

브릿 마리는 나이트가운을 단단히 여미고 방문을 열었다.

레오는 냉장고 불빛을 받으며 서 있었다. 전등 불빛도, 찬장 등도 없는 교도소에서 봤던 큰아들의 피부는 거의 하얗게 보일 정도로 창백했었다.

"엄마? 아직 안 주무셨어요?"

시체. 그 얼굴을 본 순간 머릿속에 든 생각이었다. 서른한 살 먹은 큰아들의 몸에 더 이상 피가 돌지 않는 것 같은 느낌이었다.

"아직 안 잤다. 겨우 12시인데."

레오는 헤르고르 치즈와 훈제 돼지고기를 꺼내 레인지 위에 있던 접시에 올렸다.

"빵은 어디 두세요?"

브릿 마리는 삼각형 크뇌케브뢰드가 담긴 광주리를 가져왔다.

"어디서…… 있다 온 거니?"

"자축파티하고 온 거냐고요?"

그녀는 고개를 끄덕였고 아들은 어깨를 들썩였다.

"아니, 그런 거 안 했어요, 엄마."

"그럼 뭘 하다 온 거니?"

"별거 안 했어요."

치즈 슬라이서 날이 무뎌진 탓에 레오는 제멋대로 잘린 치즈 조각들을 삼각형 빵 귀퉁이에 발랐다.

"여기저기 운전하고 다녔어요. 차 타고 마음대로 돌아다닐 수 있다는 게 좋아서요."

레오는 돼지고기를 두툼하게 썰어서 다른 빵 위에 얹었다.

"그러니까 걱정하지 마세요, 엄마."

브릿 마리는 하얗다 못해 푸르스름한 아들의 피부를 쳐다보았다. 걱정하지 않으려 했지만 아들의 말을 들어도 전혀 마음이 놓이지 않았다. 그녀는 밤에도 머리가 엉키지 않도록 한 가닥으로 묶고 나이트가운 차림으로 찬 바닥에 맨발로 서서 한참 동안 아들을 바라보았다.

보기에는 왜소해 보일지 몰라도 두 발로 단단히 균형을 잡고 서 있었다.

"네가 뭘 하든 말이다, 레오……." 그녀는 이반에게 반기를 들 때처럼 꼿꼿이 서서 말했다. "절대로 네 동생들은 끌어들이지 마라."

그러고는 위로 손을 뻗어 손등으로 까칠하게 수염이 난 큰아들의 뺨을 쓰다듬었다.

레오는 맨발로 바닥을 밟는 엄마의 발소리가 어둠 속으로 사라지는 동안 가만히 서 있었다.

엄마의 손길은 언제나 그대로였다. 부드럽고 사실적이다. 그런데 지금 느낀 엄마의 손등은 전혀 달갑지 않았다.

레오는 크뇌케브뢰드 샌드위치 두 개와 오렌지 주스 두 잔을 가지고 방으로 갔다.

소파침대는 펼쳐진 상태로 새 시트가 깔려 있었다. 엄마는 이미 부엌 의자 한쪽에 독서용 램프를 가져다 두었고 그 옆에는 칫솔, 속옷, 양말을 모두 새것으로 준비해두었다.

교도소에서 출소한 첫 주 동안 그의 집이 될 터였다. 그다음은 메이플이라고 불리는 사회복귀훈련시설로 가게 될 것이다. 하지만 3평 정도의 방에서 교도소에서 출소한 다른 사람들과 함께 계속 거기 머물 생각은 없다.

레오는 자신이 계획한 목표지점을 향해 가는 중이었다. 그렇기 때문에 엄마가 방금 부탁한 것과 정반대되는 일을 해야 한다.

선택권이 없어요, 엄마. 레오는 그런 생각을 했다. 야리의 자리를 대신해줄 수 있는 사람은 펠릭스 아니면 빈센트밖에 없거든요. 그리고 앞으로는 엄마를 더 걱정시킬 일을 하게 될 겁니다. 야리가 떨어뜨린 총이 지금 경찰 손에 있거든요. 내일이면 그 빌어먹을 브론크스 형사가 그 소식을 전해 듣게 될 거예요. 점심때 아니면 그 뒤였으면 좋겠지만, 아무튼 여기 엄마 집으로 찾아와 절 데려갈 겁니다.

엘리사는 인상을 찡그리며 조심스레 실눈을 떴다. 한쪽 눈, 그리고 나머지 눈도. 테이블 귀퉁이, 조금 더 떨어진 곳에 있는 레인지, 찬장, 그리고 흰 벽이 보였다.

자신이 누워 있다는 건 확실히 알 수 있었다.

그리고 잠을 잤다는 것도. 어쩌다 이렇게 된 걸까?

실눈을 뜬 사이로 블라우스 끝자락과 바지가 보였다. 하지만 영원히 달라붙을 것처럼 눈꺼풀이 잘 떠지지 않았다. 시뻘건 비닐로 커버를 덧씌운 소파 때문에 등이 배겼다.

햇빛이 경찰청 안마당 쪽으로 난 창을 통과해 그녀에게 쏟아지고 있었다. 그녀를 잠에서 깨운 것은 바로 그 빛이었다. 어쩌면 집이 아닌 곳에서 잤기 때문이었을지도 모른다. 옷을 입고 있는데도 발가벗고 있는 것 같은 그런 묘한 느낌.

왼쪽 손목에 차고 있던 시계는 7시 25분을 가리키고 있었다. 분명히 아침이겠지? 딱딱한 소파에서 일어나려니 등이 쑤셨다. 흰색 퀼트 재킷을 둘둘 말아 베개 대용으로 쓴 탓에 목까지 뻐근했다. 그녀가 누워 있던 곳은 스웨덴 경찰력의 심장부이자 쿵스홀멘 지역을 관할하는 모든 경찰 부서가 집결해 있는 스톡홀름 경찰청 건물, 수사과 복도에 있는 간이부엌이었다. 직장에서 밤을 지새우고 다음 날 아침으로 쓴 블랙커피에 페이스트리 두 개를 먹는 짓은 절대 하지 않겠다고 엄숙히 맹세했던 그녀였다.

간이부엌에 딸린 화장실에서 양치질을 하고 향이 따로 없는 절약형 묶음 상품 비누로 세수한 다음 젖은 손으로 검은 머리를 매만졌다. 그리고 젖은 검지로 머리처럼 검은 눈썹도 다듬었다. 서른넷으로 가장 나이 어린 형사 중 하나였던 엘리사는 여러 건의 대형 사건을 직접 수사한 경험도 있었다. 그리고 사무실에서 아침을 '맞이'하는 형사들의 흔한 일상은 절대로 따르지 않을 거라 맹세하고 지켜왔다. 사무실에서 잠들지 않기, 정크 푸드로 하루를 마감하지 않기, 그리고 가장 중요한 건 절대로, 무슨 일이 있어도 직감에 의존하지 않기 같은 다짐도 마찬가지였다. 사건 수사는 일종의 퍼즐과 같고 각각의 퍼즐 조각은 나름의 기능이 있다. 가끔은 새로운 눈으로 퍼즐 조각을 바라봐야 퍼즐 전체를 끼워 맞출 수 있다. 단, 추측은 금물이다. 그리고 대충 넘어가서도 안 된다. 누구에 관한 일이든, 새로운 퍼즐 조각이 다른 사람이나 자신에게 어떤 결과를 초래하게 되더라도 제자리에 끼워 넣어야 한다.

직감에 의존하는 건 재앙과도 같다.

직감은 최종결과와 일치하는 일이 거의 없다.

직감은 법정에서 결코 유리하게 작용하는 법이 없고 범죄자들의 유죄입증에도 도움이 되지 않는다.

엘리사는 간밤에 자신의 규칙 세 개 중 두 개를 어겼다. 경찰서에서 잠이 들었고 정크 푸드를 먹었다. 전날 밤 10시경이었다. 그녀는 4시간 반 동안 강도 한 명이 총에 맞고 피바다 위에 누워 사망한 쇼핑몰 주차장에 불려나갔다 돌아온 터였다. 그런데 갑자기 7년 전에 발생한 무장 강도 사건에 관한 41페이지짜리 수사보고서를 손에 든 순간, 이건 단순한 현금수송 차량 강탈 사건이 아니라고 직감하며 오늘 안으로 집에 돌아갈 수 없다는 사실을 깨달았다. 저녁은 어느새 밤이 되었고 새벽 5시가 돼서야 간이부엌에 있는 소파에 잠깐 몸을 뉘어야겠다고 생각했던 것이다.

엘리사는 적막감이 흐르고 있는 복도로 고개를 돌리며 하품을 했다. 약속을 어기면 결과가 따르기 마련이다. 그리고 지금 그녀는 난생처음으로 자동판매기 앞에 섰다. 41번, 커피 한 잔. 12번, 두툼한 허브 치즈가 끼워져 있는 딱딱한 빵 두 조각. 23번, 뚜껑 아래 플라스틱 숟가락이 들어 있는 고리 모양의 과자 부스러기 같은 토핑을 얹어 먹을 수 있는 바닐라 요거트. 전날 체력단련을 하던 중 호출을 받고 현장에 뛰어나가느라 벗어놓았던 축축한 운동복과 가방은 책상 위에 그대로 놓여 있었다. 그리고 이제 그녀의 사무실에 돌아와서야 '형사의 일상'이 멈췄다. 그 일상은 사무실까지 따라오지는 않았다. 심지어 아침인데도. 수사가 진행되는 동안 단서로 연결될 온갖 메모와 화살표, 흐릿한 사진이 붙어 있는 화이트보드도 없었고, 종이로 가득 찬 바구니들도, 무언가를 담아

마시기 위해 줄지어 늘어놓은 플라스틱 컵도 보이지 않았다.

사무실은 자신만의 체계가 철저히 통제되는 공간이었다. 진행 중인 사건 수사 관련 자료들은 각각 세 개의 종이 뭉치로 나뉘어 그녀의 책상 위에 올라와 있었고, 각 뭉치 맨 위에는 사진이 한 장씩 놓여 있었다. 사진은 일종의 영화 포스터 기능을 했다. 영화를 보고 난 뒤 그 영화 포스터를 보면 이야기를 떠올릴 수 있고 사진 아래로 놓인 장면들을 순서대로 배치할 수 있기 때문이다.

세 개의 종이 뭉치. 세 개의 순간.

아직 잠이 덜 깬 엘리사는 하품을 한 번 더 하고는 힘없이 손을 뻗어 맨 왼쪽에 있는 종이 뭉치 위의 사진을 집어 들었다. '개자식, 먼저 치시겠다?'라고 이름 붙인 자료들이었다. 생각이 범행으로 이어지는 행동의 순간이었다. 이번에는 박살 나버린 보안문을 찍은 비교적 선명한 사진이었다. 그 문 뒤에는 강도들이 노린 '전리품'이 노출돼 있었다. 범인들은 경비원들이 가장 안전하다고 생각한 그 순간을 정확히 노렸다. 가운데 있는 종이 뭉치는 '너희들, 실수했어'라고 이름 붙인 자료들이었다. 범행이 단서가 되는 순간이었다. 수사 초기에는 언제나 빈약하지만 마무리 단계에서는 가장 두툼한 뭉치가 되는 자료들이었다. 그런데 이번 사건의 경우 처음부터 강력한 카드가 한 장 들어 있었다. 맨 위에 놓여 있는 사망한 강도 사진. 하지만 관건은 강도의 신분도, 그가 흘린 피도, 그가 사망했다는 사실도 아니었다. 결정적인 단서는 바로 총이었다. 시신에서 1미터 정도 떨어진 곳에 놓여 있던 군용 AK4 자동소총 한 정. 그리고 바로 그 자동소총 한 정이 41페이지짜리 과거

사건 보고서를 '소환'하면서 그녀의 저녁이 밤이 되고, 그 밤이 다시 다음 날 아침으로 이어지게 되었던 것이다. 맨 오른쪽에 있는 세 번째 뭉치는 '어딜 내빼시려고'라고 이름 붙인 자료들이었다. 단서들이 '가해자'가 되는 순간이었다. 맨 위에 놓인 사진은 감시 카메라에 등을 보인 채 화물 상하차장으로 향하고 있는 남자의 사진이었다. 감시 카메라 영상에서 확보한 흐릿한 흑백사진 속의 용의자는 모자를 눌러쓰고 헐렁한 재킷 차림이었다.

엘리사는 자판기에서 사 온 커피를 한 모금 마셨다. 쓰다 못해 시큼하기까지한데 맛이라고는 눈곱만큼도 없었다. 도무지 커피라고 부를 수도 없을 물건이었다. 자판기 내부청소가 시급했다. 엘리사는 자판기 관리회사에 유지보수 요청을 할 생각으로 연락처를 적어두었다. 맛대가리 없는 따뜻한 음료 한 잔, 치즈가 달라붙은 빵 쪼가리, 성인용 '이유식'이 오늘의 아침 식사였다.

자료 뭉치 세 개는 시작에 불과했다. 사실관계, 목격자 증언 그리고 증거가 턱없이 부족했다. 시작 단계는 수박 겉핥기에 불과할지 모르지만, 조만간 본격적으로 사건을 파고들 터였다. 보통의 경우였다면 사건 해결은 요원했을 것이다. 하지만 범인이 사용했던 자동소총이 증거로 확보됐고 두 번째 자료 뭉치에서 맨 위에 있던 사진과 함께 꺼낸 수사 자료도 갖춰져 있으며 누구를 찾아가야 하는지도 머릿속에 든 이상, 사건 해결로 향하는 첫걸음으로는 충분했다.

그녀는 다시 복도로 나와 24시간 내내 문을 여는 무인가게 앞에 서서 아침에만 두 번째로 41번 버튼을 눌렀다. 그리고 뜨거운 물을 받았다. 뜨거운 물에 우유를 부으면 백차가 되기 때문이다. 엘리사는 자신이 찾아가는 사람이 평소 이른 시간에 출근한다는 것과 그가 백차를 즐긴다는 것 정도는 알고 있었다. 사진과 수사 자료를 겨드랑이에 끼고 살짝 두꺼운 종이컵 윗부분을 잡고 있으면 빨리 걸어도 손가락을 데지 않을 것 같았다.

"똑똑똑."

문은 열려 있었다. 엘리사는 입으로 노크 소리를 내야 하는 이유를 설명하기 위해 종이컵 두 개를 위로 들어 올렸다. 책상 앞에 앉아 있던 상대가 그녀를 올려다보고 고개를 끄덕이자 엘리사는 사무실 안으로 들어갔다.

"큰일은 아닌데 축하해야 할 일이 있는 것 같아서요, 브론크스 선배님. 이건 선배님 거, 이건 제 겁니다."

엘리사는 어떤 옷을 입어도 항상 똑같아 보이는 남자 앞에 앉았다. 오늘은 창백한 얼굴에 회색 스웨터, 청바지, 그리고 검은 구두 차림이었다. 동료 형사로서 그를 처음 만난 후로 유일하게 달라진 건 머리 선이었다. 관자놀이 위로 형성돼 있던 머리 선이 점점 뒤로 밀려나고 있었다. 1년 정도만 더 지나면 면도할 때 머리까지 밀어야 할 것 같았다. 연배가 비슷한 민머리 남자들은 일반적으로 그렇게 면도하기 때문이다. 게다가 그의 사무실 분위기도 특색 없는 외모와 정확히 일치했다. 관공서에나 어울리는 책상과 의자, 군데군데 흠만 있을 뿐 아무것도 붙어 있지 않은 벽 등, 모든 게 최소한이었고, 인간미라곤 느껴지지 않았다. 전에 사무실을 썼던 사람의 흔적들을 지울 생각 한번 해본 적도 없는 듯했다. 수사 관련 자료 묶음 여러 개만 별도로 구분돼 있을 뿐이었다. 그마저도 그녀의 방식과 달리 바닥 여기저기에 흩어진 상태였다. 전부 오래전 사건인 데다 몇몇은, 적어도 그에게 있어서만큼은 미제사건으로 분류되는 것도 있었다. 엘리사는 그 묶음들 어디를 들춰보더라도 모조리 폭력 사건 수사 자료라는 걸 알고 있었다. 그러면서 백지 같은 그의 얼굴에 관련 사건을 들여다본 흔적이 전혀 보이지 않는다는 게 이상했다. 폭력 관련 사건들을 그토록 집요하게 파헤치면서도 어떻게 그토록 철저하게 폭력적인 성향과 거리를 둘 수 있는지 이해할 수 없었다. 다른 동료들의 경우 대부분은 그들의 눈빛과 목소리 변화에서 그런 성향을 읽어낼 수 있었다. 하지만 브론크스의 경우 마치 폭력에 물들지 않겠다고 작심한 사람 같았고, 정말 그렇게 생활했다. 엘리사는 그런 모습을 보면서 결코 정신건강에 이롭지는 않을 거라 생각했다. 같이 아침을 맞이하고 싶은 사람은 결코 아니라는 생각도.

"엘리사, 고맙긴 한데……. 내 입장에서는 충분히 축하하고도 남았을 시간이 흘렀거든. 형이 확정되고 집행까지 됐으니 종결된 사건이잖아."

브론크스는 일부러 창문 쪽을 향해 고개를 까딱했다. 엄밀히 말하면 고층건물 쪽이었다. 그 건물 지붕은 밖으로 보이는 낡은 법원 건물에 그림자를 만들고 있었다. '세기의 강도 사건'이라 불린 무장 강도 사건의 재판이 열렸던 곳이다. 훔친 돈만 1억3백만 크로나에 달하는 스칸디나비아 역사상 최악의 강도 사건이었다. 작년의 경우 깨어 있는 시간은 오로지 그 사건에 매달렸고 얼마 전까지는 심문에 이어 지방법원과 항소법원을 들락거렸다. 그리고 2주 전, 대법원판결에 따라 대단원의 마무리가 지어졌다.

법적 구속력이 있는 판결이 내려져 피의자들의 형이 집행될 수 있게 되었다. 욘 브론크스는 기소까지 성공적으로 마무리한 공으로 경찰 내부에서 영웅 대접을 받았다. 게다가 피의자들은 강탈한 현금을 고스란히 보관하고 있었다. 그 누구도 1크로나 한 장 쓰지 않았으며 오해받지 않도록 평소 습관대로 생활해왔다.

"그래도 차는 잘 마시지. 그런데 실례가 되지 않는다면 차는 혼자 마시고 싶어. 요즘 사람들을 많이 만나고 다녔거든."

그는 씩 웃으며 따뜻한 차를 마셨다. 그리고 잠깐 법원 건물 지붕을 바라보았다.

신문 대다수는 '세기의 강도 사건'이라는 이름을 붙였다. 또 어디서는 '현금수송, 뚫리고 털리다'라고 이름 붙인 곳도 있었다. 시내 중심가에 있는 릭스방크 본점에서 출발한 현금은 경비회사를 거쳐 크리스마스 이후 시작되는 폭탄세일 시즌 전에 중심가의 ATM기기 속으로 들어가게 된다. 1년 중 상거래가 가장 활발하고 모든 가게의 매출이 정점을 찍는 기간이기 때문이다. 여성 경비원은 기습을 당한 뒤 총기위협으로 인해 현금수송 차량을 아예 통째로 넘길 수밖에 없었다. 언론은 물론 다른 경찰들 모두 그녀를 피해자로 생각했었다. 브론크스가 의심스러운 정황을 알아내기 전까지는. 브론크스는 여성 경비원이 강도 중 한 명과 가까운 관계였다는 사실을 밝혀냈다. 이미 몇 년 전, 현금수송회사 경비원으로 취직한 뒤 성실하게 업무에 임했던 그녀의 머릿속에는 오직 한

가지 목표밖에 없었다. 바로 그날, 그 현금수송 차량을 몰 수 있도록 회사로부터 신임을 얻는 것이었다.

"죄송하지만 선배님이 무슨 생각을 하시는지는 저도 잘 압니다. 그런데 제가 축하하자고 한 건 그런 게 아닙니다. 저도 선배님처럼 생각하는 사람입니다. 이건 단지 우리 업무에 불과하다고요. 우리가 돈 받고 하는 일이 뭐 그리 주목받을 만큼 대단한 일은 아니잖습니까."

브론크스의 얼굴이 벌겋게 달아올랐다. 비록 들고 있던 종이컵을 만지작거리다 어설프게 얼굴을 가리려 하긴 했지만, 그녀는 알 수 있었다. 선배 형사가 후배 여형사를 자신을 우러러보는 일종의 팬으로 치부했다가 아니라는 사실을 깨닫고 당혹스러워하고 있다는 것을.

"그게 아니라, 이것 때문이에요……."

엘리사는 무릎 위에 뒤집어 놓았던 서류 두 개 중 하나를 들고 선배 형사 책상에 있던 컵 옆에 내려놓았다.

"축하를 하자고 한 건 이것 때문입니다."

욘 브론크스는 서류를 흘낏 쳐다보았다. 무슨 사진인지 알 수 있었다. 전날 저녁 뉴스에서 여러 번 본, 아스팔트 바닥 위에 널브러져 있는 한 남성의 사진.

"야리 오할라. 청부업자였어요. 돈만 잘 쳐주면 뭐든 하는 친구요. 그런데 전과기록을 조회해보니까 여러 사람 다리를 못 쓰게 만든 일은 있어도 무장 강도 전과는 단 한 건도 없었습니다."

"그러니까 그 친구의 사망을 축하하자는 건가?"

자존심에 상처 입은 반응이었다. 하지만 더 이상 홍조 띤 얼굴은 아니었다.

"아니요. 오할라는 관심 밖이에요. 그런데 현장에 떨어져 있던 그 자동소총 말입니다……."

그녀는 몸을 앞으로 숙이며 사진을 가리켰다.

"그걸 축하하자는 겁니다. 오랫동안 기다리신 거잖아요. 이거면 적어도 여기 쌓여 있는 저 서류들, 한꺼번에 날려버릴 수 있거든요."

엘리사는 사무실 바닥에 쌓여 있던 미제사건 수사 자료를 가리키며 말을 이어나갔다. 대부분 6천 페이지에 달했다.

"왜냐하면 저 총은 말입니다, 유죄판결 받은 몇 건뿐만 아니라 그놈들이 저지른 모든 범죄를 하나로 엮어 유죄로 입증해줄 결정적인 단서가 되거든요."

그렇게 말한 엘리사는 다른 서류를 그의 책상 위에 내려놓았다.

6천 페이지 분량의 수사 자료에 포함돼 있던 한 페이지였다. 독보적인 은행 강도 사건의 시발점이 된 무기고 탈취에 관한 보고서 발췌.

품목: 자동소총
모델: AK4
일련번호: 11237

품목: 자동소총

모델: AK4

일련번호: 10042


품목: 자동소총

모델: AK4

일련번호: 11534


품목: 자동소총

모델: AK4

일련번호: 12621


품목: 자동소총

모델: AK4

일련번호: 10668


위에서부터 아래까지 한 페이지 가득 세로로 나열된 내용은 군수품 보관창고에서 도난당한 뒤 어딘가로 옮겨졌던 자동소총 221정의 일련번호들이었다. 행방을 전혀 알 수 없는 물건들이었다.

"사진 속 저 자동소총은 흔적도 없이 사라졌던 바로 그 총 중 하나입니다. 선배가 줄곧 추적해온 그 물건들이오. 일련번호도 일치하고 삼관 스탬프도 정확하고요. 선배가, 레오 뒤브냑 일당이 탈취한 뒤 10회에 걸쳐 은행을 털 때 사용했다고 확신했던 바로 그 총기 중 하나라고요. 그런데 뒤브냑이 출소하던 바로 그날, 이게

171

떡하니 나타난 거고요. 다른 강도 사건에요."

엘리사는 자신이 축하하고 싶었던 내용을 털어놓고는 건배 제의하듯 자신의 종이컵을 들어 올리고 여전히 아무런 맛도 없는 커피를 들이켰다.

"이건 선배한테 좋은 기회입니다. 이 총을 쫓다보면 나머지도 찾을 수 있으니까요."

브론크스는 건배에 응하지 않았다. 상대의 이야기는 분명히 잘 들었다. 하지만 그게 무얼 의미하는지 정확히 와 닿지 않았다.

뒤브냑?

그 무기 강탈범?

그는 의자에서 일어나 바닥에 쪼그리더니 거대한 서류 더미를 뒤적이기 시작했다. 무슨 내용이 어느 페이지에 있는지 모조리 머릿속에 들어 있었다. 이거다. 군수품 보관창고 아래에 뚫린 터널, 바닥이 뻥 뚫린 뒤 하나씩 빠져나간 군용화기. 매일같이 점검이 이루어졌지만 단지 보관창고 외관만 확인했기에 반년이 지난 뒤에야 자동화기가 감쪽같이 사라졌다는 사실이 밝혀진 그 강탈 사건.

"자네 말이 맞는군. 일련번호가 동일해. 레오 뒤브냑하고 관련이 있을 수도 있겠어. 하지만 그 녀석이 무기를 팔아치웠다는 뜻이 될 수도 있어. 2천5백만 크로나와 맞교환하자는 거래에 응하지 않으면 범죄자들에게 팔아버릴 거라고 우리를 협박했었거든."

"선배는 그 말 안 믿잖아요."

"놈들이 강탈해갔던 무기들 전부가 이미 암시장에서 밀거래되

172

고 있을 수도 있어. 사진 속 이 총은 범죄조직원이면 누구든 손에 넣을 수 있다고."

"그렇게 생각 안 하시잖아요. 6년이 지났다고요. 당시 은행 강도에 주로 사용된 무기는 AK4 자동소총이에요. 지금은 아무도 쓰지 않는 거란 말입니다. 생각해보세요, 선배. 최근에 AK4가 사용된 강도 사건 들어보신 적 있어요? 그 이후에 사용된 건 오로지 칼라시니코프였다고요. 간밤에 제가 확인했던 게 바로 그거였어요. 직감 같은 건 뒤로 하고 오로지 사실관계만 확인했습니다. AK4가 사용된 강도 사건은 단 한 건도 없었어요."

브론크스는 쪼그린 자세로 후배 형사를 올려보다가 바닥에 쌓인 종이 뭉치가 스툴이라도 되듯 그대로 깔고 앉았다.

"레오 뒤브냑. 난 누구보다 그 자식을 잘 알아. 그런데 현장에서 시민들을 향해 총을 난사한다? 그건 그 자식 수법이 아니야. 놈은 감시 카메라나 벽, 보호 유리, 천장같이 사물을 향해 총질을 했어. 단지 공포심을 조장해서 사람들을 수동적으로 만들기 위해서 말이야. 그리고 그 수법은 언제나 먹혀들었다고. 경찰조차 뒤로 물러설 정도였으니까. 놈은 여차하면 중화기를 사용할 것처럼 과시하기까지 했어. 뒤브냑은 자신의 폭력적인 행동에 의도를 심었어. 한 발, 한 발이…… 한마디 말과 같았다고. 폭력행위는 놈에게 일종의 언어였어. 그런데 아무런 동기도 없이 미친놈처럼 난사한다? 그건 결코 그 녀석 수법이 아니야."

선배를 내려다보고 있던 엘리사는 기분이 과히 편치 않았다.

"선배는 폭력을 싫어해요. 폭력이 선배를 움직이게 하잖아요.

하지만 저를 움직이게 하는 건 사실관계를 하나로 끼워 맞추는 거예요. 아시겠어요?"

그녀는 의자 높낮이 조절 레버를 살짝 당기며 눌러앉았다.

"선배는 지난 몇 년간 직감에 따라 움직였어요. 그리고 레오 뒤브냑이 은행을 턴 게 열 번에 달하고 스톡홀름 중앙역에 폭발물을 설치했을 뿐만 아니라 북유럽 역사상 최악의 무장 강도라는 사실을 알고 있었지만, 고작 두 건만 유죄판결을 얻어냈어요. 증거가 부족했기 때문이죠. 선배, 직감이라는 건 쓸데없는 거예요. 직감이라는 건 능력 있는 형사를 궁지로 몰고 가선 뒤통수를 때리는 거라고요. 능력 있는 형사가 방향을 바꾸려 할 때 하중을 걸어 엉뚱한 방향으로 끌고 가는 거예요. 처음에 잘못 든 그 길로요."

엘리사는 상대가 자신의 말을 귀담아듣고 있는 건지, 그냥 멍하니 바라보고만 있는 건지 알 수 없었다.

"처음에는 직감으로 수사하던 형사가 서서히 자신의 직감이 틀렸음을 깨닫게 되면 그게 남자든 여자든 당연히 방향을 수정해야 하잖아요. 선배는 그게 왜 그래야 한다고 생각하세요? 수치심 때문일까요? 천만의 말씀! 그건 아니에요. 그럼 위신 때문에요? 위신이 수사를 이끌어주는 건 아니잖아요. 그건 바로 사실관계 때문이에요. 만약 선배가 이 총을 쫓아가면 나머지를 찾아낼 수 있는 거라고요."

엘리사는 설명을 마치고 가만히 기다렸다. 상대가 자신의 이야기를 제대로 들었다면 이제 생각하고 반응할 차례였다.

브론크스의 반응이 이어졌다.

"엘리사, 사실 이건 오늘 마시는 두 번째 차야."

그는 종이컵을 들고 차를 한 모금 마시더니 깔고 앉아 있던 종이 '스툴'이 기울어질 때까지 등을 뒤로 기댄 뒤 눈을 비볐다.

"첫 잔은 자네도 알다시피 출근할 때 간이부엌에 들러 내가 만들어 와서 마시지. 아, 그건 그렇고, 아침에 보니 아주 곤히 잘 자더군그래."

브론크스는 그녀를 쳐다보며 씩 웃었다. 순간, 엘리사는 자신이 절대로 하지 않겠다고 정해놓았던 금기를 깼다는 사실을 상기했다. 그와 같은 공간에서 눈을 떴던 것이다. 그녀를 잠에서 깨웠던 건 안마당에서 쏟아져 들어온 햇살이 아니었다. 그녀가 자고 있던 공간에서 누군가가 움직이는 소리였다.

브론크스는 여유로운 표정으로 그녀를 쳐다보고 있었다. 축하할 대상을 잘못 짚어 당황했던 방금 전 상황을 되받아친 게 만족스럽다는 표정이었다.

하지만 엘리사는 그와 달리 당황해하지 않았다.

"좋아요, 선배. 자동소총을 단서로 충분하지 않다고 생각하시면 도주 과정을 한번 자세히 들여다보죠. 우리는 파란 작업복 차림의 공범이 여전히 ATM기기 뒤에 있는 보안실에 있을 거라 생각하고 있었지만, 공범은 이미 자리를 뜬 뒤였어요."

엘리사는 재킷 주머니에서 휴대전화를 꺼내 액정화면 한가운데 떠 있는 화살표를 누르고 브론크스에게 건넸다. 소리가 나지 않는 감시 카메라 영상이었다. 해상도는 높지 않았지만 어떤 상황인지 파악하는 데는 전혀 문제가 없었다. 반면, 용의자 신원파악까지는 불가능했다. 욘은 액정화면으로 쏟아지는 직사광선을 피해 휴대전화기를 아래로 내렸다.

상하차장. 한 남자가 감시 카메라를 등진 채 어깨에 가방을 메고 그곳으로 들어가는 장면이었다. 감시 카메라 영상이 늘 그러듯 프레임이 뚝뚝 끊기긴 했지만, 용의자가 화물 상하차징으로 뛰어내려 화면 끝 쪽에 있는 주차된 트럭으로 뛰어가는 장면을 확인할 수 있었다. 용의자는 트럭 뒷문을 열고 안으로 들어갔다. 그리고 21초 후, 다시 밖으로 나와 재빨리 운전석에 앉았다.

브론크스는 순간적으로 고개를 들다가 엘리사와 눈이 맞았다.

두 사람은 같은 생각을 하고 있었던 것이다.

다른 하나는? 사망한 강도가 도주 과정에서 맡은 역할은? 도주 차량인 우유배달 트럭을 모는 일이었을까? 강탈한 현금을 가방에 챙겨 넣는 일이었을까?

"도주계획이 여러 갈래처럼 보이지만, 우스울 정도로 간단하잖아요. 뒤브냑 형제들이 전매특허처럼 썼던 그런 수법이에요. 솔직히 선배, 저도 인정하고 싶지는 않지만 그놈들 머리가 비상한 건 사실이잖아요."

엘리사가 손을 내밀자 브론크스는 휴대전화를 넘겼다.

"놈들은 현금수송 경비회사가 여전히 2세대 장비를 사용하고 있다는 걸 알고 있었어요. 현금수송 가방 자체는 강제로 열 수 없지만 갈아 끼우는 카트리지만 빼 가면 된다는 걸 말이죠. 그리고 현장에서 멀지 않은 곳에 순찰차가 있을 거란 점도 알고 있었어요. 현장에 도착한 경관들이 시동을 걸어놓은 도주 차량과 총을 들고 서 있는 강도를 보게 될 거라는 것도요. 그리고 놈들은 우리가 백이면 백, 강도들이 타고 왔던 차를 그대로 타고 달아날 거라 생각할 거라는 것도 미리 읽고 있었어요."

엘리사가 다시 한번 액정화면의 화살표를 누르자 파란색 작업복을 걸친 남성의 동작이 하나하나 느린 화면으로 재생되었다. 신경이 곤두선 상황이었지만 화면 속 남자는 얼마 뒤, 주차장에 남겨질 사람을 염두에 두고 움직이는 게 확실해 보였다.

"놈들은 경찰이 특정 차량에 집중하게 만들어놓고 정작 자신들은 다른 차를 타고 멀쩡한 사람들과 뒤섞일 계획을 세우고 있었던 거예요. 강도행각을 벌이기 전에 미리 현장에 준비해둔 차량으로요. 확인해보니 도주 차량은 그제 밤, 베스테로스에 있는 아를라낙농회사 유통창고에서 도난당한 차량이었어요. 그리고 번호판은 몇 시간 뒤, 칼헬에 있는 동일회사 유통센터에 있던 다른 차량에서 훔쳐 온 거였고요."

그건 정말 우유배달 트럭이었다. 브론크스는 트럭이 느린 화면으로 움직이는 동안 측면에 붙어 있는 로고를 확인할 수 있었다.

"마구잡이로 총을 난사하던 강도들은 이런 식으로 자연스레 평범한 시민이 된 겁니다. 놈들이 강탈한 현금도 마찬가지로 평범한 물건으로 둔갑할 수 있었고요. 의심의 눈초리 한 번 받지 않고 유유히 바리케이드를 빠져나갔습니다. 선배, 이렇게 고도로 지능적인 계획을 실행에 옮길 수 있는 놈들은 지난 몇 년간 선배가 수사한 바로 그 범인밖에 없어요."

브론크스는 '종이 스툴'에 그대로 엉덩이를 붙이고 앉아 있었다. 기분이 좋았다. 계속해서 흔들거리는 종이 뭉치 때문에 허리를 조금씩 움직여야 했고, 그 덕에 편안해졌다.

후배 형사의 추측이 정확할 수도 있었다.

분명 뒤브냑의 솜씨로 보였다.

도주 차량을 감쪽같이 뒤바꾸며 흔적도 없이 사라져버리는 독보적인 은행 강도. 이 기발한 도주계획은 자신도 알아볼 수법이었다. 언제나 외진 곳에 있지만 여러 개의 도주로가 확보되는 위치에 있는 소규모 은행을 털어 유유히 사라졌었다.

"좋아, 엘리사. 그 말에는 나도 동의해. 내 눈에는 세 가지 패턴이 보여. 물론 모두 동일한 방향을 가리키고 있고. 총과 도주계획, 그리고 범행 발생일이 놈이 출소한 날이라는 사실."

"네 가지예요."

"네 가지?"

또 다른 종이 한 장. 재킷 주머니에서 꺼낸 그것은 교정본부로부터 받은 명단이었다.

"사망한 강도가 마지막 복역 기간을 마치고 출소한 게 5개월 전이었어요. 그런데 그 교도소가 어디인지 아세요?"

"모르지. 그런데 자네는 알고 있는 것 같은데."

"외스텔로케였어요. H 사동이오."

"그게 왜?"

"레오 뒤브냑이 어제 출소하기 전까지 수감돼 있던 사동이에요."

브론크스가 갑자기 일어나자 종이 의자가 와르르 무너지며 바

178

닥으로 흩어졌다. 그가 쌓아 올리고 있던 의심도 동시에 날아가 버렸다. 뒤브냑일 수도 있다는 가능성이 이제 뒤브냑이라는 확신이 돼버렸다. 그러면서 머리에…… 현기증까지 일었다. 그 어느 때보다 온몸에 힘이 넘치는 것 같았다.

"개자식."

"예, 맞아요. 그 자식입니다. 어젯밤에 생각해낸 게 그거였어요."

"그래서……. 지금 이 사건을 나한테 넘기겠다는 건가?"

"네. 제 책상 위에 수사를 기다리는 서류 뭉치가 세 개 있어요."

넘치는 힘에 이끌린 브론크스는 문으로 걸어갔다 창문으로 되돌아와서는 다시 책상과 후배 형사가 앉아 있던 의자 주변을 서성거렸다. 그러고는 무언가를 내뱉듯 입을 열었다.

"엘리사?"

"네?"

"자넨 일단 접어둬. 그 서류 뭉치, 그런 건 필요 없어."

"그게 무슨 말씀이세요?"

"나랑 같이 사건을 맡자고. 그렇게 해서 그 개자식을 같이 잡는 거야."

분을 삭이지 못한 사람처럼 돌아다니던 그는 걸음을 멈추고 후배 형사를 쳐다보며 반응을 기다렸다. 미소까지 머금고.

하지만 후배 형사는 따라 웃지 않았다. 그녀는 마치 상대의 말을 이해하지 못한 사람처럼 가만히 앉아 있었다.

"그러니까 내 말은, 자네가 나랑 같이 사건을……."

"무슨 말인지는 알아들었습니다."

그녀는 의자에서 일어나며 대답했다.

"그런데 전 별로 그럴 생각 없습니다."

딴 일에 정신이 팔린 거라 생각했던 그의 판단은 보기 좋게 빗나갔다. 오히려 그 반대였다.

대답하는 말투와 몸짓을 보면 그녀는 분명 그 자리에서 적극적으로 반응하고 있었다.

"내가 자네 말을 제대로 알아들은 건가? 그러니까 지금, 사건을 맡지 않겠다는 거야?"

"제 말을 오해하신 것 같네요. 제 말은, 선배하고 같이 사건을 맡고 싶은지 잘 모르겠다는 겁니다."

그녀는 선배 형사를 똑바로 바라보며 진심을 담아 말했다.

브론크스는 기분이 나쁠 법도 하지만 호기심이 더 컸다.

"정확히 무슨 뜻이지?"

"방금 하려고 했던 말씀요, 그거 벌써 두 번째예요. 그런 말은 한 번도 불편합니다."

"두 번째? 뭐가 두 번째라는 거지?"

"구닥다리 방식이잖아요, 그런 식으로 끌어내리는 거요. 그 서류 뭉치, 그런 건 필요 없어. 그러니까 저는 그냥 닥치고 주는 대로 받으라는 말이잖아요. 나랑 같이 사건을 맡자고. 이런 제안에 감사해야 하는 거고요, 아니에요? 그리고 방금 전에 제가 사실관계에 관해 설명해드리니 동의는커녕 제가 간이부엌에서 자고 있는 거 보셨다면서 깎아내리시려 했잖아요. 아, 그건 그렇고, 아침에 보니 아주 곤히 잘 자더군그래. 이러시면요. 사이코패스나 그런 식으로 사람을 대해요. 전 그런 대접, 싫습니다."

브론크스는 다시 사무실 안에서 서성거렸다. 그러고 싶어서 그러는 게 아니라 어떤 힘에 끌려다니는 것 같았다.

기분이 나쁠 만도 했다.

하지만 그렇지 않았다.

모욕당한 기분이 들 만도 했다.

역시 그렇지 않았다.

"엘리사, 가기 전에 일단 사건은 접어두고 부탁 한 가지만 하지."

엘리사는 사무실 밖으로 나가기 직전에 걸음을 멈췄다.

"네?"

"그 친구 좀 데려와주겠어? 나 대신? 그리고 면담조사를 해봐. 그것도 나 대신. 지금 이 시점에서 내가 레오 뒤브냑을 마주 대하면 아무것도 얻어낼 수 없을 것 같거든. 거의 6개월 꼬박 수사에 매달렸는데 지금은 완전히 교착상태야. 게다가 내가 사건을 들여다보고 있다는 걸 그 녀석은 모르고 있으면 좋겠어. 지금은."

"무슨 핑계로 데려와요? 우리도 가진 게 없잖아요. 붙잡아둔다 해도 몇 시간이 전부인데요."

"맞아. 녀석도 그건 알아. 하지만 우리가 녀석을 불러들이지 않으면 녀석을 초조하게 만들게 되고, 그러면 경계의 끈을 놓지 않을 거라고. 어차피 자신이 훔친 무기가 우리 손에 들어와 있다는 건 녀석도 알고 있고, 경찰이 머지않아 자신을 그 사건과 연관 지을 거란 것도 알고 있잖아. 난 녀석이 자신만만하게 행동하게 놔

두고 싶어. 그래야 지금 끌어 모으기 위한 계획을 멈추지 않을 거거든. 큰 판을 벌이기 위해 거쳐야 하는 단계일 테니까. 분명해. 난 녀석이 그 큰 건을 저지를 때 잡고 싶어. 그리고 동시에 나머지 총들도 찾고."

엘리사가 아무런 대답도 없이 사무실 밖으로 걸어 나가는 동안에도 브론크스는 말을 이어나갔다.

"그리고 엘리사. 자네는 밤새도록 이 거지같은 건물에 남아 있었어. 너무 피곤한 나머지 간이부엌에서 깜빡 잠이 들 정도로 애를 쓰면서. 나한테는 좀 솔직히 말할 수 있는 거 아니야? 자네도 그 친구한테 관심이 좀 생겼다는 사실 말이야."

가슴 한가운데.

　욘 브론크스는 정말 오랫동안 가슴 한가운데가 콱 막힌 느낌으로 지내고 있었다.

　아직도 어떤 느낌인지 정확히 기억하고 있다. 온몸에서 솟구치는 에너지가 뱃속에서부터 명치 부위까지 전속력으로 뻗어가는 느낌으로 시작된다. 그것은 타들어 갈 듯 뜨거웠다. 그다음은 목이었다. 기쁨과 분노, 그리고 두려움이 불길 속에서 뒤엉켜 녹아버리는 것 같았다. 숨을 쉴 때마다 걸리고 막히는 것처럼.

　1시간 반 전이었다. 브론크스는 모니터를 들여다보며 동영상 재생프로그램의 시간대 위에 마우스 포인터를 올려놓고 엘리사가 복사해 보내준 영상에 등장하는 강도의 움직임을 따라갔다. 덩치 큰 남자가 헐렁한 작업복을 입고 상하차장으로 뛰어내려 우유 배달 트럭을 타고 떠나는 장면이었다.

몇 년 만에 건진 첫 번째 단서.

어릴 때는 가슴속에서 타오르는 불덩어리 때문에 두려움을 느꼈었다. 주변에서 폭력적인 상황이 발생할 때마다 배 주변의 근육들이 밖이 아니라 안으로 뭉치고 조이는 느낌이 들었다. 그 불덩어리가 언제든 치고 나갈 것 같았기 때문이다.

어른이 되면서 우선 그 불덩어리 다스리는 법을 배웠다. 동굴에서 거주했던 선사시대 사람들처럼 그 불덩어리가 절대 꺼지지 않고 원할 때만 활활 타오를 수 있게 관리하는 방법을 깨닫게 되었다.

브론크스는 다시 한번 시간대별로 동영상을 확인하며 어깨에 가방을 걸치고 가는 남자의 움직임을 관찰했다. 화면상의 인상착의로는 어느 정도 비슷해 보였다. 하지만 뒤브냑이라고 단정 짓기는 힘들었다. 용의자는 덩치가 훨씬…… 커 보였다. 그렇다고 이상할 건 없다. 교도소 생활을 하면 재소자들은 대부분 근육을 키우기 마련이니까. 체력단련장은 단순히 운동만 하고 근육증강제를 교환하는 곳만은 아니었다. 교도소의 다른 장소와 마찬가지로 체력단련장 역시 관계를 맺고 키우고 구체화할 아이디어를 나누는 곳이기도 했다.

그는 흐릿하고 뚝뚝 끊기는 화면 앞으로 가까이 상체를 기울였다.

그가 관찰하고 있는 용의자가 레오 뒤브냑이라면 총을 맞고 주차장 바닥에 누워 있던 강도가 뒤브냑의 동생 중 하나가 아니라 왜 야리 오할라라는 전과자일까?

브론크스는 삼 형제를 각각 조사하면서 그들 사이에 생긴 균열을 감지했었다. 그렇다고 형제들이 그런 이야기를 한 건 아니었다. 그래도 그 균열이 어디서 시작되었는지는 알 것 같았다. 큰형은 두 동생이 손을 떼자 아버지와 손을 잡고 계속해서 은행을 털려다 함께 체포되었다. 그런 이유로 동생들 역시 철창신세를 피할 수 없었다. 폭풍우가 휘몰아쳐 도주 차량이 배수로에 처박히고 14일이 지난 후, 펠릭스와 빈센트 뒤브냑은 예테보리의 아파트에서 별다른 저항 없이 순순히 체포에 응했다. 마치 그 상황을 기다리고 있던 것처럼. 그리고 조사가 진행되는 동안 관련자들은 모두 묵비권을 행사했다. 두 동생은 손을 뗐던 터라 완전히 피해갈 수 있을 거라 예상했었다. 하지만 일당이 체포된 뒤, 언론의 관심은 점점 더 불이 붙었고, 그 와중에 시민들의 제보가 쏟아졌다. 그리고 정확하고 상세한 한 건의 제보 덕분에 브론크스는 은행 강도에 사용되었다 폐기된 총기를 찾아낼 수 있었다. 한 시민은 TV 뉴스에서 본 용의 차량이 주변을 돌아다니는 걸 여러 차례 목격했다고 진술했다. 형제들이 타고 다녔던 회사 차량이었다. 강도들이 쓰고 다녔던 '가면' 같은 차였다. 제보자는 그 픽업트럭이 숲속으로 들어가 무언가 묵직한 걸 내린 다음 호수 속으로 밀어 넣는 장면을 본 적 있다고 진술했다. 잠수부들이 동원되었고 묵직한 물건을 건져낼 수 있었다. 분해된 자동소총 부품을 시멘트에 섞어 담아놓은 상자였다. 거기서 발견된 DNA 정보와 지문은 레오는 물론 펠릭스와 빈센트 뒤브냑까지 줄줄이 엮는 데 결정적인 역할을 했다. 한 건의 강도 사건 주범으로.

브론크스는 마지막으로 다시 한번, 파란 작업복을 걸치고 우유 배달 트럭에 올라타는 남자를 살펴보았다.

동생들을 다시 일에 끌어들이는 데 성공한 거라면, 넌 좋든 싫든 동생 하나가 죽어 나가는 상황을 불사하겠다고 마음먹은 거야. 새로운 인물을 끌어들이긴 했겠지만, 그 친구 하나는 이미 사망했어.

우유배달 트럭을 몰고 달아난 게 네놈이라면 이제 남은 건 너 혼자야.

네놈이 아니라면 적어도 살아 있는 다른 파트너가 있다는 말이지.

네놈도 그렇고 네 파트너도 그렇고 침착하게 움직였어. 아무 일도 없었던 것처럼 유유히 현장을 빠져나갔다고. 다른 공범이 총에 맞은 상황에서도 너 아니면 네 파트너는 그냥 해야 할 일만 했어.

지난 6년간 지금처럼 기분 좋은 적은 없었어.

왜냐하면 지금 내 가슴속에서 타오르고 있는 이 불덩어리는 행복이거든.

네놈을 무너뜨릴 두 번째 기회가 생겼어. 바로 어제 빠져나온 그 지옥으로 네놈을 다시 보내버릴 두 번째 기회가 생겼다고. 이번에는 좀 길어질 거야.

검은색 승용차 한 대. 비싸 보이는 데다 반짝거리기까지 하는 것이 완전 새 차 같았다. 그 차가 느린 속도로 부엌 창밖으로 지나간 게 벌써 세 번째였다. 동네 사람이 타고 다니는 차는 아니었다.

브릿 마리는 앞좌석에 앉아 있던 남자 둘을 명확히 볼 수 있었다. 매번 같은 사람들이었는데, 한쪽은 나이가 지긋한 백발이었고, 다른 하나는 머리를 짧게 쳐올린 젊은 사람이었다.

집 한쪽 창문은 웅웅 소리를 내는 널찍한 뉘네스 고속도로를 마주 보고 있었다. 간간이 이어지는 울타리 사이로 새벽부터 밤까지 끊임없이 지나다니는 차들이 보였다. 벽을 공유하며 다닥다닥 붙어 있는 연립주택 14채를 끼고 있는 비좁은 U자(아니 V자였나?)형 도로로 난 다른 쪽 창문으로 보이는 거라고는 이웃 주민들의 차가 전부였다. 그런데 잠행에 어울릴 법한 유선형 후드의 반짝이는 검은 승용차를 보고 있자니 어깨를 웅크리고 있는 맹수가 떠올랐다.

처음으로 그 차의 존재를 깨달았던 건 대략 9시 경이었다. 마침 요양원에 나가지 않는 날이라 막 잠에서 깬 뒤 커피 한 잔을 마시던 중이었다. 부엌 창밖을 통해 한 마리 상어처럼 날렵하게 미끄러지는 검은색 승용차가 눈에 들어왔다. 평소 드나드는 차가 없는 시각이었다. 주택가 이웃들은 이미 차를 가지고 출근한 뒤라 썰렁했다. 그 차를 눈여겨보게 된 가장 큰 이유는 뚜렷한 목적지가 없어 보였기 때문이다. 그러다가 생각을 접고 점심 준비를 시작했다. 감자와 물을 넣은 냄비는 이미 레인지 위에 올려둔 터라 점화 버튼만 돌리면 그만이었다. 도마 위에 올라와 있던 연어 살은 핑크빛에 윤기가 감도는 게 꼭 라즈베리 젤리 같았다. 브릿 마리는 작고 투명한 가시들을 눈썹 뽑아내듯 살코기에서 발라냈지만 가운데 박힌 뼈는 생긴 건 얇아 보여도 철근처럼 꽉 박혀 있어 그대로 두었다. 그런 다음 연어 살을 직사각형 오븐 용기에 담아 냉장고 맨 위 칸에 넣어두었다. 나중에 세 아들이 도착하고 나면 그릇째 오븐에 넣고 20분 정도 구운 다음 소금과 후추, 그리고 크림과 허브를 추가로 가미하고 10분만 재워두면 끝이었다. 빈센트가 가장 좋아하는 요리였다. 막내아들은 출소한 뒤로 여러 차례 엄마를 찾아왔었다. 하지만 큰아들 레오가 지금도 연어 요리를 좋아하는지는 알 수 없었다. 너무 오래전 일이었기 때문이다.

모두가 한자리에 모인다.

브릿 마리는 자신도 모르게 전율을 느꼈다. 거의 감동에 가까웠다. 그런 감정을 느끼는 게 그녀에게는 흔치 않았다. 하지만 세 아들을 동시에 한자리에서 보는 것도 흔치 않은 일이었다.

창밖으로 스쳐 가는 '시커먼 맹수'를 두 번째로 목격한 건 30여 분 뒤였다. 이유는 모르겠지만 심기가 상당히 불편해졌다. 갑자기 그 인간이 떠올랐다. 이반. 저 맹수 같은 차와 그 인간이 무슨 상관이라고? 담벼락 앞에 나타나 악취를 풍기는 청파리처럼 앵앵거리던 인간. 도대체 거긴 왜 나타난 걸까? 또다시 아들들 인생에 끼어들려고? 매번 그 소리만 기계처럼 읊어대던 인간이었다. 달라진다느니, 결심했다느니, 새로 시작한다느니. 그런데 그런 걸 원치 않는 사람도 거기 포함이 되겠느냐고?

달라진다고? 이미 콘크리트처럼 단단히 굳어버렸다. 절대로 달라질 수 없다.

되돌릴 수 없는 법이다.

지난 6년간 더 이상 그 인간은 생각하지 않기로 하고 살아왔다. 아니, 사실 18년간이었다. 그런데 6년 전, 어쩔 수 없이 다시 그 인간을 떠올릴 수밖에 없었다. 은행 강도 사건, 재판, 그리고 선고로 이어지는 일련의 일들 때문에. 도대체 어떻게 살아왔기에 아버지라는 인간이 자기 아들하고 공모해 은행 강도가 될 수 있는 걸까? 그래 놓고도 무자비한 폭력으로 거리가 멀어진 아들에게 다가가는 방법이었다고 생각할 수 있다니……. 그러고서도 준 만큼 받을 수 있다고 믿는다니……. 가까워질 수 있다고? 어쩜 그리 뻔뻔하게도 교도소 앞에 얼굴을 내밀고 자신이 그렇게 하지 않았다면 레오는 죽음을 피할 수 없었다고 큰소리를 칠 수 있는 건지……. 세상에 맞설 클랜을 만들어야 한다면서 하는 짓이라고는 사사건건 싸움질할 생각만 하는 주제에! 얼어 죽을 그놈의 가족 타령! 혹시 이번에도 그 빌어먹을 접착제 같은 형제애가 아들들 발목을 붙잡게 되는 건 아닐까……. 어릴 때부터 이반이 그토록 강력하게 '본드 칠'을 해놓았으니……. 그것만 아니었어도 지금은 각자 다른 길로 풀리지 않았을까?

브릿 마리는 제대로 보기 위해 한쪽 뺨을 아예 창유리에 갖다대며 몸을 숙였다. 그녀는 이 방에서 저 방으로, 이 창문에서 저 창문으로 옮겨가며 검은 맹수에게서 시선을 떼지 않았다. 문제의 승용차가 뉘네스 고속도로의 차량 행렬에 뒤섞일 때까지.

망상 때문이었을 수도……. 이렇게 생각하게 된 이유는 스스로도 알고 있었다. 그토록 강력한 형제애가 모든 걸 무너뜨릴 것 같다는 불안감 때문이었다. 그녀는 이반이 맹수처럼 자신의 머릿속으로 밀고 들어와 마구 휘젓고 사방으로 돌아다니며 자신을 지켜보게 방치했던 것이다. 보는 것마다 확대해석하게 만들 정도로…….

잔물결처럼 따뜻한 웃음.

그녀는 식당 쪽에서 레오와 펠릭스 목소리를 들었다. 요즘 들어 웃는 일이 거의 없었던 펠릭스가 웃고 있었다. 큰형과 다시 이렇게 한자리에 모이는 게 기쁜 걸 넘어 행복한 듯했다. 펠릭스의 웃음에 레오가 누군가의 목소리를 흉내 내며 바보 같은 말투로 대화를 이어가고 있었다. 두 녀석은 어릴 때부터 자기들끼리 통하는 그런 언어가 있었다. 레오는 유일하게 펠릭스의 무뚝뚝한 성격을 무력화시킬 수 있는 능력자였다.

브릿 마리는 맹수 같은 차로 인해 머릿속을 어지럽혔던 생각들을 털어버렸다. 이제 자신이 상상했던 그 모습 그대로 다시 아들들과 즐겁고 행복한 시간을 보내기로 했다.

오랫동안 기다려왔고, 오랫동안 바란 일이었다.

세 아들을 한 식탁에 불러 앉혀 점심을 같이하는 일. 교도소로 아들들을 찾아갈 때마다 머릿속에 그렸던 그 장면은 그녀에게 일종의 목표로 작용했다. 그리고 그 덕에 지금까지 견딜 수 있었다.

업무용 책상 위 벽에 걸려 있는 전화기는 최근 울리는 일이 거의 없었다. 세 아들이 경찰에 체포되던 순간부터 사람들의 연락이 끊어졌다. 수치심은 그렇게 작동한다. 그리고 그녀 자신이 침묵에 일조한 점도 있었다. 수치심은 사람을 고립시키고 움츠리게 만든다.

그런데 지금, 그 전화벨이 울리고 있었다. 계속해서, 고집스럽게.

"엄마, 저예요."

"빈센트! 마침 전화 잘했다."

브릿 마리는 전화선을 길게 늘여 냉장고 쪽으로 걸어가 준비해 둔 오븐 용기를 꺼냈다.

"언제 올 거니? 연어 이제 오븐에 막 넣을까 생각하는데, 괜찮겠니? 크림이 걸쭉해지려면 시간이 좀 걸리잖아. 네가 그렇게 좋아하던 거잖니."

"저 못 가요, 엄마."

그녀는 한 손에 전화 수화기를, 다른 손에 오븐 용기를 든 채로 부엌 한가운데 우뚝 멈춰 섰다.

"무슨 일…… 있는 거니?"

"갈 수가 없어요. 공사 때문에요. 내일 점검 받아야 하는데 바닥 타일 큰 거 두 장에 금이 가버렸거든요. 낡은 욕실에 깐 비싸기만 한 거지같은 이탈리아 타일이 문제예요. 주인한테 처음부터 말을 했거든요."

그녀는 아들의 말을 듣고 있었다. 평소 필요 이상으로 말을 하거나, 무언가를 구체적으로 설명하는 일이 없는 아들이었다. 그런데 마치 거짓말하는 사람처럼 구구절절 설명이 길다.

"정말 그런 거니, 빈센트? 그런 거야?"

"엄마."

"그래."

"감당할 자신이 없어요. 지금은요."

배신감과 실망감이 들 만도 했다. 세 아들을 한자리에 불러 모으려 했는데 하나가 그 자리를 거부하고 있었기 때문이다. 그런데 오히려 정반대로 안도감이 들었다. 막내아들이 감당할 자신이 없다는 게 무언지 그녀는 이해할 것 같았다. 억지로 붙여놓은 그 접착제였다. 그녀 자신도 온몸으로 겪으며 힘들게 끊어버렸던 그 끈끈한 유대감. 빈센트는 어제 큰형을 만나러 오지도 않았다. 브릿마리는 막내아들이 그 유대감이 자신의 발목을 잡을 수도 있다는 사실을 깨달은 게 내심 기쁘기도 했다. 그렇게 깨달아야만 그 유대감을 극복할 수 있기 때문이다. 엄마한테 거짓말을 하는 한이 있더라도.

"네 몫은 남겨두마. 냉장고에 둘 테니 언제든 먹고 싶으면 들러라."

그녀는 오븐을 열고 유리그릇을 대충 안으로 밀어 넣었다. 그리고 감자를 담아두었던 냄비에 불을 켜고 얼음물이 담긴 유리 물병을 꺼냈다. 거실로 가는 동안 위에 띄워놓은 레몬 조각과 얼음이 유리를 때리며 달그락거렸다. 그녀는 전염성 있는 웃음소리와 일부러 바보 같은 말투를 내는 목소리가 들리는 곳으로 걸어갔다. 그때 그 시절로 돌아간 펠릭스와 레오가 있는 곳으로. 테이블 위에 물병을 내려놓자 얼음 달가닥거리는 소리가 멈췄다. 그러고는 미리 준비해뒀던 접시 하나를 치웠다.

"음식은 곧 준비될 거다. 그런데 오늘은 우리 셋이 먹어야겠구나. 빈센트가 못 온다네."

그녀는 황급히 뒤로 돌아 부엌으로 가려 했지만 레오가 던진 질문이 그녀를 멈춰 세웠다.

"엄마?"

"어?"

"왜 못 온대요?"

"그게⋯⋯. 이탈리아 타일이 말썽이라더라고. 내일이 점검받는 날이기도 하고."

"뭐예요? 또 일 타령이에요?"

그녀는 레오의 목소리를 통해 큰아들도 동생이 거짓말하는 걸 알고 있다는 사실을 감지했다. 동생의 마음을 꿰뚫어 보고 있다는 사실을. 엄마는 동생의 거짓말을 단지 전달만 해준 게 아니라 깊이 관여하고 있었다. 큰형은 막내가 자신을 피한다는 걸 알고 있었던 것이다. 듣기만 해도 마음이 따뜻해지던 웃음소리와 쾌활했던 분위기가 싹 사라졌다.

"엄마?"

두 사람은 각자의 위치에서 서로를 쳐다보았다.

"빈센트한테 다시 전화 오거든 큰형도 공사현장 경험 많고, 화장실 타일도 여러 번 깔아봤다고 전해주세요. 그리고 점검 오는 감독관이 뭘 노리는지도 잘 안다고요."

그때까지 수동적으로 앉아만 있던 펠릭스는 엄마가 부엌 벽 뒤로 사라지자마자 몸을 구부리며 속삭였다.

"형, 그 녀석은 그냥 내버려둬. 준비되면 형한테 연락할 테니까."

레오는 대답 대신 자리에서 일어나 부엌문을 조심스레 당겨 닫았다. 오븐과 환풍기 돌아가는 단조로운 소음이 갑자기 줄어들자 순간적으로 고요해졌다.

"이제 우리 얘기해보자."

"우리 얘기? 또 무슨 꿍꿍이가 있는 거야?"

"어렸을 때 엄마가 발코니로 나와서 밥 먹으라고 소리칠 때까지 하던 짓하고 비슷한 거지, 뭐."

물 잔을 채우자 다시 얼음이 찰랑거리며 소리를 냈다.

닫힌 문, 물 두 잔, 두 사람.

협상 테이블이 따로 없었다.

"펠릭스?"

"왜?"

"넌 어떻게 살고 싶냐? 내 말은 정말 어떤 식으로 살고 싶으냐고?"

"그만 좀 하자."

"학비 보조금 같은 돈만 받고 살아갈 거야? 계속 그렇게 빚진 사람처럼 쫓기며 살 거냐고? 은행에 가서 대출 한 푼 못 받고, 전과자라는 이유로 제대로 된 일자리도 못 구하면서? 그런 게 아니라면…… 셀 수도 없을 만큼 거액을 들고 이 지긋지긋한 나라를 떠나 새 삶을 살고 싶은 마음 없어?"

펠릭스는 협상 상대가 마음에 들지 않는 제안을 한 것처럼 앉은 자세에서 등을 뒤로 젖혔다.

"형, 이제 곧 점심 먹을 시간이야. 도대체 나한테 하고 싶은 말이 뭐야?"

"네가 도와줬으면 좋겠어."

"도와? 그게 무슨 뜻이야?"

"대타로 뛰어달라고."

얼음물을 먹은 펠릭스의 오른쪽 볼이 부풀어 올랐다. 이로 얼음을 깨물자 우지끈 소리가 났다.

"대타로 뛰어달라고? 아하, 그러고 보니 어제 벌어진 그 살벌한 총격전 얘기였군그래. 나도 뉴스는 보고 살거든."

레오는 얼음 깨물어 먹는 소리가 잦아지기를 기다렸다.

"딱 한 번만 도와주면 돼. 예전처럼 무장 강도질을 하자는 거 아니야. 일자리라고."

"딱 한 번이라고? 뭐, 일자리? 그때 했던 그 빌어먹을 소리하고 아주 똑같이 들리네? 기억나? 이카 슈퍼마켓 앞에서 했던 말? 저 가죽가방 안에 든 3만, 아니면 4만 크로나 딱 한 번만 터는 거라고. 그때 그걸 뭐라고 했더라⋯⋯. 폼 나는 강도라나 뭐라나, 형이 그랬던 거 기억나냐고!"

"맞아, 내 말이 바로 그거야. 폼 나는 강도. 지금 그 길로 가는 거라고. 고작 2천만 정도 되는 액수였으면 나도 안 했을 거고 너도 끌어들이지 않았을 거야. 그 정도면 속전속결로 처리하더라도 잠적에 필요한 비용 등 이것저것 다 포함하면 2년도 못 버티고 다 써버리게 돼. 그런데 내가 말하는 건수는 지금 1억이라고 1억. 게다가 우리가 그 많은 돈을 빼갔다는 걸 아무도 모른다고."

레오는 그렇게 말하며 펠릭스의 팔뚝에 살짝 손을 얹었다. 펠릭스는 화들짝 놀란 사람처럼 반응했다. 익숙했던 만큼 두 사람 모두 자신들의 행동을 후회했다. 레오는 손을 얹은 것을, 펠릭스는 그렇게 반응한 것을.

"그리고 봐봐, 어쨌든 옛날 그 일 이후 우린 아무것도 안 했잖아. 적어도 10여 년간은."

"하지만 난 알고 있었어. 형은 계속 그럴 거라는 거. 형은⋯⋯ 그런 사람이거든. 결국 이렇게 됐잖아. 아빠가 엄마를 대하던 방식을 형은 물려받았어."

"얼치기 심리학자 다 됐구나. 그런 소린 들을 만큼 들었어."

"어떻게 부르든 그건 빌어먹을 형 마음이야. 하지만 그때 돈 가방 낚아채서 달아나는 게 전부가 아니었어. 그건⋯⋯ 형이 그걸 할 수 있는지 알아보는 거였어. 계획하고 달아나는 거라든지 상황

통제력 같은 거. 은행 열 군데를 터는 것도 마찬가지로 절대 돈이 중요한 게 아니었어. 형이 그걸 뭐라고 포장해서 설명하든 형한테는 그 일을 할 수 있다는 게 중요했어. 그 한 건이 두 건, 세 건으로 늘어난 거라고. 누군가 형을 멈추지 않으면 나중에 그게 어떻게 될지 누가 알겠어?"

"이번에 알아봐."

"뭘?"

"네가 이해해줬으면 하는 거. 너도 그 일부였어야 했는데 누가 방해했던 그 일을 이제 끝낼 수 있다는 거. 스웨덴 역사상 최대 규모 강도."

"나는 할 수 있다, 또 그거잖아."

"뭐라 부르던 그건 네 마음이야. 그렇게 말해야 좋으면 난 상관없어. 어차피 난 그 일을 할 거니까. 너도 같이할 생각 있어?"

펠릭스는 닫혀 있는 문으로 시선을 돌렸다가 나지막이 속삭였다.

"핏줄 터지는 게 나아."

"무슨 소리야?"

"시커먼 구멍을 갖고 사느니 핏줄 터지는 게 훨씬 낫다고."

"너 어디 아프냐?"

"아니, 멀쩡해. 그러는 형은? 형은 지금 자신이 뭘 원하는지 알아? 지금 어디로 향해 달려가는지도? 난 내가 어디로 가는지 알아. 그리고 무슨 일이 있어도 난 그냥 핏줄 터지는 신세로 살 거야."

"펠릭스……. 너 진짜 무슨 소리 하는 거야?"

"우리 어렸을 때, 형이 몇 살이었더라…… 아홉 살? 열 살? 형이랑 아빠랑 그 얼어 죽을 곰 춤인지 뭔지 그런 거 연습할 때였어. 형하고 아빠하고 사이의 일이었어. 그 엿 같은 개똥철학. 형은 그 인간한테 배운 폭력 철학을 가지고 누가 우릴 치려 하면 되받아치면서 살았어. 형도 분명 기억하고 있을 거야. 그런데 난, 형이 모르는 걸 기억하고 있어. 그 인간이 겉으로 보기엔 엄마 눈에 핏줄이 터져 시뻘겋게 될 때까지 두들겨 팼을지 모르지만 동시에 안으로는 시커먼 구멍을 만들어놨었다고. 시뻘겋게 된 눈은 정상으로 돌아올지 모르지만 그 시커먼 구멍은 절대 사라지지 않아."

속삭일 필요는 없었다. 어차피 문은 닫혀 있었기에 엄마는 들을 수도 없었다. 하지만 펠릭스가 계속 속삭인 이유는 따로 있었다. 마치 크게 말해버리면 그 말들이 사라지지 않고 그대로 남아 있을까 두려워하는 것 같았다.

"알겠어, 형? 간단하다고. 하지만 폭력에 대한 내 철학은 그래. 시커먼 구멍을 떠안고 사느니 핏줄 터지게 맞는 게 속 편하다고."

레오는 상대를 경멸하듯 비웃으며 말을 받았다.

"이제 알겠네! 수감생활 하는 동안 낮이고 밤이고 심리치료사 만나러 가서 징징거리고 다녔구나."

"왜 그러고 살아?"

"불우한 어린 시절이 어쩌니 저쩌니 하면서 말이야, 펠릭스."

"도대체 왜 그러고 살아?"

"거기 그러고 앉아서 뒤만 돌아보고 있었던 거구나. 내가 앞으로 나가는 동안 말이야."

"형! 제발 닥치고 내 말 좀 들어! 도대체 왜 이러고 사냐고?"

"왜냐하면 나한테는 이게 유일한 기회니까."

"아니야. 우리한테는 기회가 있었어."

"이틀 뒤에 우린 큰일을 벌일 거야. 경찰은 죽었다 깨나도 이해
못 할 일이야. 브론크스, 그 새끼도 절대 이해 못 해. 우리가 사라
지기 전에는."

"사라진다고?"

"영원히. 이 정도로 '폼 나게' 털면 남아 있을 수도 없어. 그래서
지금 우리가 이 얘기를 하고 있는 거야. 난 너랑 빈센트 없이 영원
히 사라지고 싶지 않거든."

정도가 다소 지나치더라도 차라리 약 올리고 장난치는 형을 대
하는 게 훨씬 쉬웠다. 하지만 그런 형이 지금은 그 누구보다 진지
하고 심각했다. 형이 하는 말은 하나부터 열까지 진심이었고 또
그만큼 명확한 답을 요구하고 있었다.

"난 형이 훔친 돈 받고 싶지 않아. 형이 체포되기 전부터 이미
결심한 거야. 알다시피."

닫힌 문 쪽으로 다시 시선이 돌아갔다. 밖에서 누군가 초인종을
누른 것 같았다. 높은음 두 번이 낮은 두 번으로 변했다가 다시 높
아졌다.

"그러니까 내가 그 폼 나는 일에 낄 일은 없어. 형은 그때도 그
렇게 말했었어. 딱 한 번이라고. 하지만 그건 계속될 거야. 다음에
도, 그리고 그다음에도. 나도 알고 형도 아는 일이야. 내 인생은

그렇지 않을 거야. 더 이상은."

다시 한번 초인종 소리가 이어졌다. 두 형제도 그게 초인종 소리라는 확신이 들었다. 그리고 발소리가 이어졌다. 엄마였다. 엄마가 문을 열자 환풍기 돌아가는 소리가 웅웅거리며 안으로 밀려 들었다.

"레오, 손님 오셨다."

그와 동시에 허브를 올려 오븐에 구운 생선 냄새도 안으로 따라 들어왔다. 곧 식사 준비가 끝난다는 뜻이었다. 하지만 문을 열고 들어온 엄마의 표정은 그리 밝지만은 않았다. 좀 전까지의 기대는 온데간데없이 사라졌다.

"경찰이야. 너하고 할 얘기가 있대."

빠끔히 열린 문틈으로 부엌이 들여다보였다. 남자 둘에 여자 하나. 정복 경관은 아니었다. 민간인처럼 차려입고 있었지만 영락없는 형사 분위기를 풍겼다. 두 남자는 어렴풋이 기억이 났다. 그날 아침 검은색 승용차를 타고 집 앞을 지나간 사람들이었다. 희끗희끗한 콧수염이 난 나이 든 사람, 외부에서 일하는 사람처럼 피부가 그을린 젊은 사람. 레오 뒤브냑이 집에 있는지 확인하기 위해 급파된 선발대였다.

강도 하나가 총격으로 사망하고 그 현장에서 자신이 훔쳤던 자동소총이 발견된 뒤, 레오는 브론크스가 자신을 찾아오리라 예상하고 있었다. 다만 그게 언제가 될지는 알 수 없었다. 뿐만 아니라 그 인간이 어떻게 나오리라는 것도 대충은 예측할 수 있었다. 어머니의 집에 있을 때 자신을 데리러 올 거라는 것까지. 저항할 가능성이 작을 테니까.

점심시간이었다. 밤까지는 아직 시간 여유가 있었다.

어쨌든 두 번째 단계인 '가정방문'을 실행하기까지 아직 많은 시간이 남아 있었다. 비록 계획을 다소 수정해야 하긴 하지만 상관없었다. 자동소총 하나가 브론크스의 손에 들어간 이상 어차피 '가정방문'은 '포괄적으로' 진행되어야 했다. 달라진 거라고는 예상보다 시간이 더 걸린다는 것뿐이었다. 계획수정이 꼭 부정적인 것만은 아니다. 변수라는 것은 언제나 장점으로 이용할 수 있고, 또 그래야만 한다. 오후의 면담조사를 개자식에게 도발하는 기회로 삼을 수도 있다. 그렇게 브론크스를 엉뚱한 방향으로 끌고 가는 것도 가능하다. 어차피 이틀만 지나면 아슬아슬한 마지막 곡예를 마치고 아무도 모를 곳으로 가 있을 테니까. 이중 속임수를 통해서.

레오가 어깨를 한 번 들썩이고 자리에서 일어나는 동안 펠릭스가 더 가까이 몸을 숙이며 나지막이 중얼거렸다.

"내 앞에서 다시는 그 얘긴 꺼내지도 마."

레오는 어머니 곁을 지나가면서 미소를 지은 다음, 전날 어머니가 자신에게 했던 것처럼 한쪽 뺨을 어루만지며 속삭였다.

"별일 없을 거예요, 엄마."

그러고는 부엌으로 걸어 들어갔다. 그는 주변을 한 번 둘러보고 창밖으로 시선을 돌렸다. 대기 중인 차는 두 대였고 경찰 한 명이 더 기다리고 있었다.

그러나 브론크스는 아니었다. 그 인간은 도대체 어디 있는 걸까?

레오는 머리가 희끗희끗한 형사 쪽으로 고개를 돌렸다.

"원하는 게 뭡니까?"

대답은 젊은 형사에게서 나왔다. 레오는 그녀가 자신보다 어려 보인다고 생각했다.

"엘리사 쿠에스타 형사입니다. 임의동행해주셨으면 합니다. 몇 가지 확인할 게 좀 있어서요."

레오는 그렇게 말하고 있는 상대를 살펴보았다. 키가 크고 마른 체형에 강렬한 눈빛을 가진 형사는 겉보기에는 남일 대하는 듯한 표정을 짓고 있었다. 그 순간 큰아들을 바라보는 엄마의 눈빛도 마찬가지였다. 나무라는 것도, 그렇다고 슬퍼하는 것도 아닌 눈빛. 기쁨과 기대가 있어야 할 자리는 어느새 단단한 갑옷이 대신하고 있었다. 아이들이 어릴 때 자주 '입었던' 갑옷이었지만 아무런 기능도 없었고, 그래서 더더욱 상황만 악화되었다. 레오는 말없이 고개를 끄덕이고는 곧장 현관을 향해 걸어갔다. 지금은 엄마에게 무슨 말을 하든 별 의미가 없었기 때문이다.

"확인할 사항이 있어 큰아드님과 잠시 얘기를 하겠습니다. 그런데 아드님께서 주소지를 이곳으로 등록했기 때문에 압수수색을 진행해야 합니다."

브릿 마리는 젊은 형사를 빤히 쳐다보았다. 수색? 이 집을? 간신히 다시 쌓아 올린 이 안전망을? 수치심과 범죄자 일가족이라는 수군거림을 뒤로 하고 홀로 이사와 간신히 보금자리를 만든 터였다.

"그게 무슨 말이에요?"

그런데 낯선 이방인들이 새로 사귄 이웃들이 보는 앞에서 새로 마련한 보금자리를 뒤지고 다니겠다고?

"정 그러시면, 이 수색영장을 읽어보시기 바랍니다."

그때도 경찰들은 압수수색을 하지 않았다. 레오가 그때보다 더 한 짓을 했다는 말인가? 어젯밤 늦게 들어온 건 사실이다. 여기저기 드라이브를 하느라고.

몇 안 되는 경찰 중 책임자로 보이는 젊은 형사에게 다시 한번 질문을 하려던 순간, 어깨에 와 닿는 손길을 느꼈다. 누군가 뒤에서 그녀를 붙잡았다.

"저 사람들은 영장 같은 것도 필요 없어요, 엄마."

두 손은 그녀를 돌려세운 뒤 끌어안았다. 펠릭스였다.

"이 나라에서 영장 같은 거 없이도 남의 집에 불쑥 들이닥쳐 난장판을 만들 수 있는 사람들이에요. 오늘 근무하던 검사가 일진이 사납다고 느껴지면, 그걸로 충분한 이유가 되거든요."

"그쪽이 펠릭스인가 보네요."

엘리사는 큰형보다 다소 키가 크고 왠지 모르게 더 거친 인상을 풍기는 젊은 청년을 쳐다보며 말했다. 형의 얼굴이 하얀 반면, 동생은 검은 편이었다.

"맞아요."

그녀는 재킷 주머니에서 서류 한 장을 꺼냈다.

"정 그렇게 생각하시면, 이걸 좀 확인해주시면 좋겠습니다."

그녀는 맨 밑에 적혀 있는 문장을 가리켰다.

"여기 적힌 주소가 거주하고 있는 현주소가 맞습니까?"

펠릭스는 고개를 끄덕였다.

"맞아요."

"그리고 그 아랫줄에 적힌 주소가 당신 동생 거주지가 맞는지도 확인해주시겠습니까?"

"맞아요."

"고맙습니다. 그럼 여기 하단에, 낮 시간 동안 찾아가면 만날 수 있는 주소지와 연락처 좀 적어주시면 좋겠습니다."

젊은 형사는 펠릭스에게 펜을 건넸다. 그동안 브릿 마리는 오븐을 열고 연어 요리를 꺼냈다. 재워놓은 크림이 조금 타버렸다. 그녀는 오븐 용기를 받침대 위에 탁 하고 소리 나게 내려놓았다.

"난 이게 다 무슨 조화인지 좀 알아야겠네요! 지금 아들 하나를 데려가면서 나머지 두 아들에 대한 것도 꼬치꼬치 캐묻고 있잖아요. 두 아이가 형기를 마치고 출소한 게 벌써 2년이 넘었다고요. 그리고 그동안 당신들이 관심 가질 만한 행동 한 적은 한 번도 없었어요!"

젊은 형사는 자신을 향해 큰 소리로 따져 묻는 상대의 반응에 조금도 개의치 않았다.

"죄송합니다. 하지만 아드님 중 그 누구도 수사대상이 아니라는 사실을 입증하려면 어쩔 수 없이 거쳐야 하는 통상적인 절차입니다. 저희만큼이나 부인도 그게 사실이기를 바라실 겁니다."

브릿 마리는 형사를 노려보고는 있었지만 정작 상대가 하는 말은 제대로 귀에 들어오지 않았다. 전혀 다른 소리가 그녀의 귀를 자극하고 있었기 때문이다. 침실에서 벽장문이 삐걱거리고 옷걸이들이 침대 위에 떨어지는 소리가 들렸다. 그리고 바로 뒤이어 속옷을 넣어둔 서랍장 열리는 소리가 들렸다. 브릿 마리는 황급히 방으로 뛰어갔다. 그리고 기어이 그들이 서랍에 든 속옷들을 바닥에 엎어버리는 장면을 보고야 말았다. 침대 옆 곁탁자도 가혹한 운명을 피할 수 없었고 구석장에 들어 있던 타월과 침구들 역시 마찬가지였다. 그녀가 항의하기 위해 방으로 들어가려던 순간, 여형사가 그녀를 멈춰 세웠다.

"부인께서 자리를 피해주신다면 제가 책임지고 최대한 조심스레 진행하도록 하겠습니다."

엘리사는 브릿 마리가 부엌으로 돌아갈 때까지 기다렸다.

"그만들 해요."

두 형사는 엘리사를 쳐다보면서도 손으로는 방금 쏟아낸 팬티나 베갯잇 사이를 뒤지고 있었다.

"그만들 하라니까요."

그제야 동작을 멈췄다.

"지금부터 최대한 매너만큼은 지켜주기 바랍니다. 서두를 것 없잖아요. 이런 식으로 수색영장을 집행하면 신뢰가 깨지고 조사 협조가 힘들어지는 겁니다. 나중에 우리가 도움을 받아야 할 수도 있지 않습니까."

엘리사는 두 경찰이 자신의 말을 제대로 이해했다는 확신이 들 때까지 수색작업을 지켜보았다. 그런 다음 그녀에게 등을 돌리고 레인지 옆에 서서 연어 요리가 담긴 그릇 가장자리의 탄 부분을 긁어내고 있는 여성에게로 다가갔다.

"사과드립니다. 아마 도둑이 온 집안을 뒤지고 있는 현장을 두 눈으로 보고 계신 기분이 들 거라는 거, 저도 잘 압니다."

브릿 마리는 젊은 형사가 자신의 비위를 맞추려 애를 쓰고 있었지만 아무런 대꾸도 하지 않고, 뒤도 돌아보지 않았다. 온몸의 기력이 빠져나간 탓이었다. 그녀는 포크로 크림의 탄 부분을 살짝 긁어내 쓰레기통 속에 떨어뜨렸다. 그러고는 그릇이 통째로 덮일 만큼 기다랗게 쿠킹 포일을 뜯어냈다. 두 형사는 여전히 집안을 뒤졌으나 다소 조용해지긴 했다. 서랍 덜그럭거리는 소리도 잦아들었다. 그리고 젊은 형사가 현관문을 열었다가 닫는 소리가 이어졌다. 그녀는 레오가 뒷자리에 앉아 있는 차로 걸어갔다.

그제야 세 아들을 한자리에 불러 모으려 애썼던 자신의 노력이 수포가 되었다는 사실을 절감했다. 분열이라는 건 이런 거였으니까. 헐거워지고 떨어져 나간 접착제라는 게 말이다.

무균실에 들어온 느낌이 들었다. 마치 커다란 벽장에 갇힌 듯 갑갑한 느낌. 벽에 걸린 것도 없이 평범한 테이블 위에 놓인 16인치 모니터 한 대가 전부다. 천장에 달린 전구를 빼면 조명이랄 것도 없었다.

다만 백차가 한 잔 있었다.

욘 브론크스는 뜨거운 잔을 들고 첫 모금을 들이켰다.

백차. 전에는 상상도 할 수 없는 일이었다. 5년 전, 서른다섯 나이에 평생 마실 커피를 이미 다 마신 상태라 끊어야 한다는 경찰 병원 의사의 진단이 떨어지기 전까지는 말이다. 이상할 정도로 공허한 느낌이었다. 단순히 하루에 열두 잔씩 마셨던 커피 때문은 아니었다. 몇 주가 지나자 피로감이나 두통, 손 떨림 같은 금단증상도 멈췄다. 그건 습관의 빈자리 때문이었다. 일상이었던 규칙을 억제하면서 발생하는 갈등 현상이었다. 티스푼으로 뜨거운 컵 속의 액체를 젓거나 입안에 잠시 머금었다가 삼켰을 때 가슴속을 채워주는 그 느낌을 더 이상 경험할 수 없다는 현실. 그때 할아버지가 떠올랐다. 지긋한 연세만큼이나 현명하고 친근했던 백발의 할아버지는 백차라고 부르는 차로 하루를 시작했었다. 그냥 평범한 뜨거운 물이었다. 그러다 한 번은, 뜨거운 물에 크림 한 숟가락을 넣어 기분을 내게 되었다. 브론크스는 커피를 끊은 다음 날 이른 아침, 서에 도착하자마자 무시무시한 상실감에 시달렸다. 그래서 간이부엌으로 향해 전기 주전자의 스위치를 올리고 자신만의 첫 백차를 만들었다. 오랜 옛 습관이 새 습관으로 대체되는 순간이었다. 뜨거운 컵을 손에 쥐고 가슴속으로 퍼져나가는 온기를 느끼는 건 마찬가지였다.

그는 모니터 아래 컵을 내려놓고 귀에서 입까지 활처럼 구부러진 헤드셋의 마이크를 만지작거리며 고개를 움직일 때마다 흘러내리지 않도록 조절했다.

"엘리사?"

아무런 대답도 들리지 않았다.

"엘리사, 내 말 들리나?"

탁탁거리는 소리가 들렸다. 엘리사도 브론크스처럼 헤드셋의 마이크 위치를 조절하고 있었다.

"이제 잘 들립니다."

"좋아, 그럼 본격적으로 진행하기 전에 우리가 사전에 합의한 부분에 대해 다시 점검해보자고. 그 어떤 경우에도 내가 이 면담 조사를 감독하고 있다는 사실을 알게 해선 안 돼. 지금 이건 훨씬 더 큰 건을 벌이기 위한 시작에 불과하거든. 놈이 여기서 나갈 땐 작전을 계속해도 될 것 같다고 안심하게 만들어야 하는 거야. 그러니 잘 해보라고."

브론크스는 모니터에 달린 몇 안 되는 버튼을 조작하며 제대로 작동하는지 확인했다. 그는 자신이 앉아 있는 방과 별 다를 바 없는 화면 속 방을 뚫어지게 응시했다. 다른 점은 그의 테이블 위에는 모니터가 놓여 있지만, 화면 속 방 테이블에는 소형 카메라가 설치돼 있다는 것이다. 하지만 그의 관심을 끄는 건 테이블도, 테이블 위에 놓인 물건도 아니었다. 그 테이블 앞에 팔꿈치를 괴고 앉아 있는 한 남자였다. 너무나도 잘 알고 있지만 아직까지 아는 게 전혀 없는 한 남자. 금발 머리에 파란 눈, 그리고 얇고 경직된 입술을 가진 한 남자.

브론크스는 모니터 화면을 통해 지켜보고 있는 면담조사실에서 이미 그 남자와 마주 앉아 본 적이 있다. 가족 면담이 따로 없었다. 무려 6개월 동안 면담조사는 큰형에서 둘째, 그리고 막냇동생에서 다시 삼 형제의 아버지로, 그리고 다시 큰형으로 이어졌다. 하지만 '일가족' 중 그 누구도 쓸데없는 말은 입 밖으로 꺼내지 않았다. 사전에 연습이라도 한 것처럼 모두 똑같은 반응만 보였다. 극도의 묵비권 행사, 도발적인 눈빛으로 바닥만 노려보기, 간간이 웃으며 던지는 몇 마디 말이 전부였다. "할 말 없습니다." 혹은 "들어본 적 없습니다." 아니면 "모르는 사람이고, 만난 적도 없습니다. 이름이 뭐라고요?"

자유의 몸이 된 지 29시간째였다. 그리고 그 개자식이 다시 그 자리에 앉아, 누군가가 방문을 열고 들어와 테이블 반대편 의자를 당겨 자리에 앉은 다음 답변을 얻어내지도 못할 질문을 던지기를 기다리고 있었다.

브론크스는 화면 앞으로 가까이 다가갔다.

레오 뒤브냑은 침착해 보였다. 바로 전날 현금수송 차량을 강탈하고 공범이 총격을 받아 사망하는 장면을 지켜본 사람 같지는 않았다. 그런데도 욘의 눈에는 강도가 사용했던 자동소총, 도주 방식, 타이밍 등 엘리사가 수집해 하나로 모은 사실관계가 상당히 그럴듯해 보였다.

난 네 녀석을 보고 있어.

넌 알 수 없겠지만 말이야.

뒤브냑은 침착할 뿐만 아니라 무언가에 집중하고 있었다. 그리고 상당히 만족스러운 표정이었다. 그는 마치 그 위에 앉으려는 사람처럼 관공서에 비치된 볼품없는 테이블을 자세히 살펴보았다. 마지막에 레오 뒤브냑을 만났을 때 이미 자신과 그가 그런 점에서는 닮은꼴이라는 걸 파악하고 있었다. 두 사람 모두 면담조사 과정의 일부에 해당하는 '극적 연출'에 관심이 많았다. 레오 뒤브냑은 테이블 위를 살펴보다가 서서히 손바닥을 올려 한번 쓸어보더니 다시 한번 똑같은 동작을 반복했다. 가운뎃손가락만으로.

육감적으로 느껴지리만큼 조심스럽게.

마치 보이지 않는 체스판을 정리하고 있는 것처럼. 말들이 한번에 한 칸씩 이동하기를 기다리는 것처럼.

그런데, 이번에는 내가 아니라고.

브론크스가 생각을 마무리하기도 전에 화면 속 남자는 카메라를 정면으로 노려보듯 몸을 앞으로 기울였다. 강렬한 눈빛이었다. 단순히 카메라 렌즈를 들여다보는 게 아니라, 그 렌즈 뒤에 숨어 있는 누군가를 노려보는 것 같았다. 그러더니 거울을 보기라도 하는 듯 미소를 지었다. 지켜보던 브론크스도 따라 미소를 지을 뻔했다.

철컥하고 문손잡이 내려가는 소리가 들리더니 엘리사임을 구분할 수 있는 경쾌한 발소리가 이어졌다. 다년간 강력계 복도에서 익숙하게 들었던 발소리였다. 마지막으로 모니터 화면에는 얼굴이 나오지 않지만, 테이블 반대편에 앉게 될 누군가가 의자 잡아당기는 소리가 들렸다. 화면 왼쪽 아래로 면담조사 대상자 맞은편에 앉은 사람의 어깨와 뺨, 그리고 목 뒤로 내려온 짧고 검은 머리만 보였다.

"오래도 기다리게 하네요. 의도적인 겁니까? 긴장하게 만들려고? 그런 거라면 씨알도 안 먹힌다는 거 알아두십시오. 그런 건 여러 번 시도해봤을 테니까."

레오의 목소리는 면담조사 때마다 그러듯 침착했다. 비록 몇 마디에 불과했지만 레오 뒤브냑은 '일가족' 중 유일하게 묵비권과 "할 말 없습니다" 외에 그나마 정상적인 대화가 가능했던 인물이었다. 그는 박학다식한 면이 드러나 보였고 비록 강요된 대화 자리였지만, 자연스러운 사고에서 묻어나오는 유머 감각까지 갖추고 있었다.

"그리고 형사님, 여긴 면담조사실이잖아요. 너무 자주 들락거려서 잘 알거든요. 그런데 아까 우리 어머니 집에서 들은 바에 따르면 정보수집 차원에서 확인할 게 있다고 했지 이런 식으로 조사할 거라고 말한 적은 없는 것 같거든요."

엘리사는 아무런 대답도 하지 않았다. 질문이 아니었기 때문이다.

"촬영을 시작해도 괜찮겠습니까?"

"그러세요."

"동의한다고요? 그렇다면⋯⋯."

"좀 이상할 것 같긴 하네요. 수상쩍긴 하지만 재미는 없군요. 그러니까 촬영을 시작한다는 그 말이오. 어차피 이미 촬영 중인데 말입니다."

레오 뒤브냑은 다시 한번 카메라 렌즈를 들여다보며 브론크스에게 미소를 지었다. 브론크스는 그 기분이 어떤지 똑똑히 기억하고 있었다. 자신이 조사하게 될 용의자가 분명 은행 열 곳을 턴 강도라는 확신은 있지만, 도대체 어디로 튈지 알 수 없는 어린아이 같은 성향을 지니고 있다는 사실을 절감해야 했던 기억. 상대의 머릿속을 파고들어 무슨 계획을 세웠는지 꿰뚫어 볼 수 있기를 정말 간절히 바랐던 기억.

엘리사가 의자 끄는 소리가 들렸다. 처음과는 다른 소리였다. 플라스틱으로 된 의자 다리 끝부분이 비닐 장판에 박히는 소리였다. 엘리사는 카메라의 마이크 단자 가까이 다가가 빨간 불빛을 확인했다. 카메라는 이미 돌아가고 있었다. 그녀는 살짝 비꼬는 말투로 사실을 인정했다.

"당신 말이 맞네요. 이미 촬영되고 있었군요. 켜두고 간 기술자가 미리 말을 해줬으면 좋았을 텐데요."

기술자.

엘리사는 그 말을 하면서 카메라 렌즈를 똑바로 노려보았다. '그'를 향하여.

정당한 지적이었다. 사전에 말을 해줬어야 했다. 하지만 마치 오랜 옛 친구와 재회를 앞둔 것처럼 그 순간이 너무나 기대됐다. 얼굴이 얼마나 달라졌을지, 총기 있던 눈빛은 어떻게 변했을지, 경직된 미소를 보이지는 않을지, 복역 기간 동안 깨달음을 얻긴 했는지, 아니면 스웨덴에서 가장 험악하고 거친 교도소에서 성공한 은행 강도로 '대접' 받으며 하루하루를 보내다가 오히려 정반대로 자신의 범죄 정체성을 강화했는지, 거기 앉아 모니터 화면을 가득 채우고 있는 그 남자가 어떻게 변했을지 너무나 간절히 알고 싶었다. 말 그대로 옛 친구와의 재회나 다름없지만 본질적으로 다른 점은 단 하나였다. 상대가 긍정적으로 달라지기를 바라지 않았다는 것뿐.

화면에서 사라졌던 엘리사가 다시 나타났다.

**면담조사 담당 수사관, 엘리사 쿠에스타(EC):** 레오 이반 뒤브낙 씨를 대상으로 한 정보수집 관련 면담조사를 시작합니다. 지금 시각은 14시 17분, 장소는 크로노베리 경찰청 수사과입니다.

엘리사는 손에 들고 있던 파일 홀더를 테이블 위에 세게 내리찍었다. 서류 파일 안에 든 무언가를 바로잡으려는 모양이었다. 하지만 브론크스는 그런 이유 때문이 아니라는 걸 알고 있었다. 그녀는 쿵 소리가 온 방 안에 울려 퍼질 정도로 다시 한번 강하게 홀더로 테이블을 때렸다. 카메라 마이크를 타고 들어온 그 소리가 헤드셋을 통해 고스란히 전달되었다. 그녀는 자신이 내는 소리가 어디로 흘러가는지 정확히 알고 있었다. 브론크스는 후배 형사의 '항의시위'가 끝났다고 판단했지만 혹시 모를 '위험' 대비 차원에서 헤드셋의 볼륨을 줄였다.

엘리사는 파일을 내려놓고 펼친 다음 맨 위에 있던 문서를 면담 조사 대상자에게 밀었다.

아스팔트 주차장 바닥에 누워 있는 한 남성의 사진이었다.

EC: 누구인지 알아보겠습니까?

**레오 뒤브낙(LD):** 아니요. 복면을 뒤집어쓰고 있지 않습니까.

무의식적인 표정도, 무의식적인 반응도 없었다.

손가락으로 코나 관자놀이, 아니면 턱을 문지르는 반응도 보이지 않았다. 면담조사 대상자 대부분은 심리적 불안감을 해소하기 위해 얼굴을 만지작거리는 편이었다. 사진을 들여다보고 기억을 더듬기 위해 고개를 왼쪽으로 돌리는 대신 거짓말을 만들기 위해 오른쪽으로 돌리던 순간에는 일말의 주저함도 보이지 않았다. 어떤 식으로든 그와 관계가 있는 사망자 사진을 반강제로 봐야 하는 상황에도 불구하고.

오히려 정반대였다.

레오 뒤브냑은 한 손을 테이블 위에 올리고 보이지 않는 무언가를 만지작거리더니 가상의 체스판 위에서 말을 하나씩 옮기고 있었다.

EC: 그러시면……. 이제는 아시겠네요, 누구인지. 복면을 쓰지 않은 동일인이니까요.

사전약속에 따라 두 번째로 제시한 그 사진은 빛나는 철제 부검대 위에 누워 있는 한 시신의 얼굴 사진이었다. 생기 없는 두 눈. 죽음의 순간 굳어버린 입 모양은 실망감과 침통함을 그대로 담고 있는 것 같았다. 위아래가 뒤바뀐 빨갛고 화려한 꽃잎처럼 이마에 난 사출구 주변을 장식했을 핏자국은 머리카락이 가리고 있었다.

레오 뒤브냑은 아무런 반응도 보이지 않았다.

LD: 아니요.

EC: 뭐가 아니라는 겁니까?

LD: 누군지 모르겠다고요.

파일에서 나온 세 번째이자 마지막 사진.

EC: 다시 한번 보시죠. 동일인의 생전 모습입니다. 당신도 포함돼 있는 전과자 명부에 등록된 사진입니다.

그녀는 테이블 반대편에 앉아 있던 그에게 세 번째 사진이 온전히 도달하도록 조심스레 밀었다.

EC: 알아보시겠습니까?

LD: 네.

EC: 자세히 말씀해주시겠습니까?

LD: 아는 사람이라고요.

EC: 좋습니다. 그렇게 나오시겠다는 거죠. 그럼 그렇게 가봅시다. 누구입니까?

LD: 야리 오할라요.

EC: 야리 오할라와 어떻게 알게 됐습니까?

LD: 외스텔로케 교도소 수감 시절 같은 사동에 있었습니다. 그런데 이미 다 아는 사실 아닙니까?

EC: 잘 아는 사이였습니까?

LD: 그러는 그쪽은 그 인간하고 잘 아는 사이입니까? 카메라 뒤에 앉아서 모니터 들여다보고 계신 양반 말입니다. 달랑 감방 복도 공유한다고 거기 있던 사람들끼리 다 알 수 있겠습니까? 안 그래요?

브론크스는 그게 무슨 뜻인지 잘 알고 있었다. 카메라 뒤에 앉아서 모니터 들여다보고 계신 양반.

레오는 욘 브론크스가 수사지휘를 하고 있다고 생각했다. 하지만 형사들의 반응만으로는 알 수 없었기에 확신을 갖게 해줄 거리를 찾는 중이었다.

EC: 할 말이 있으면 나한테 하세요. 내가 이 면담조사 담당자니까요. 지금 내가 알고 싶은 건, 야리 오할라가 출소한 후 어떤 식으로든 만난 일이 있는지 입니다.

LD: 없습니다.

EC: 그렇다면 당신은 출소 이후 이자를 만난 적 있습니까?

LD: 없습니다.

EC: 한 번도 만난 적 없다고요?

LD: 이거 봐요, 형사님. 당신은 브론크스 꼭두각시 아닙니까?

브론크스 꼭두각시.
또 하나의 노림수였다.

LD: 동일인물이라는 사진 속 이 남자를 아느냐, 만났느냐, 계속 묻고 있는데 난 어떻게 그게 가능한지 모르겠습니다. 죽은 사람하고 연락하고 만나는 건 어려운 일이지 않습니까.

한결같은 표정과 절제된 일련의 동작. '예, 아니요'라고 대답할 때나, 모른다고 했다가 아는 사람이라고 인정할 때나 반응은 똑같았다.

브론크스는 엘리사가 세 장의 사진을 모아 서류 파일 속에 다시 넣는 모습을 지켜보았다. 다음 질문으로 넘어가기 전에 잠시 흐름을 끊는 행동 역시 사전에 계획한 일이었다.

EC: 어제 오후 4시 반 경에 어디 있었는지 말씀해주시면 좋겠습니다.

LD: 차 안에요.

EC: 어디서요?

LD: 아버지와 저녁 식사하기로 약속한 장소요. 스칸스툴 근처, 드라바 식당입니다. 확인해줄 증인도 여럿 있습니다. 우리 아버지, 음식 값 넉넉히 챙겨받은 식당 주인 부부, 그리고 앉아서 맥주 마시던 단골손님들. 그런데 지금 그런 걸 왜 나한테 묻는 건지 모르겠습니다. 내가 지금 무슨 용의자라도 된다는 겁니까?

EC: 질문은 내가 하는 겁니다.

LD: 아니, 그건…….

　

레오는 테이블 반대편으로 몸을 숙이면서 갑자기 카메라 렌즈를 손가락으로 툭 튕겼다.

　

LD: 저기 앉아 있는 양반이 하는 거지요.

　

그러고는 카메라를 뚫어지게 쳐다보았다. 도전, 그리고 도발. 브론크스는 면담조사를 엘리사에게 맡기고 자신은 다른 방에 앉아 있었던 게 잘한 결정이라고 생각했다. 레오 뒤브냑의 작전에 말려들 것 같았기 때문이다. 그는 지금 도전받는 기분이 들었고 도발을 느끼면서 아예 자리에서 일어나 고래고래 소리를 지르고 싶었다.

**LD:** 바로 저기!

레오는 다시 한번 카메라 렌즈를 건드리며 렌즈를 노려보았다. 역시 자신을 감방에 처넣은 형사를 향한 증오심이 고스란히 남아 있었다.

**EC:** 차를 타고 식당으로 가는 중이라고 했는데 그럼 그전에는 어디에 있었습니까? 4시 반 이전에요.

실망감.

브론크스는 확신이 들었다. 조사받고 있는 남자의 얼굴에서 언뜻 드러난 감정은 실망감이었다.

레오 뒤브냑은 상대로부터 자신이 원했던 반응을 끌어내지 못했다.

상대가 건드리고 방해를 해도 엘리사는 미끼를 물지 않았고 상대가 바라는 대로 움직여주지 않았다.

**EC:** 이해를 못 한 것 같은데, 다시 한번 묻겠습니다. 천천히요. 4시 반 전에는 어디에 있었습니까?

**LD:** 교도소에 있었습니다. 6년 동안요.

브론크스는 뒤브냑을 바라보는 엘리사의 눈빛을 읽을 수 있었다. 얼마 전 자신을 쳐다보던 바로 그 눈빛이었다. 상대가 누구든,

자신을 깎아내리려는 사람을 향해 던지는 차갑고 싸늘한 눈빛.

    EC: 세 번째로 묻겠습니다. 보다 더 명확하게요. 외스텔로케 교정시설 관계자에 따르면 당신이 출소한 시각은 오전 9시였습니다. 그리고 교도소 정문에 설치된 감시 카메라에서 확인한 바에 따르면 11분 후, 당신은 당신 동생으로 밝혀진 젊은 남자와 당신 어머니로 밝혀진 중년여성과 함께 차를 타고 교도소 인근을 벗어났습니다. 그래서 다시 묻습니다. 오전 9시 11분에서 오후 4시 반 사이에 어디서 무얼 했습니까?

    LD: 브론크스 꼭두각시가 왜 그런 것까지 알려고 드는 겁니까?

    EC: 왜냐하면 어제 일련번호가 10663인 AK4 자동소총이 현금수송 차량 강탈 사건에 사용됐기 때문입니다. 그 자동소총은 8년 전에 도난당한 물건으로 당신이 용의자였어요. 그래서 지금 이런 걸 묻는 겁니다.

    순식간에 일어난 일이었다. 뒤브냐이 카메라 마이크를 낚아채자 화면이 검게 변했다. 그의 가슴이 빛을 가리고 있었기 때문이다.

    EC: 자리에 앉아요!

거친 숨소리. 입이 마이크 가까이 있었다.

    LD: 브론크스 형사님?

그러더니 손바닥으로 여러 차례 마이크를 내리쳤다. 둔탁한 바람 소리가 마치 채찍 소리처럼 비좁은 방 안에 울렸다.

LD: 브론크스 형사님. 당신이 데리고 있는 이 꼭두각시하고 복도를 오가다 만나는 이웃 사람들을 어느 정도 알고 지내는지 얘기를 하던 중이었습니다. 그런데 그런 이웃들을 어떻게 다 알 수 있겠습니까? 그 사람들이 어떤 비밀을 숨기고 있는지 어떻게 다 알 수 있어요. 형사님도 지금 나를 피해 이렇게 숨어 있으려고 하는데 말입니다. 그런데 이건 알아두시기 바랍니다. 우린 교도소 복도에서 서로를 잘 알게 되기도 합니다. 남는 게 시간이거든요. 은행 강도, 마약상, 그리고 가끔은…… 존속 살해범 같은 재소자들이 한자리에 모이게 되는 거죠.

초점이 맞지 않아 흐릿한 얼굴이 다시 화면에 잡혔다.

하지만 브론크스는 보지 못했다. 들리는 소리라고는 레오 뒤브냑의 목소리뿐이었다. 면담조사의 주도권이 서서히 손에서 빠져나가고 있었고 사전에 그린 그림이 어그러지기 시작했다.

LD: 당신이 그럴 자격이 있으면 신뢰를 얻을 수 있을 겁니다. 그런데 난 거기서 그런 신뢰를 많이 얻었습니다.

레오 뒤브냑이 안심하고 경찰서를 나가게 만들겠다는 큰 그림.

LD: 예를 하나 들어보지요. 거기 재소자가 하나 있었습니다. 그런데 그 양반이 그런 얘기를 해주지 뭡니까. 여름 별장에서 자기 손으로 자기 아버지를 칼로 찔러 죽였다고 말입니다.

이미 그른 것 같았다. 상대가 수풀 밖으로 몰아내려는 형사, 욘 브론크스가 스스로 모습을 드러내지 않는다면.

LD: 자기 아버지 가슴에 칼침을 스물일곱 번이나 꽂았다더라고.

수사에 관여했던 형사 외에는 브론크스의 아버지가 칼에 스물일곱 번이나 찔렸다는 사실을 알 수 없었다.

LD: 형사님? 듣고 계십니까? 난 그것보다 더 자세한 것도 알고 있어요.

브론크스는 자신이 벌떡 일어나서 문으로 달려가 손잡이를 돌리고 있다는 것도 인식하지 못했다.

주기적으로 삼을 찾아간 건 오래전 일이었다. 형이 쿰라 교도소에 수감돼 있던 시절이었다. 하지만 재소자들은 한곳에서 다른 곳으로 이감되는 경우가 빈번했다. 어머니가 돌아가셨다는 소식을 전하러 형을 찾아갔던 곳은 외스텔로케였다.

두 사람이 거기서 만났다는 건가? 형과 저 개자식이?

LD: 브론크스 형사님. 그때 사용한 건 분명. 생선용 칼이었습니다. 한 방, 그리고 또 한 방. 더 들려드릴까요?

모니터가 놓인 테이블을 떠나자 마이크를 타고 흘러들어오던 레오 뒤브냑의 목소리가 더 이상 들리지 않았다. 그리고 무섭게 노려보는 엘리사의 시선과 마주친 뒤에야 자신이 면담조사실 문을 열고 들어왔다는 사실을 깨달았다.

"여기서…… 이만 멈추지."

"멈추자고요?"

엘리사의 두 눈은 자신을 쳐다보라고 요구하고 있었지만, 그의 시선은 후배 형사를 외면하고 조사대상자 쪽을 향해 있었다.

"출구까지는 내가 안내하지."

이제야.

이제야 깨달았다.

둘이 함께 한 발, 한 발 옮기고 있다는 것을. 나란히 아무런 말없이 크로노베리 경찰청 첫 번째 복도를 따라서 걷고 있다는 것을. 계단을 내려가 또다시 복도를 지나고 있다는 것을.

발걸음 옮기는 데 걸리는 시간이 그렇게 길다는 것을. 발이 앞으로 나가려는 힘이 얼마나 큰지를. 그 힘이 평소 생각했던 것처럼 엄지발가락 아래 둥근 부분이나 발목이 아니라 허리께에서 시작된다는 것을. 신발 뒤축에서 나는 소리가 복도 벽을 때리고 울려 퍼지며 다음 발걸음과 이어지기 전에 어떤 식으로 돌바닥 속에 스며드는지. 내면으로 파고든 생각들을 키우지 않으려면 주변을 둘러싼 모든 것들이 얼마나 커져야 하는지.

여긴 내 복도야. 내 세상이고.

난 저 자식 생각을 읽고 머릿속을 꿰뚫어 봐야 했어. 그런데 저 자식이 이미 내 생각을 읽고 내 머릿속을 파고 들어왔어.

브론크스는 자신들을 오후 햇살이 쏟아지는 베리가탄으로 내보내 줄 육중한 철문의 싸늘한 손잡이에 손을 올리고서야 바닥에서 시선을 들어 올려 다시 한번 상대를 쳐다볼 엄두가 났다. 그리고 그 순간 깨달았다.

이 자식은 나보다 내 형을 더 잘 알고 있어.

내 과거를.

지금까지 피해온 그 과거를 피하려고 면담조사까지 중단시켰어. 불청객처럼 찾아왔으니까. 이 자식 표정은 우월감을 드러내는 조롱이 아니야. 수년간 꾹꾹 눌러 담아온 혐오감이었어.

"브론크스 형사님?"

두 사람은 헤어지기 직전이었다. 뒤브냑은 보도블록으로 이어지는 돌계단 마지막 칸에 발을 딛는 순간 입을 열고 상대를 자극했다.

"검은 실입니다, 형사님."

브론크스는 문이 닫히지 않도록 철문 손잡이를 붙잡은 다음 증오로 가득 찬 뒤브냑의 조롱 같은 말에 낮은 목소리로 대꾸했다.

"자네가 무슨 말을 하고 싶은지는 모르겠지만 상관없어. 오늘은 여기서 끝이니까."

뒤브냑은 발걸음을 옮겼다. 브론크스는 상대가 확실히 보이지 않을 때까지 기다리려는 것처럼 자리를 지키고 서 있었다. 뒤브냑은 열 걸음 정도 걷다가 다시 멈춰 서서 노 젓는 사람, 아니 운동하는 사람처럼 양팔을 흔들었다. 브론크스는 상대의 동작이 무슨 의미가 있는지 알아들을 수 없었다.

　뒤브냑은 이어 큰 소리로 알아들을 수 없는 말을 외쳤다.

　"욘 브론크스 형사님, 오늘은 분명 당신한테 제대로 된 검은 실을 본 날이었습니다."

레오는 마지막으로 다시 한번 뒤로 돌아 개 같은 형사 놈이 경찰서 철문이 닫히기 전에 안으로 들어가는 모습을 지켜보았다.

그는 다소 쌀쌀한 날씨에 한트베르카가탄으로 발걸음을 옮겼다. 지나가는 길에 카페에 걸린 시계를 보니 3시 15분이었다. 그는 몇 블록 더 걸어갔다. 그늘진 곳에 들어서자 바람이 기분 좋게 뺨을 자극했다. 차들이 붐비는 시간대에 막 접어든 터라 스칸스툴까지 걸어가기로 했다.

시청 인근 어딘가를 지나는 동안 자신이 왜 형사에게 불쑥 '검은 실'에 관한 이야기를 꺼냈는지 서서히 이해가 가기 시작했다. 지금 브론크스를 보면서 든 기분은 어릴 적 지금처럼 가벼운 발걸음으로 다른 경찰서를 나서던 그때 아빠를 보면서 느꼈던 감정과 비슷했다. 판을 유리하게 뒤집었다, 내가 이겼다는 승리감. 힘을 얻은 것 같았다. 그리고 그런 느낌이 들 때마다 현기증이 일었다.

정보수집 차원에서 확인할 게 있다고? 그 정보, 내가 당신한테서 수집해 갈 거야, 이 형사 양반아!

이제 양쪽을 모두 이용할 생각이다. 그때의 적인 아빠와 지금의 적인 욘 브론크스를 연결시켜서. 어떻게 보면 양쪽 모두 자신과 동생들을 체포되게 만들고 뿔뿔이 흩어지게 한 장본인들이니까. 그랬던 아빠를 위한 선물로라도, 자신이 방금 걸어 나온 그 경찰서로 다시 들어가 마지막 작전을 성공리에 마무리하는 동안 그 누구도 자신의 앞길을 가로막지 못하게 하리라 마음먹었다.

그는 기찻길을 따라 쭉 뻗은 다리를 건너 리다홀름 끝자락 주변을 지나면서 깨진 얼음 조각들이 물살에 떠다니는 모습을 즐거운 마음으로 바라보았다. 쇠데르 멜라스트란드 부두에 불 켜진 선상가옥들이 보였다. 조금 더 위쪽으로 쇠데르말름의 절벽에서 쏟아지는 불빛도 눈에 들어왔다. 삼이 살고 있는 섬에서 칠흑 같은 어둠 속에서 그가 놓쳤던 인공 불빛이었다. 지금은 보행도로가 된 슬루센과 예트가스바켄을 거쳐 계속해서 예트가탄으로 내려가 완전히 상업화의 면모를 갖추고 새롭게 태어난 스카텐스크라판을 지나 링베겐으로 향했다. 요한네스호브 다리와 드라바 식당에 이르는 이 길은 조깅코스가 따로 없었다.

하지만 아직 그곳에 갈 생각은 아니었다. 일단 링옌스 갈레리아 쇼핑몰로 방향을 틀어 평소 잘 찾지 않는 휴대전화 매장으로 들어갔다. 보안이 확실하고 철저한 암호화 과정이 필요한 휴대전화는 다른 경로를 통해 구입했다. 그의 주머니 속에 들어 있는 휴대전화 케이저 X는 성능 테스트에서 세계 최고의 테러리스트 전용 휴대전화라는 명성을 얻은 일본산 제품이었다. 하지만 그가 휴대전화 매장에서 구입하려는 물건은 그와 정반대되는 제품이었다. 암호화도 불가능하고 보안이 허술해 언제든 위치추적이 가능한 세계 최악의 테러리스트 전용 휴대전화랄 수 있는 평범한 전화였다.

대략 20여 분 후, 그는 선물을 주머니에 넣고 매장에서 나와 링베겐을 건너 다시 스칸스툴에 있는 올렌스 백화점으로 되돌아갔다. 건물 정면에 걸린 파란 시계를 보니 5분 정도 시간 여유가 있었다. 그는 아버지가 아지트처럼 삼고 있는 식당 가까이 걸어갔다. 다시는 술 한 방울 입에 대지 않겠다고 다짐한 사람이 깨어 있는 시간 대부분을 술도 파는 식당 겸 바에 있다고 생각하니 쉬 이해가 가지 않았다. 마치 자신의 의지가 욕망보다 강하다는 것을 세상에 드러내 보이고 싶은 사람 같았다.

초록색과 흰색, 빨간색으로 칠해진 알파벳 D-R-A-V-A가 수직으로 걸려 있는 환한 창문 너머로 한가로운 가게 내부가 보였다. 손님이라고 해봐야 매일같이 낮부터 술을 푸면서도 결코 낙오자로 오해받거나 정신 줄 놓는 일이 없는 몇몇 다른 단골이 전부였다. 그리고 아버지가 눈에 들어왔다. 아버지는 카운터에 기대서서 생맥주 디스펜서를 물끄러미 쳐다보고 있었다. 결국 포기하고 한 잔을 사 마실 생각인 걸까? 혹시 이미 황금빛 물결이 찰랑거리는 한 잔이 놓여 있는데 몸이 가리고 있는 건 아닐까?

어제만 해도 분명 단호하게 들렸다.

지난 2년간 술 한 방울 입에 대지 않고 지내왔다.

레오는 안으로 들어가 다소 처지긴 했지만 여전히 널찍한 아버지의 어깨를 두드렸다.

"아버지."

아버지는 고개만 살짝 돌렸다.

"어제는 이반이라더니 오늘은 다시 애비로 보이는 거냐."

아버지의 시선은 다시 생맥주 디스펜서로 돌아갔다. 일렬로 나란히 서서 시큼하고 달콤한 맛을 동시에 풍기는 생맥주 기계로. 아마 그래서 검은 파리 두 마리가 그 주변을 맴돌고 있었을 것이다. 커피 생각이 간절한 터라 들어오면서 식당 주인 닥소를 찾다가 파리를 발견했었다.

"어제 전화하셨을 때 그렇게 화낸 건 제가 생각해도 잘못한 것 같아요."

중력을 거부하는 날개 달린 작은 점 두 개가 그의 시선을 끌어당겼다. 시력은 두드러지게 나빠졌지만 그래도 귀에 거슬리는 소리를 내는 파리는 볼 수 있었다. 파리는 냄새에 이끌린다는 걸 알고 있었기에 식당 위생상태가 썩 좋은 편이 아니라는 것도 짐작할 수 있었다.

"딱히 그럴 이유도 없었는데……. 어쨌든 전화를 그렇게……."

"딱히 이유가 없었다고?"

이반은 아들 쪽으로 고개를 돌리며 말했다. 화가 치밀어 오르면서 목이 뻐근해졌다. 그는 언제나 그렇듯 큰아들이 거짓말하고 있다는 걸 알고 있었다. 아들은 뒤통수에 거짓말 보따리를 달고 살았다. 머리부터 몸통을 두 쪽으로 동강 낼 날카로운 도끼날처럼 예리하고 아슬아슬한 거짓말.

"이유라는 건 항상 있는 법이다, 레오. 그런 것쯤은 알 나이가 한참 지났어. 네 녀석이 갑자기 화장실에 가겠다고 하면 그건 네가 먹은 게 잘못돼서 그런 게 아니라 네가 온몸에 더러운 걸 묻혔기 때문이라는 것도 알아."

"화장실이오? 허락받고 화장실 갈 나이는 한참 전에 지났잖아요."

레오는 주머니에 든 물건을 꺼내 카운터 위에 내려놓았다. 하지만 여전히 손으로 가리고 있었다.

"예정에도 없던 교도소 수감생활 내내 전화 한 통 받아본 적 없어요. 아버지는 밖에 나오셨을 때 어떤 기분이었는지 모르지만 전 모르는 번호로 계속 전화가 오니 바짝 긴장되더라고요."

레오는 카운터 위에 올려놓았던 물건을 아버지 쪽으로 밀었다. 널찍한 액정이 반짝이는 검은 휴대전화였다.

"이걸로 저한테 언제든 전화하세요. 그냥 아버지하고 저하고만 사용하는 직통 라인이라고 생각하시면 돼요. 명의도 아버지 명의로 할 생각입니다. 여기 서류에 서명만 하시고 보내시면 아버지 전화가 되는 겁니다. 요금은 제가 내드릴게요. 걱정되시거나 얘기가 하고 싶으시면 이 전화로 연락하세요."

이반은 사용계약서 위에 놓인 검은색 휴대전화를 집어 들고 엄지와 검지로 무게를 재보았다. 얇고 가벼웠다. 대략 1백 그램 정도에 4인치 크기 화면이었다.

"너무 얇아서 주머니에 넣었다가는 네 전화를 받기는커녕 주머니에서 찾지도 못하겠다."

"잠깐만요. 그럼 주머니에서 어떤 느낌이 들지 확인해보죠."

레오는 자신의 휴대전화 단축번호를 눌렀다. 이반은 검고 얇은 물건이 소형 드릴처럼 손에서 진동하는 게 어떤 느낌인지 경험했다. 진동과 함께 트럼펫 소리 같은 벨 소리도 울려 퍼졌다.

"어디에 두셨는지 못 찾을 일은 없을 겁니다."

이반은 목을 문질렀다. 통증이 점점 줄어들었다. 부자지간의 대화는 어제 저녁 식사 자리에서 나누게 될 거라 막연히 상상했던 양상으로 흘러가기 시작했다.

"아버지가 저한테 전화하시면 전 그게 아버지라는 걸 당연히 알고 받는 겁니다. 마찬가지로 제가 전화를 걸어도 아버지는 그게 저라는 걸 알고 받으시는 거고요."

이반은 처음으로 아들 쪽으로 완전히 몸을 돌렸다. 다시 기분이 좋아졌다.

"그래, 커피나 한잔하겠냐?"

"어제 거신 그 번호, 동생 중에 어떤 녀석이 가르쳐준 거예요?"

"커피는 별로라는 거냐?"

"내일요. 내일 다시 만나면 그땐 진짜 커피 한잔해요. 약속할게요."

이반은 아들이 핑곗거리를 꾸며내는 게 아니라고 확신했다. 레오는 전화를 걸 것이다.

"빈센트다. 그 녀석 아니면 또 누가 있겠냐?"

레오는 고개를 끄덕였다. 그럴 것 같았다. 아버지와 펠릭스가 연락할 일은 없을 테니까. 그러려면 몇 년이 더 걸릴 것이다. 어쩌면 평생 서로를 보지 않을 수도 있다.

"그 녀석, 어디 가면 만날 수 있어요? 빈센트 말이에요. 어디 살아요?"

"어디 사는지는 모르지만 어디서 일하고 있는지는 안다. 오늘은 늦게까지 거기 있을 거다."

"그걸 어떻게 아세요?"

"낮에는 가끔 그 녀석 일을 돕거든."

이반은 레오가 놀라는 표정을 짓자 내심 만족스러웠다.

"그러니까 지금…… . 빈센트랑 같이 일하신다는 거예요?"

"그렇지…… ."

"얼마나 되신…… ."

"한 몇 달 됐다. 그냥 내가 페인트칠 정도 돕는 수준이다."

레오는 서빙 카트에서 뽑은 냅킨을 접은 다음 계산대 옆에 있던 그릇에서 볼펜을 집어 들었다.

"여기에 주소 적어주세요. 그 녀석 있는 곳이오."

이반은 냅킨에 주소를 적고 다시 레오에게 건넸다. 명판에 적힌 내용도 기억날 정도였다. 그 순간, 드디어 닥소가 주방에서 파란색 플라스틱 상자 하나를 들고 나왔다. 막 식기세척기에서 꺼내 김이 모락모락 피어오르는 하얀 컵들이 담긴 상자였다. 그는 컵 하나를 꺼내 커피를 따르며 미소를 짓고는 카운터 위에 내려놓았다.

"자네도 마시겠나, 레오? 레오 맞지? 아니면 미리 계산까지 끝낸 저녁·식사를 할 계획인가?"

"다음에 날 잡아 올게요."

"언제든 환영이야."

레오는 한 손을 슬쩍 아버지 어깨에 얹었다.

"아버지, 전화 드릴게요."

"새 전화로?"

"약속해요. 내일은 좀 더 오래 봐요."

레오가 떠나자 닥소는 그릇 하나를 가져다 갈색 각설탕 여러 개를 담아 김이 모락모락 올라오는 이반의 커피 잔 옆에 내려놓았다.

"어제는 몰라봤는데 큰아드님 머리는 금발인데 선생은 흑발이네요. 황새가 새끼를 잘못 물어다 줬나 싶었습니다."

닥소는 각설탕 두 알을 컵 속에 떨어뜨리고 티스푼으로 휘저었다. 이반이 커피에 설탕을 얼마나 넣는지 알고 있었다.

"그런데 오늘 다시 보니, 눈빛이 남다르더군요. 그것만으로도 더 이상 볼 게 없더라고요. 강렬한 눈빛 말입니다! 두 부자 눈빛이 아주 똑같아요."

이반은 커피를 한 모금 들이켰다. 여느 때처럼 설거지하고 남은 물 같았다. 그러고는 마침 주방에서 나오는 닥소의 아내를 보고 고갯짓으로 인사를 대신했다.

"내 생각이 틀렸어요. 당신들은 하이에나가 아니야."

"네?"

"당신하고 당신 와이프 말입니다."

"듣기 좋은 말씀이네요. 하이에나 같다고 하면 누가 좋아하겠습니까."

"두 사람은 불쏘시개 같은 사람들이야. 절대 불을 끌어당길 수 없는 불쏘시개. 그래서 두 사람 사이에는 불꽃이 일지 않는 거요!"

이반은 식당 주인을 쳐다보았다. 닥소는 자신이 상대의 말을 제대로 알아들은 건지 의아해하고 있었다. 이반은 커피 잔을 들고 창가로 다가갔다. 어둠은 어느새 큰아들 주변을 감싸고 있었다. 레오가 식당에 들어왔을 때만 해도 밝았지만 이제는 어둠이 내려앉았다.

이반은 레오가 혹시 어렸을 때처럼 뒤돌아보고 손을 흔들지 않을까 막연히 기다렸다.

이반은 확신이 들었다. 큰아들 레오가 교도소로 되돌아가는 길을 걷는 중이라는 것은 눈앞에서 맴도는 시커먼 작은 파리만큼이나 명확했다.

누군가 지켜보고 있는 것 같았다. 정말 그렇다는 걸 깨달은 순간, 레오는 뒤로 돌아 손을 흔들었다. 아버지는 커피 잔을 손에 들고 드라바 식당 유리창에서 환한 빛을 내는 A와 V자 사이에 서 있었다. 구부정한 어깨 때문인지 과거에 비해 다소 왜소해진 모습에 왠지 서글픈 느낌마저 들었다.

그는 지금 빈센트를 찾아가고 있었다. 빈센트에게 아버지 같은 존재로 지냈던 그때 그 시절의 영향력을 가지고. 자신은 빈센트의 친아버지에게 그러한 영향력을 단 한 번도 받아본 적이 없었지만.

링베겐 버스정류장에서 담배 한 개비 반을 피우고 파란색 4번 연결 버스에 올라타 이리저리 흔들리다가 17분 후 상트 에릭스플란에서 내렸다. 거기서부터 뢰르스트란드가탄의 계단까지 몇 백 여 미터를 걸어야 했다. 레오는 아버지가 휘갈겨 써준 냅킨 속 주소를 다시 확인해보았다. 12번가, 현관 비밀번호는 7543, 4층, 문에 찍힌 이름은 스텐베리였다.

초인종을 눌렀다. 생긴 건 낡았지만 또렷한 전자음이 울려 퍼졌다. 즉, 문 안쪽으로 윗부분에 플라스틱 단자를 달고 벽을 칠할 때 빈센트가 단자 뚜껑을 열어두었다는 뜻이었다.

그는 초인종 소리가 희미해지자 나무 판넬로 된 현관문 가까이 다가가 귀를 기울였다. 지직거리는 라디오에서 흘러나오는 광고 소리가 들렸다. 공사현장에서 흔히 틀어놓는 배경음악이었다. 우편함 뚜껑을 올려보니 음악이 더 크게 새어나오고 싸늘하고 날카로운 공사전용 조명이 눈을 찔렀다.

다시 한번 초인종을 눌렀다. 막냇동생의 축하 인사를 받을 기회는 두 번이었다. 교도소 철문 앞에서 한 번, 그리고 어머니 집에서 또 한 번. 그리고 지금은 반대의 상황이었다. 빈센트는 큰형이 그곳으로 찾아온다는 걸 모르고 있었다.

세 번째 초인종. 그제야 라디오 소리가 줄어들며 현관으로 다가오는 발소리가 이어졌다.

"잘 있었냐, 막내."

빈센트는 말없이 형을 쳐다보았다.

"내가 그렇게 안 반가운 거냐?"

어제 숲에서 막냇동생과 통화하면서 십 대 청소년에서 성인이 된 목소리를 들을 수 있었다. 그리고 지금은 그 모습을 두 눈으로 직접 보고 있었다. 하지만 신체적인 변화와, 굳은 결의에 찬 단호한 표정이 전부가 아니었다. 완전히 달라진 무언가가 있었다. 그것은 가까이 마주 보고 선 어른이 된 동생에게서 느껴지는 거리감이었다.

"큰형?"

"들여 보내줄 거야, 말 거야?"

"여기는 뭐 하러 온 거야?"

"여기까지 왔는데 계단통에 그대로 세워둘 작정이냐?"

레오는 안으로 들어가 근사한 아파트 이 방, 저 방을 옮겨 다녔다. 방해하는 물건이 없어 발소리와 목소리도 울림을 만들며 맨벽을 타고 따라다녔다. 사포질을 새로 한 마루, 광택이 나는 석고장식, 번쩍거리는 나무 재질 걸레받이. 말끔히 보수작업을 마친 아파트는 대략 30평 정도 될 것 같았다.

"빈센트?"

"왜?"

화장실까지 완벽했다.

"이건 이탈리아 타일이 아닌데."

"뭐가?"

레오가 집안을 돌아다니는 동안에도 빈센트는 여전히 현관문 손잡이를 붙잡고 서 있었다.

"골칫거리라는 거, 그거 이탈리아 타일이 아니라고."

레오는 길고 좁은 통로로 나왔다. 구석에 놓인 페인트 통, 타일 커터, 그리고 공구 상자 두 개가 집 안에 있는 전부였다.

"네가 엄마한테 그렇게 얘기했잖아."

레오는 문 테두리로 작업해놓은 흰 목조부에 손을 얹고 쭉 문질러보았다. 페인트칠이 제대로 돼 있어 표면이 반짝이고 평평했다.

"감독관은 왔다 갔어? 점검결과는 어떻게 나왔는데?"

큰형과 막내는 서로를 쳐다보고 있었다. 두 사람 모두 선의의 거짓말은 눈에 보이지 않을 때만 유효하다는 사실을 잘 아는 눈치였다.

"빈센트?"

레오는 화물 운반대 높이 정도 되는 나무토막처럼 길쭉한 공구 상자 두 개를 서로 떼어내 자리를 만들었다.

"문손잡이는 그냥 두고 이리 와서 앉아봐. 얘기할 게 있어."

"무슨 얘기?"

"너 혹시 스웨덴에서 벌어진 최대 규모 강도 사건이 뭐였는지 알아? 스칸디나비아반도에서 벌어진 사건 중에서."

형제 사이에서 달라지지 않은 점이라면, 범죄계획을 자연스레 털어놓을 수 있다는 것이었다.

"기억을 더듬어봐. 가장 규모가 컸던 강도 사건이라고."

다른 사람이 있는 자리였다면 아마 황당한 소리로 들렸을지 모르지만 뒤브냑 형제들 사이에서는 자연스러운 잡담과도 같았다.

"글쎄……. 터미널 강도 사건 아니야?"

"야, 넌 그러고도 전직 은행 강도라고 할 수 있겠냐? 터미널 강도는 고작 4천5백만이었어."

"브롬마였나?"

"그나마 좀 높긴 하지. 그래 봐야 5천만이었어."

"세기의 강도 사건도 있었잖아."

"그건 아니지."

"그래도 규모는 훨씬 컸잖아."

"전부 교도소에 끌려갔잖아. 전리품도 고스란히. 그건 빼야지."

레오는 동생 가까이 공구 상자를 움직였다.

"그렇게 앉아 있는 거 안 불편해?"

"할 말이나 해."

"정말 괜찮아? 알았어. 내 얘기 잘 들어봐. 브롬마 강도들이 훔친 돈이 5천만 크로나였어. 그런데 그 두 배, 아니 두 배보다 더 많은 돈을 훔칠 수 있다면 어떨까?"

"그래서?"

"난 그 일을 할 계획이거든. 이번 목요일에. 그런데 작은 문제가 생겼어. 원래 셋이었는데 둘밖에 안 남았어. 한 사람이 더 필요해."

빈센트는 간이의자에서 벌떡 일어나 텅 빈 아파트를 빙빙 돌아다녔다. 바닥에 흠집이라도 날까 가벼운 신발을 신고 있었는데 바닥을 밟는 발에 힘이 실리고 있었다.

"빈센트, 이리 와서 앉으라니까."

발소리를 잠재우려고, 큰형을 조용히 시키려고, 모든 걸 무너뜨리는 개 같은 것들을 닥치게 만들기 위해 빈센트는 근사한 침실 문을 향해 오른손 주먹을 날리고는 페인트가 벗겨진 문을 노려보았다.

"좀 앉아보라니까. 그냥 얘기만 하자는 거잖아!"

빈센트는 다시 한번 문을 향해 주먹을 날렸다. 이번에는 칠만 벗겨진 게 아니라 기어이 나무 판넬에 금이 가고 말았다.

"모르겠어?"

갓 페인트칠을 마무리한 문에 시뻘건 피가 묻어났다. 손가락 관절도 마찬가지였다.

"내가 피하고 싶었던 게 바로 이 거지같은 상황이었다고. 이럴 줄 알았어! 이래서 큰형을 만나고 싶지 않았던 거라고! 허무맹랑한 계획을 가지고 나올 게 뻔하니까!"

빈센트는 바닥에 피를 뚝뚝 흘리며 화장실로 향했다. 그러고는 세면대 수도꼭지를 틀고 물이 차가워지길 기다렸다가 손가락 관절부터 팔뚝까지 씻었다.

"큰형, 난 4년을 거기서 썩었어. 나올 때 받은 건 고작 5백 크로나에 기차표 한 장이 전부였다고. 교도소에서 그랬던 것처럼 치열하게 싸우지 않으면 사회로 복귀하는 게 얼마나 힘든 일인지 알기나 해? 난 기를 쓰고 그렇게 살았어. 피해보상금도 갚았다고. 그런데도 하루하루가 조마조마했어. 내가 교도소에 갔다 온 전과자라는 걸 여자 친구가 알게 되면 어떻게 되겠어? 그 상황이 얼마나 복잡한지 알기나 해? 여자 친구 부모님이, 오빠가, 언니가 그 사실을 알면 우리 사이를 어떻게든 갈라놓으려 할 텐데? 두 번 다시 죄 지을 일은 안 할 거니까 그렇게 알아!"

빈센트는 두루마리 휴지를 꺼내 피가 배어 나오지 않을 때까지 상처 부위에 여러 겹으로 감은 다음 다시 돌아와 큰형 반대편에 앉아 한쪽 손으로 감아놓은 휴지를 눌렀다.

"할 말 다 한 거냐?"

"왜 이렇게 고집을 피우는 거야, 형? 그만둘 수 없는 거야?"

"최대 규모라고. 그리고 동시에 그 개 같은 형사 새끼가 지금 누리고 있는 명성을 송두리째 짓밟아주는 거라고. 우린 주체할 수 없을 정도로 부자가 되고 그 자식은 알거지가 되는 거야."

빈센트가 다친 손으로 있는 힘껏 자기 가슴을 두드리자 감아놓은 휴지가 풀리며 헐거워졌다.

"난 다시는 죄 짓지 않겠다고 나한테 약속했어."

"깨버려."

"뭘?"

"약속. 대신 다른 걸 얻을 수 있잖아. 위험은 내가 감수할 거야. 하지만 그 위험을 최소화하려면 한 사람이 더 필요하다고."

손가락에서 다시 피가 흘러나왔다. 생각보다 더 세게 가슴을 친 탓이었다.

"제발 정상적인 삶을 살아. 직업을 가지라고."

"정상적인 삶? 그게 뭔데? 하루하루 두려움에 쫓겨 다니라고? 너처럼? 빈센트, 넌 지금 다시 교도소에 가게 될까 두려운 게 아니야. 그 개 같은 형사 새끼가 널 괴롭히기 때문이야. 모르겠어? 그 새끼가 널 잡으러 왔을 때, 그 새끼가 널 심문하고 닦달할 때 그 새끼가 원했던 게 바로 이런 거였어. 우리 사이를 갈라놓는 거."

"내 말이 무슨 뜻인지 형도 알잖아."

"난 몰라."

"아빠는 형을 믿고 있어."

"그 인간이?"

"내가 달라지면, 레오도 달라질 수 있어. 항상 그 말만 했다고."

"같이 일하면서 아주 쿵짝이 잘 맞나보네."

빈센트는 아래를 내려다보다 먼 곳으로 시선을 돌렸다. 어쩌면 자기 입으로 형에게 물어보고 싶었기 때문이었을지도 모른다.

"그래서 그다음엔 어떻게 할 생각인데? 무슨 대책이라도 있는 거냐고?"

"그다음에는 말이야, 바람과 함께 사라지는 거야. 그래서 지금 이렇게 널 귀찮게 하는 거라고. 난 너하고 떨어져 있기 싫어. 형은 막내, 너를 사랑한다고. 너도 알잖아."

"나도 형 사랑해. 하지만 지금 그런 거 따지자는 게 아니잖아."

"우린 사라지는 거야. 그런데 너도 같이 사라졌으면 좋겠다고. 우린 세상하고 맞서 싸워야 하잖아. 안 그래?"

거실에서 이어지는 발코니가 하나 있었다. 레오는 그 집에 도착했을 때 눈여겨 봐두었다. 그는 빈센트가 공구 상자 두 개 사이에 놓인 질문의 경중을 마지막으로 따져보는 동안 창문을 열고 차갑고 상쾌한 바람이 불고 있는 발코니로 나갔다. 아버지를 만나러 갈 때만 해도 뺨을 살짝 긁는 수준이었던 바람은 어느새 맨살을 깨무는 느낌이 들 정도로 쌀쌀해졌다. 그는 난간에 기대 평범한 삶을 살기 위해 투쟁하듯 애쓰고 있는 동생을 생각해보았다. 빈센트의 삶에는 비밀지하 공간이 없었다. 심호흡 몇 번 하고 다시 거실로 돌아가려던 순간, 커피 통 하나와 그 안에 든 담배꽁초가 눈에 들어왔다. 빈센트는 담배를 피우지 않았다. 하지만 누구 것인지 알 수 있었다. 손으로 마는 담배, 리즐라 페이퍼. 아버지 것이었다.

"큰형?"

빈센트는 여전히 공구 상자 위에 앉아 바닥만 내려다보고 있었다.

"싫어."

"싫다고?"

"다시는 안 해."

레오는 동생을 물끄러미 쳐다보았다. 녀석이 마음 바꿀 일은 없어 보였다.

"네 결정이 그렇다면 막내야……. 우린 다시 볼일 없게 되는 거야. 여기가 갈림길인가보다. 나한테는 다른 대안이 없으니까. 나도 나한테 한 약속을 깰 수 없어, 빈센트. 네가 말한 것처럼."

몇 분, 아니 그보다 좀 더 시간이 흐르고서야 빈센트가 자리에서 일어났다.

"형 아니었으면, 난 절대 은행 터는 일에 가담하지 않았을 거야."

빈센트는 큰형을 바라보았다. 그 눈빛은 차분하고 침착했다.

"이십 대 청년이라면, 적어도 내가 아는 이십 대들은 맥주 박스 앞에 놓고 한두 번 쯤 강도 모의 같은 건 할 수 있다고 생각해. 그런데 큰형은 그런 자리에 있으면 좋아, 까짓 거, 한번 해보는 거야. 그렇게 말하는 사람이야. 그리고 다른 사람들을 따라오게 만드는 사람이라고."

동생은 독립한 성인의 눈빛을 가지고 있었다.

"그리고 오늘 일도 봐봐. 다 같이 점심 한번 하려고 몇 년을 기다렸던 엄마가 무슨 기분일지 생각은 해봤어? 일단 난 그 자리에 가지도 않았어. 그런데 경찰들이 와서 형을 데려가면서 온 집안을 뒤집어놓는 일까지 있었어. 큰형이 일을 벌이면 그 결과는 고스란히 우리한테 돌아온다고. 우리가 가담했는지 안 했는지, 그런 건 중요하지 않아. 우린 어쨌든 관련자라고."

"알았다. 내 결정, 네 결정, 여기서 마무리 짓자. 대신 네 은행 계좌로 1백만 크로나 보내줄게."

"그냥 내가 알아서 벌게."

빈센트는 그렇게 말하고는 팔을 뻗어 형을 끌어안았다. 헤어지기 직전까지. 그러고도 한참을 텅 빈 통로에 멍하니 서 있었다. 손가락 관절이 부풀어 오른 손으로 조심스레 뺨을 훔쳤다. 그제야 욱신거리며 통증이 느껴졌다. 뒤이어 가슴이 찢어지는 것 같았다.

거짓말 같았다. 손에서 느껴지는 통증만 없었으면 지금 방금 6년 만에 큰형과 재회했다는 것, 그런데 그 만남이 평생의 마지막이 될 거라는 사실을 알 수 없었을 것이다.

어둡다. 춥다. 기온이 영하 주변을 맴돌 때면 언제나 그렇듯 도로는 정말 미끄러웠다.

"한 5백 미터 정도 더 가서 교차로가 나오는 지점에서 주도로를 벗어나야 해요."

레오가 방향을 가리키자 삼은 브레이크를 살짝 밟고 기어에 손을 얹으며 도로에서 벗어날 준비를 했다. 툼바라는 도시 외곽의 주택가는 익숙한 풍경 그대로였다. 형제들과 같이 살며 몇 년에 걸쳐 미친 듯이 강도행각을 이어나가던 시기, 모든 계획을 세웠던 기지였던 곳이다.

"저기 위쪽, 파란 건물 옆에서 우회전해야 해요. 그리고 50여 미터 정도 가서 다시 오른쪽이에요."

두 사람은 대략 3미터 높이에 왕관처럼 가시철조망을 얹은 철책 앞에 멈춰 섰다. 그때는 미처 생각하지 못했을 것이다. 집 주변을 둘러싸고 있는 울타리가 교도소 보안 구역과 닮은꼴이라는 것을.

그들은 올해 나온 신모델 검은색 BMW 승용차 옆에 차를 세웠다. 나머지 '참석자'들은 이미 약속장소에 와 있었다.

"3D프린터는 저 뒤 상자 안에 있어, 레오. 네가 말한 대로. 잊지 말라고, 저거 하나 세관 통과하는데……. 아무튼 그런 시간 여유 없어."

삼은 그것만 아니었으면 텅 비어 있을 트럭 화물칸으로 고갯짓을 하며 말했다. '테스트'와 '경찰서' 단계를 실행해 최종목표를 달성하는 데 절대적으로 필요한 열쇠였다.

"순경, 뒤브냑, 감사드립니다."

트럭의 전조등이 꺼지자 이미 어두웠던 주변이 칠흑같이 캄캄해졌다. 그 집에는 아무도 살고 있지 않았다. 두 사람은 아스팔트 정원을 가로질렀다. 기억에 남아 있는 그대로 울퉁불퉁했고 여기저기 파인 물웅덩이 위로 살얼음이 덮여 있었다. 두 사람은 커다란 차고 옆을 지나쳤다. 그 집을 살 당시, 차고는 소형차 대리점의 전시실 용도로 쓰였지만 형제들은 차고를 실전 연습실로 개조했었다. 합판을 이용해 창구를 만들고 마네킹을 점원으로 활용하는 등 은행 내부를 재현해낸 다음 완벽히 손발이 맞을 때까지 반복적으로 훈련을 거듭했다. 어떤 은행을 치고 빠지더라도 절대 180초를 넘기지 않는 게 원칙이었다. 각자에게 맡은 바 임무가 주어졌고 모든 작전은 예행연습을 거쳤다.

커다란 차고를 지나자 집이 기다리고 있었다. 레오와 아넬리 공동명의로 구입한 주택인 동시에 새로운 작전의 출발점이 되는 곳이기도 했다. 예전의 모습 그대로인 이 2층짜리 주택은 다소 증축한 부분이 있긴 하지만 건평이 27평 정도 되는, '아담'하다는 단어가 가장 잘 어울리는 곳이었다.

레오는 잠시 걸음을 멈추고 담배를 깊게 빨아들이면서 철책 너머로 이웃집 쪽을 뚫어지게 쳐다보았다. 아넬리가 그토록 좋아했던 아름다운 목조주택이었다. 아넬리가 다음번에 꼭 갖고 싶다고 점찍어둔 그런 집이었다. 각자의 공간이 있는 집. 결국은 모두가 '각자'의 공간으로 들어가긴 했었다. 지금은 철책 너머로 아무것도 볼 수 없었다. 이웃이 심어놓은 덤불이 나무 수준으로 자라난 탓이었다. 레오는 창가 쪽에서 불빛을 구분할 수는 있었다. 아마 부엌인 듯, 그때 그 가족들이 촛불을 켜놓고 식탁에 둘러앉은 모양이었다. 그들은 스웨덴 최악의 은행 강도단이 옆집에 살고 있다는 것도 모르고 있었다. 그리고 지금은 바로 그때 그 은행 강도와 알바니아 마피아 조직원이 바로 그 집에 모여 거래를 하게 될 거라는 사실 역시 까맣게 모르고 있었다.

레오는 담배를 발로 비벼 끄고 삼에게 고갯짓을 한 다음 현관문을 향해 걸어갔다. 과거에 자신의 소유였던 집으로. 왼쪽 벽, 플라스틱 초인종 덮개 아래쪽에는 여전히 흰색으로 직접 쓴 뒤브냑이라는 이름이 그대로 적혀 있었다. 다이아몬드 모양의 창문에는 수정 벌레가 지나가듯 금이 간 자국이 그대로 남아 있었다. 마지막 범행에 나서기 직전, 펠릭스와 벌였던 언쟁의 흔적이었다.

그는 문손잡이를 아래로 내리고 문을 열었다. 안으로 들어가자 시간의 흔적은 그대로였지만, 밀폐된 공간에 장시간 방치된 바닥의 배수관에서 나는 냄새가 건조한 공기와 만나 목구멍으로 파고들었다.

알바니아 마피아 조직원들은 이미 게스트 룸으로 사용했던 왼쪽 방에서 기다리고 있었다. 창턱에 기대서 있던 나이 든 사람의 인상착의는 전해들은 바와 똑같았다. 정장에 벗어진 머리, 그리고 두드러지게 주저앉은 코뼈. 눈은 멀쩡했지만 잦은 외상에 노출된 결과였을 것이다. 나머지 한 사람은 누가 봐도, 일어나지 말아야 할 일이 일어났을 때 행동에 나서는 전형적인 경호원 타입이었다. 키가 크고 딱히 체력단련을 한 것 같지는 않지만 어쨌든 체구가 큰 편에 머리를 싹 밀고 언제 세탁했는지도 모를 정도로 낡고 더러운 회색 트레이닝 바지를 입고 있었다. 그리고 봄버 후드 재킷 속에 흉기 하나 정도는 감추고 있는 게 분명했다. 손목에서부터 팔꿈치에 이르기까지 칼자국이 반복적으로 나 있는 게 주변 사람은 물론 스스로에게도 위험한 인물 같아 보였다.

"이런, 이런! 집주인이 왕림하셨군그래, 그런데……."

정장 조직원이 입을 열고서야 레오는 그의 코뼈가 어느 정도로 주저앉았는지 알 수 있었다. 단어를 내뱉을 때마다 콧소리가 나고 발음을 질질 끌었다.

"아담한 보호자를 동반하고 오실 거라는 건 몰랐군그래."

삼은 상황파악이 빠른 편이라 아무런 대꾸도 하지 않았다. 성년기를 통째로 교도소에서 보낸 터라 충동조절능력이 누구보다 탁월했다. 그건 레오도 마찬가지였다. 빈정대는 상대의 말에 똑같이 되받아쳐주고 싶었지만, 그저 더 큰 보스 밑에서 잔심부름이나 하는 일개 중간 보스에 불과한 인물과 기 싸움 하느라 낭비할 시간이 없었다. 지금 그곳에 있는 이유는 1년 전 체결한 계약을 마무리 짓기 위해서였다. 최대한 순조롭게.

"야미르? 그게 당신 이름인가? 난 당신들이 원하는 걸 가지고 있는데, 당신은 우리가 원하는 걸 가지고 있나?"

레오는 방을 둘러보았다. 대답을 기다리는 동안 바닥을 유심히 살펴보았다. 모든 게 그대로였다. 지난 5년간 아무도 들락거리지 못하게 출입은 통제할 수 있었지만, 마지막 해에 대출금과 이자를 상환하지 못해 현금화를 위해 매각할 수 있는 소유권을 상실하고 말았다. 은행은 가압류 절차를 진행했고 소유권을 완전히 빼앗기기 전에 결국, 남아 있는 유일한 방법을 택할 수밖에 없었다. 그것은 교도소 안에서 알게 된 관계를 활용하는 일이었다.

웬만하면 결코 신세 지지 않는 게 신상에 이로울 그런 관계였지만 달리 방법이 없었다.

"부동산 권리증서, 매입계약서, 그리고 열쇠. 자, 당신은 우리 돈을 가지고 있나?"

2백5십만 크로나. 관계를 맺은 마피아 조직이 경매에서 소유권을 취득한 뒤 삼을 소유주로 만들어주는 계약에 드는 비용이었다. 그리고 지급기한을 1년 동안 유예해주기로 한 이자로 추가 2백5십만 크로나.

"쿵옌스 쿠르바 쇼핑몰 비닐봉지에 담긴 게 정확히 5백 크로나 지폐 1백 센티미터입니다. 우린 주로 여기서 쇼핑을 합니다."

코뼈가 주저앉은 남자는 엄지로 비닐봉지를 열어 헤치고 카드 뒤섞는 소리를 내며 지폐를 만져보았다. 그러고는 만족스러운 표정으로 고개를 끄덕인 다음 서류와 열쇠를 건넸다.

"그리고 고성능 특수 컴퓨터도 필요하다고 하지 않았었나?"

정장 사내가 경호원에게 고갯짓했다. 바닥에 내려놓았던 밝은 빨간색 아디다스 가방을 열어서 안에 들어 있던 물건을 보여줘도 된다는 뜻이었다. 겉보기에는 평범한 노트북처럼 보였다.

"당신이 주문한 바로 그 특수 컴퓨터지. 그런데 이 물건을 가져 가려면 당신이 가지고 있는 5백 크로나 지폐 2센티미터가 더 필요해. 그리고 암호도 필요하겠지, 안 그런가? 그건 추가로 2센티미터야."

———————

레오는 '방문객들'이 집을 떠나 아스팔트 정원을 지나갈 때까지 기다렸다. 그리고 BMW 후미 등이 완전히 출구 밖으로 사라지고 서야 다시 게스트 룸으로 돌아왔다.

"소파 옮기는 것 좀 도와줘요."

레오가 게스트 룸에 있던 소파 한쪽을 붙잡고 삼이 반대편을 붙잡았다. 두 사람은 통행에 방해가 되지 않도록 소파를 들고 통로를 지나 부엌으로 가져갔다. 소파를 치우자 일부러 헐겁게 만들어놓은 타일 네 개가 모습을 드러냈다. 열쇠를 타일 두 개 사이 이음새에 밀어 넣고 돌리자 타일 하나가 위로 돌출되면서 나머지 세 개를 쉽게 들어낼 수 있게 되었다. 타일을 다 제거하자 철제 손잡이 두 개가 달린 똑같은 크기의 콘크리트 블록이 기다리고 있었다. 레오는 손잡이를 잡고 콘크리트 블록을 들어내 옆으로 치웠다. 그러자 그 아래 내장형으로 박아놓은 금고가 나타났다. 금고 뒷면이 바닥을 향하게 수평으로 눕혀놓은 상태였다. 레오는 키패드의 숫자를 누르고 번호자물쇠를 돌려 금고문을 열었다. 금고 안쪽은 검은 벨벳으로 덮여 있었는데 만약 경찰이 철저한 수색을 통해 금고의 존재를 발견해내더라도 갈 수 있는 곳은 거기가 끝이었다. 과학수사팀이 방 안을 샅샅이 뒤져 간신히 찾아낼 물건은 그 금고 안에 든 게 전부였을 것이다. 몇 천 크로나 정도 되는 구겨진 지폐, 중요해 보이는 서류 뭉치, 그리고 검사를 해보더라도 나올 게 없는 자동소총 탄약통 몇 개.

"삼?"

"어?"

"아까 그 양복쟁이가 기대서 있던 창문으로 가봐요. 위쪽에 접속 배선함이 보일 거예요. 뚜껑 열고 안에 전선을 맞물려보세요."

레오는 지폐와 서류, 그리고 탄약통을 끄집어내고 문 열린 금고 옆에 쪼그려 앉아 삼이 전선을 맞물려 전기회로를 차단할 때까지 기다렸다. 바로 옆에서 모든 게 정상적으로 돌아가는지 눈으로 보고 귀로 듣고 싶었다.

과연 그랬다.

진동과 함께 쇠붙이 맞물리는 소리가 들리더니 금고 바닥이 아래로 내려앉기 시작했다. 금고 내부를 감싸고 있던 검은 벨벳이 늘어나면서 금고 벽이 넓어지고 더 컴컴한 지하 공간이 모습을 드러냈다.

그가 기억하고 있던 모습 그대로였다.

금고문이 열리는 모습과 기계가 열을 뿜어내며 돌아가는 냄새는 아무리 경험해도 행복 그 자체였다.

"방바닥 아래 만든 지하 공간이에요. 여기 주거지가 원래 옛날에 호수가 있던 자리라 지하에 공간을 만들 수 없었어요."

삼은 어깨너머로 바닥에 생긴 지하 공간을 내려다보았다. 레오는 구멍으로 몸을 숙이고 허공에 걸려 있던 줄을 향해 손을 뻗었다. 그리고 줄을 붙잡고 끌어당겨 게스트 룸 벽에 있는 콘센트에 꽂았다.

직사광선처럼 성난 불빛이 지하 비밀공간의 실체를 드러내고 있었다.

"여기서 진흙을 몇 세제곱미터나 파내서 실어 날랐는지 알아요?"

비밀지하 공간 한쪽 벽에 철제 사다리 하나가 연결돼 있었다. 레오는 사다리를 끌어당겨 걸어놓고 아래로 내려가 주변을 조용히 살피며 삼을 기다렸다.

"호수에 물이 차들어 올 때를 대비해 수위를 통제하려고 퍼부은 자갈은 또 몇 개나 되는지 알아요? 철근 박아서 마루 아래 내장형으로 만들려고 별짓을 다 했어요. 그다음에야 여기로 모든 걸 다 가져왔어요. 한 번에 하나씩. 그렇게 여기 선반을 채운 거예요."

레오는 자신과 동생들이 함께 판 비밀지하 공간 여기저기를 둘러보았다. 얼마나 고생하며 땅을 팠는지는 굳이 따질 필요도 없었다. AK4 소총 82정, 경기관총 113정, 기관총 4대. 스웨덴에서 가장 규모가 큰 개인전용 총기 보관실이었다.

"올라가 있으면 내가 위로 올려보낼게요, 삼."

삼은 무릎을 꿇은 자세로 레오가 지하 공간에서 위로 올려보내는 총기들을 받았다. 한 번, 두 번, 세 번, 네 번, 다섯 번. 필요한 건 다 챙겼다.

"다섯 개야. 이제 됐어."

"다 가져가는 게 나아요."

"다섯이면 충분하잖아. 두 개는 정복 경관들을 위한 거고, 세 개는 우리 작전에 필요한 거. 사전에 약속한 대로."

"다 끌고 나와서 렌터카에 실어놔야 해요."

"다섯이면 충분해. 합동작전이 있으니까."

"그런 계획이 있었던 거죠, 삼. 야리가 떨어뜨린 총을 형사 동생이 챙겨가서 그걸로 나를 다시 엮겠다고 생각하기 전에요. 자기가 주도권을 쥐고 있다는 착각에 빠져선 그 총을 유리하게 활용하겠다고 숨어서 모니터로 날 지켜보고 있었다니까요."

레오는 여전히 총열을 손에 들고 위로 세워져 있던 자동소총들을 가리키며 말을 이었다.

"그러니까 그 인간한테 이걸 다 쥐어줘야죠. 내 개인 소장품들 말이에요. 아마 자기 예상이 적중했다고 자랑스러워할 거예요."

레오는 지하 공간 시멘트 바닥 아래 깔아놓은 파이프에서 물소리가 들리자 잠시 말을 멈췄다. 안쪽에 같이 설치한 배수펌프가

정상적으로 작동하며 높아진 수위를 낮추기 위해 물을 퍼 나르는 소리였다.

"그 빌어먹을 형사 동생이 자랑스럽게 거기 서 있는 동안, 우린 그 인간이 상상도 못 하는 물건을 빼앗아오는 거예요. 왜냐하면 모든 게 정반대일 테니까요. 내가 주도권을 쥐고 흔드는 거니까."

"흠."

"어때요?"

"이해가 안 가. 몇이나 무장을 해야 하는 거야? 지금 관련자가 얼마나 더 있는지 내가 모르고 있는 거야? 레오, 지금까지 너하고 내가 같이 결정하고 짠 계획이잖아. 내가 손 털고 빠지는 게 아니라면 사전에 계획한 대로 계속 진행해야 하는 거잖아."

"미안해요, 삼. 그런데 야리가 다 망쳐놨잖아요. 난 경찰 조사를 받았다고요. 삼이 말한 대로 이건 사전에 계획한 일이 아니에요. 그렇지만 지금은 이게 계획이에요. 날 믿어요. 차 타고 오는 동안 다 말해줬잖아요. 큰 건은 이런 식으로 해야 성공할 수 있는 거예요. 변수가 생기면 거기에 맞게 계획을 수정해야 해요. 단순히 수정만 하는 게 아니라 완전히 뒤집어엎어야 하는 거라고요. 그러지 않으면 모든 게 엉망이 되고 우린 우리가 있던 곳으로 되돌아가게 되는 거예요. 이런 거 다 얘기해야 했는데 그럴 기회도, 시간도, 마땅한 장소도 없었어요."

삼은 가만히 서서 개머리판만 멍하니 쳐다보고 있었다. 여섯 번째 자동소총은 그렇게 두 사람 사이 허공에 붕 떠 있었다. 삼은 결심을 내린 듯 총을 받아 먼저 받아놓은 다섯 개 옆에 내려놓았다.

몸을 뒤로 돌리기도 전에 그다음 총이 허공을 찌르고 있었고, 그다음 번도 마찬가지였다. 그렇게 24분 동안 자동화기 몇 백여 정이 게스트 룸 바닥에 깔렸다.

"아버지, 접니다."

레오는 위로 올라오는 동안 얼마 전에 구입한 추적 가능한 휴대전화 번호로 전화를 걸었다.

"레오냐?"

그리고 대략 반시간 전, 알바니아 마피아 중간 보스가 기대서 있던 창틀에 기대서서 삼도 다 들을 수 있도록 큰 소리로 통화를 했다.

"갑자기 아버지 목소리가 듣고 싶어서요."

"내 목소리를? 너……."

스웨덴으로 건너온 지 벌써 20여 년이 넘었지만 이반 뒤브냑의 말투는 여전히 외국인 같았다. 그리고 지금 그는 큰아들에게 전화가 왔다는 사실을 뿌듯하게 여기고 있었다.

"방금 내 목소리가 듣고 싶었다고 한 거냐? 우리가 만난 게 불과 몇 시간 전이었는데? 지금 그 말이 얼마나 듣기 좋은지 너는 모를 거다."

마지막으로 본 아버지의 모습과 목소리가 상충되고 있었다. 드라바 식당 창문 앞에 서서 구부정한 자세로 자신에게 손 흔들던 처량해 보이던 그 모습.

"네. 아까 너무 빨리 자리에서 일어난 것 같아 죄송해서요. 어쨌든 내일 얘기해요."

삼은 짧지만 어색한 대화를 한 마디도 놓치지 않고 귀담아들었다.

"뭐야?"

"뭐가요?"

"그거 방금 뭐였어? 너 지금 진지한 거야? 경찰이 눈에 불을 켜고 찾고 있는 위험한 물건들을 다루면서 아버지한테 전화해서 그런 엉뚱한 말을 한 이유가 뭐냐고? 경찰이 마음만 먹으면 언제든 위치추적이 가능한데 네가 살았던 이 집에서 아버지한테 전화를 걸어?"

벽에 설치된 접속 배선함은 삼이 열어놓은 그대로였다. 레오는 엄지와 검지로 전선을 다시 맞물렸다. 기계장치 실린더 소리가 들리며 비밀지하 공간의 문 역할을 하는 금고 벽이 서서히 닫혔다.

"맞아요. 정확히 그걸 노린 거예요. 놈들한테 위치추적 하려면 해보라는 거예요. 그래서 이제 이 바닥 타일을 헐겁게 만들어놓을 거예요. 이 접속 배선함 뚜껑도 비스듬하게 닫아놓고, 입구 통로 쪽에 첫 번째 감시 카메라를 몰래 달아놓을 거고요. 왜냐하면 내 소장품들이 우리가 작전의 마지막 단계를 실행에 옮겨서 영원히 사라지는 순간까지 방해받을 일 없게 만들어줄 테니까요."

# 터진
## 핏줄

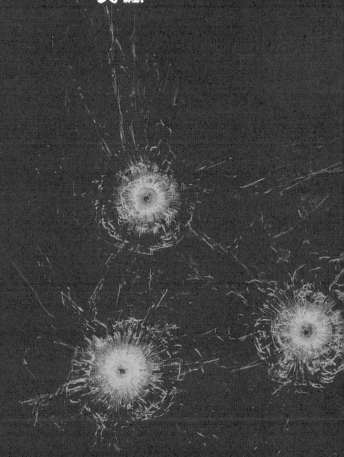

누군가 오른팔을 잡아당기고 있었다.

커다란 턱이 야생 가시덤불이 얼기설기 얽힌 숲속으로 질질 끌고 가는 중이었다. 뾰족뾰족하고 단단한 산 너머로. 끝을 알 수 없는 구멍 속으로 곤두박질칠 때까지.

"펠릭스, 일어나."

끝을 알 수 없었지만 어쨌든 바닥에 내려앉았다. 또 다른 턱이 벌리고 있는 아가리 속으로. 이번에는 한 쌍이었다. 턱들은 팔을 단단히 물고 양쪽에서 힘을 주면서 찢을 듯한 기세로 잡아당겼다.

"야, 펠릭스!"

"뭐…… 뭐야?"

구멍은 언제나 끝없이 깊고 칠흑같이 컴컴했다.

"정신 차리고 일어나라고."

머리 위로 턱이 달랑거리고 있었다. 어둠 속에서 밝게 빛나는 윤곽선만 보였다.

"누구……. 이거 놔! 놓으라고!"

"펠릭스, 나라고 나, 형이야. 이제 일어나."

빛이 점점 넓어졌다. 큰형의 머리. 큰형 얼굴. 분명 큰형이다.

"그런데……. 진짜 캄캄했다니까."

"쉿. 목소리 낮춰. 빈센트 깨지 않게."

"무슨 일 있는 거야?"

"아니, 아무 일도 없어. 아직은."

형은 재킷을 걸치고 신발까지 신고 있었다.

펠릭스는 몸을 일으켜 침대 끄트머리에 가만히 앉아 있었다.

집 안에서 외출복을? 그것도 한밤중에?

팔다리가 마음대로 움직이지 않았다. 곧 움직일 거라 생각했지
만 그렇지 않았다. 모든 게 굳어버렸다.

한쪽 발이 약간 꿈틀거렸다. 누군가 발에 신발을 신겨주고 있었
다. 다른 발도 마찬가지였다. 두 팔이 옆으로 올라가더니 따뜻한
재킷이 팔을 감싸며 안으로 밀려들었다. 레오는 부엌으로 들어가
수도꼭지를 틀고 피처럼 시뻘건 액체로 가득 찬 유리잔 하나를 가
지고 나왔다.

"한 번에 다 마셔."

피가 아니라 유리잔 주둥이까지 꽉 채운 빨간색 과일주스였다.

"빨리 마셔. 그러면 정신이 번쩍 들 거야."

"정신이 번쩍 들어? 무슨 정신?"

"금방 알게 돼."

통로를 따라 현관으로 가다가 레오는 빈센트의 방을 슬쩍 들여다보았다. 붕대를 칭칭 감고 있는 막냇동생은 규칙적으로 숨소리를 내고 있었다.

"그냥 두고 가면 안 되잖아, 형."

"금방 돌아올 거야. 길어야 30분이라고."

레오는 블라인드를 완전히 내려 보름달 불빛과 판유리 하나가 깨져 성가실 정도로 밝게 빛나는 가로등 불빛을 차단했다.

"그러다 저 녀석 깨면? 깼는데 혼자면?"

"깰 일 없어. 빈센트는 한 번 잠들면 웬만해선 안 일어나. 게다가 잠들어 있는 미라를 누가 깨우겠어. 저주를 불러일으킬 텐데. 넌 그런 것도 몰랐냐?"

두 형제는 마지막으로 만일의 사태에 대비하기 위해 빈센트의 입을 가리고 있는 붕대를 헐겁게 만들어 공기가 제대로 드나들도록 공간을 확보해준 다음에야 집 밖으로 나섰다. 그런데 큰형이 어깨에 학교 가방을 메고 나가는 게 이상해 보였다. 학교는 이미 문 닫은 시간이었는데…….

계단에는 더 이상 엄마가 도망가면서 흘린 핏자국이 보이지 않았다. 레오가 마지막 얼룩까지 깨끗하게 닦아낸 덕이었다. 형제는 3층에 있는 앙네타 아줌마의 집 앞을 거의 기다시피 지나갔다. 처음 며칠은 엄마가 병원에 계시는 동안 자신의 집에 와서 자라고 했지만 레오는 셋이 있어도 아무 문제없고, 도움이 필요하면 즉시 연락할 것은 물론 밤에도 일찍 잘 거라고 약속하며 아줌마를 안심시켰다.

밖에 나오니, 보이는 거라곤 짙은 어둠과 길게 늘어선 가로등뿐이었다. 멀리서 음악 소리와 순식간에 속력을 올렸다 갑자기 멈춰 서는 차 소리가 들려왔다. 팔룬의 금요일 밤 분위기였다. 도시로 이어지는 반대편 방향은 활기가 넘쳐 보였지만 형제가 걷고 있는 학교로 이르는 아스팔트 길은 한적하고 조용했다.

레오는 깊이 숨을 들이마셨다. 생각했던 것보다는 훨씬 더웠다. 어쩌면 솟구치는 긴장감이 내면에 만들어내는 열 때문이었을 것이다.

9월이라 바닥에 낙엽들이 뭉텅이로 쌓여 있어서 발로 차는 재미가 있었다. 본격적인 가을 학기가 시작하기까지 한 달여가 남은 시점이었다. 레오는 8학년, 펠릭스는 5학년, 그리고 올해는 막냇동생 빈센트도 학교에 입학해 셋이 함께 학교에 다니게 된다.

레오는 둘째 동생과 일을 벌이는 데 뭐가 필요한지 정확히 알고 있었다.

가발 파는 곳에서 직접 골라놓은 긴 머리 가발은 125크로나였다. 그리고 품이 넉넉한 잿빛 후드 점퍼는 H&M에서 99크로나 50외레에 팔고 있었다. 하지만 옷감과 재봉틀 파는 가게에서 구입한 직물 전용 염료를 통해 초록빛 더러운 점퍼로 변신하게 될 터였다. 체형도 달라 보여야 했기에 어깨에 패드를 넣고 배도 불룩하게 튀어나오게 만들 계획이었다. 똑같은 가게에서 옷을 부풀어 보이게 만들 충전재도 구입할 수 있다. 마지막으로 필요한 건 담배였다. 필터 없는 강력한 담배. 욘 실베르.

술주정뱅이들이 주로 피우는 담배다.

안에서 끓어오르던 열기가 가라앉자 한밤중에 밖에 나와 걷는 일이 즐거워졌다. 소도시에서만 느낄 수 있는 활기찬 동시에 썰렁한 분위기였다. 길 가던 형제는 뒤에서 다가오는 자전거 소리에 처음으로 사람의 기척을 느꼈다. 자전거는 가까워지다 옆으로 지나쳐 사라졌다.

약쟁이 라세. 자신이 만든 캐릭터에 붙인 이 이름은 그럴싸하게 느껴졌다.

바로 그 약쟁이 라세가 이카 슈퍼마켓 여주인의 가방을 날치기하는 것이다.

하지만 약쟁이 라세가 만들어지려면 비용이 든다. 그렇기 때문에 레오는 새벽 2시에 둘째 동생을 깨워 밖으로 끌고 나왔던 것이다.

"오늘 책 한 권 빌렸어. 학교도서관에서."

"아, 그래서 지금 우리가 여기 나와 있는 거야?"

스톡홀름 외곽에 있는 스코고스에 살 때에 비해 팔룬에서는 학교 가는 길이 좀 더 멀었다. 레오는 아파트 발코니에 서서 주차장을 지나 숲길로 들어가는 자신과 둘째 동생의 뒷모습을 바라보던 아버지를 기억하고 있었다.

4년 전 일이다. 지금과는 다른 삶을 살았던.

"아니. 하지만 작전을 제대로 실행에 옮기려면 뭐라도 하나 빌려와야 했거든."

"형, 도대체 무슨 말인지 모르겠어."

"금방 알게 돼. 그런데 이 책, 이거 진짜 재밌더라고. 미국에서 벌어진 일인데 술 판매를 금지한 일과 알 카포네라는 남자에 관한 이야기야."

"이름은 들어봤어."

"아빠 생각이 들더라고."

"아빠에 관한 이야기도 있었어? 그 책에?"

"당연히 아니지. 하지만 아빠도 알 카포네처럼 행동했을 거야. 그러니까 스웨덴에서 술 마시는 게 법으로 금지되면 그랬을 거라고."

"어떻게 행동했을 거라는 거야?"

"법을 무시하고 어쨌든 술을 팔았을 거라고."

두 형제는 드문드문 자라고 있는 나무들이 밤하늘을 살짝 가리고 있는 목초지 근처로 다가갔다. 목초지 바로 반대편에 또 다른 자전거 도로로 부분적으로 불이 켜진 곳이 바로 학교였다.

"아니야. 난 그렇게 생각 안 해."

"뭐라고?"

"아빠가 그 남자, 카포네처럼 행동했을 거라고 생각 안 한다고. 아빠는 뭐가 됐든 파는 걸 싫어해. 그렇잖아? 아빠였으면 혼자서 다 마셨을 거야. 그리고 사람들을 두들겨 팼을 거라고."

형제는 레오가 다니고 있는 중학교에 도착했다. 펠릭스는 아직 초등학생이었던 터라 그곳에 갈 일이 거의 없었다. 초등학교와 중학교는 서로 다른 세상이었다. 경계선을 넘어서는 순간 훨씬 강한 상대들이 싸움을 걸어올 거라는 사실을 알고 있는 이상, 흔쾌히 발을 들일 수 없는 곳이었다. 팔룬으로 이사 왔을 때 펠릭스는 학기가 이미 시작된 1학년 새 교실에 다니게 되었다. 펠릭스가 바라던 대로 완전히 새로운 환경이었다. 대다수 아이들은 학교를 옮기고 새 친구들을 다시 사귀는 걸 끔찍이 싫어하지만 펠릭스는 전학 가는 걸 좋아했다. 펠릭스는 욘나와 달랐다. 지금도 또렷이 기억하고 있다. 언제나 노란 머리핀을 달고 다녔던 욘나는 이사 가기 전 얼마나 울어댔는지 결국 선생님이 음악 수업을 중단할 정도였다. 욘나는 변화를 원하지 않았다. 그리고 펠릭스는 그 반대였다. 어딘가로 옮겨가는 것만큼 신나는 일은 없었다. 새 교실에 앉아 있는 친구들은 자기 아버지가 화염병을 던져 방화를 시도하다 교도소에 가게 된 일에 대해서 아무것도 모르기 때문이었다.

펠릭스는 아버지만 사라지면 모든 끔찍한 일들이 멈추게 될 거라 확신하고 있었고 어머니와 사회복지사 아주머니들이 220킬로미터나 떨어진 곳으로 이사를 결정한 건 정말 잘한 일이라 생각했다. 이제 정상적인 생활을 하게 될 거라 믿었다. 이제 더 이상 옆구리를 긁거나 가슴을 답답하게 만들기도 하고 가끔은 목구멍 밖으로 무언가를 토해내게 만들 것 같은 기분이 들지 않을 것 같았다.

그런데 지금 이 순간, 가슴을 답답하게 했던 그 불덩이에 다시 불이 붙기 시작했다.

형제는 학교운동장으로 들어가 웅크린 자세로 전기단자함 뒤에 앉아 자전거 탄 사람이 지나갈 때까지 조용히 숨죽이고 숨어 있었다.

스코고스의 학교는 하얀색 석회암 벽돌 건물이었던 반면, 지금의 학교는 밝은 노란색 시멘트 건물이었다. 그리고 두 개의 건물을 연결하고 있는 유리로 된 통로에서는 쉬는 시간마다 학생들이 모여서 놀거나 무언가를 먹는 등 시간을 보냈다.

"네가 할 일은 잘 지켜보는 거야."

"지켜보라고? 뭘?"

"보고 있으면 알게 돼. 이제부터 순식간에 처리해야 해. 아무도 우리가 여기 있는 걸 봐선 안 돼."

레오는 갑자기 뛰기 시작했다. 펠릭스는 어디서 지켜보라는 거냐고 묻고 싶었지만 그럴 틈이 없어 일단 형을 따라 젖은 아스팔트 위로 내달렸다. 형제들이 숨을 쉴 때마다 입에서 입김이 뿜어져 나왔다. 형제는 마지막으로 가운데 연결통로를 훔쳐보았다. 위쪽에 환기 전용으로 작은 유리창이 하나씩 달려 있었다.

"형, 도대체 뭘 지켜보고 있으라는 거야?"

"자전거 도로로 누가 지나가는 게 보이면 창턱을 치는 게 네 일이야. 이걸 가지고."

레오는 동전 하나를 들어 보였다. 1크로나 동전이 가로등 불빛을 받아 반짝이고 있었다.

"그리고 넌 바로 숨어."

"숨으라고? 형은?" 펠릭스는 뛰어온 탓에 여전히 거친 숨을 몰아쉬면서 토해내듯 한 마디, 한 마디를 내뱉었다. "도대체 뭘 하려는 거야?"

큰형은 아무런 대답 없이 씩 웃고는 메고 있던 가방에 손을 넣더니 안에서 필립스 드라이버 같은 걸 꺼냈다. 그러고는 아래쪽 창문 앞에 달린 비좁은 창턱으로 올라가 발가락으로 아슬아슬하게 균형을 잡으며 위에 달린 직사각형 환기 전용 창문으로 다가갔다.

펠릭스는 아래쪽에서 구부정한 자세로 올려다보는 터라 자신이 정확히 무슨 일에 가담하고 있는 건지 알 수 없었다. 하지만 눈앞의 장면이 현실이라면, 레오 형은 환기 전용 창문에 반쯤 손을 집어넣고 직접 가져온 드라이버로 창틀을 지지하고 있는 나사를 마법처럼 풀고 있었다. 창틀은 외부에서 창문 전체를 열지 못하도록 막는 기능을 하는 물건이었다. 다소 시간이 걸리는 일인 데다 편한 자세로 할 수도 없던 터라 레오는 미끄러운 창턱에서 점점 몸을 낮추고 있었다.

그러는 동안 펠릭스는 양 볼이 타들어갈 것처럼 얼굴이 벌겋게 달아오른 채 형만 쳐다보고 있었다. 마음속에서는 짜릿한 쾌감을 뺀 오만 감정이 교차하고 있었다. 그저 집으로 돌아가고 싶을 뿐이었다.

레오의 얼굴도 벌겋게 달아오르긴 마찬가지였다. 더위마저 느껴졌다. 솟구치는 아드레날린이 점점 더 강렬해졌다. 하나부터 열까지 스스로 계획한 일이기 때문에 제대로 될 거라는 확신이 있었다. 창문 안으로 휴게실이 보였다. 그곳은 8학년 B반 친구들과 쉬는 시간에 카드놀이를 하거나 시간을 때우기 위해 앉아 있는 기다란 테이블이 여러 개 있었다. 그리고 오후 2시에 문을 여는 매점에서는 시나몬 번, 초콜릿 볼, 페이스트리, 치즈 샌드위치, 비닐 포장된 빨대가 붙어 있는 직사각형 주스 팩 등, 딱히 맛도 없는 간식

거리들을 팔았다. 오늘 점심은 흰 생선 요리 비슷한 음식이었는데 장사가 기가 막히게 잘된 편이었다.

　매점의 흰색 현금보관함은 매일 오후 4시 20분에 비워지고 거스름돈으로 쓸 푼돈만 남게 된다. 그러나 2주에 한 번씩 찾아오는 금요일은 사정이 다르다. 레오가 제대로 파악한 게 맞는다면 매점 주인 레나의 일정과 관련이 있었다. 2주에 한 번씩, 금요일마다 체육 선생님이 매점을 대신 관리해준다. 그리고 현금보관함은 현금이 가득 찬 상태로 주말 내내 매점 카운터에 있는 캐비닛에 보관된다. 그다음 주 월요일에 레나가 매점을 열기 전까지.

　그래서 오늘, 여전히 붕대를 풀려 하지 않는 빈센트가 걱정되는 상황에서도 늦게까지 학교에 남아 있었던 것이다. 마지막 수업이 끝나자마자 레오는 득달같이 집으로 돌아가야 했음에도 불구하고 학교도서관으로 향해 대출할 책을 고른 다음 아예 자리를 잡고 책을 읽기 시작했다. 그게 바로 알 카포네와 금주령에 관한 책이었다. 도서관에서 뒤쪽 책꽂이와 일렬로 앉게 되면 방해받지 않고 휴게실 쪽을 주시할 수 있었다. 그래서 손에 펼쳐놓은 페이지 너머로 초콜릿 볼 하나, 번 하나를 팔고 있는 체육 선생님을 볼 수 있었다. 그리고 4시 20분이 되자 선생님은 현금보관함을 매점 카운터 뒤에 있는 캐비닛에 집어넣었다.

　레오가 골라 앉은 '명당'에서는 경비아저씨의 금요일 정기순찰 경로도 지켜볼 수 있었다. 모든 게 제자리에 있는지 확인하는 게 경비아저씨의 일이었다. 그래서 이곳저곳을 돌아다니며 창문이 제대로 닫혔는지 밀어보고 의자와 테이블을 제자리로 옮겨놓고 예상했던 대로 도서관으로 돌아왔다. 레오는 번개처럼 재빨리 두 테이블 건너로 자리를 옮겼다. 경비아저씨가 학생의 부탁을 받고 잠시 지키고 있게 될, 휴게실 상황을 제대로 확인할 수 없는 자리로.

이제 집으로 가라. 학교 문 닫을 시간이다. 경비아저씨가 말했다. 레오는 그러겠다고 대답하며 경비아저씨가 보는 앞에서 가방을 챙겼다. 그런 다음 가방의 지퍼를 닫는 순간, 깜빡 잊고 442번 사물함에 두고 온 과제물이 있다고 하면서 경비아저씨가 가방만 봐주고 있으면 금방 뛰어갔다 오겠다고 약속했다.

미친 듯이 달렸다. 사물함이 아니라 기웃거려선 안 될 곳으로. 바로 휴게실이었다. 레오는 벽에 의자 하나를 가져다 놓고 환기용 창문의 손잡이 두 개를 돌렸다.

그게 바로 지금 바깥에서 열고 있는 바로 그 창문이었다.

레오는 열린 틈으로 몸을 밀어 넣어 휴게실 바닥에 가뿐히 내려앉은 다음 매점 쪽으로 살금살금 다가갔다.

한밤중에 학교 건물 안으로 들어온 기분은 정말 남달랐다. 적막감만 감도는 버려진 공간 같은 휴게실이 점점 자신의 움직임으로 가득 차는 것 같았다.

갑자기 그 감정들이 되살아났다. 열망, 생동감, 긴장, 기쁨 같은 감정들이.

엄마를 구해주고 엄마가 흘린 피를 닦던 순간에도 꼭 그런 기분이었다. 몸이 가벼워지면서 속으로는 한없이 기쁘고, 겉으로는 강해진 것 같은 느낌. 언제든 아버지가 돌아와 또다시 폭력을 행사하더라도 두렵지 않을 것 같았다.

캐비닛은 자물쇠로 잠겨 있었다. 그래서 챙겨온 게 몇 개 더 있었다. 끌과 망치. 자물쇠를 부술 생각은 없었다. 일이 더 커지기 때문이었다. 대신 작게 벌일 수 있는 부분을 공략할 생각이었다.

망치 두 방이면 충분했다. 빈약한 경첩이 바닥으로 떨어진 덕분에 캐비닛 문을 바깥으로 접을 수 있었다.

현금보관함은 아래쪽 선반에 놓여 있었다.

레오는 자신의 움직임만 느껴지는 컴컴한 휴게실을 둘러보았다. 그러다 현금보관함을 가져온 가방 속에 집어넣었다.

그리고 발걸음을 돌리려던 순간, 캐비닛 끝 쪽에 있는 커다란 문에 시선이 멈췄다. 레오는 물론 대부분의 학생이라면 그 뒤에 뭐가 있는지 알아차릴 수 있을 정도로 초콜릿과 코코넛 과자 냄새가 솔솔 풍겨 나오는 문이었다.

기왕 여기까지 왔으니까…….

평범한 나무문이었다. 그렇기 때문에 경첩의 잠금 나사에 제대로 힘만 가하면 조용히 문틀에서 문을 분리할 수 있을 것 같았다.

————

자전거 도로도 거의 잠든 분위기였다. 펠릭스가 지켜보는 동안 단 한 사람도 지나가지 않았다. 펠릭스는 간간이 형이 넘어 들어간 창문 쪽으로 고개를 돌렸다. 형은 캐비닛을 연 다음 또 다른 방으로 들어간 듯했다.

하지만 처음에는 상자 하나를 가지러 간다고만 했었다. 그걸 아직도 못 찾은 걸까?

드디어 형이 나타났다.

펠릭스는 어둠 속에서 검은색 쓰레기봉투 하나를 들고 나오는 형을 발견했다. 형은 환기용 창문을 통해 무언가를 밖으로 던졌다.

"펠릭스?"

쓰레기봉투였다. 그런데 비어 있었다.

"그 안에 담아."

그렇게 말하고는 무언가를 다시 밖으로 던졌다. 젖은 잔디 위에 떨어진 물건은 초콜릿 볼이었다. 팩 옆면에 사진이 붙어 있었다.

뒤이어 떨어진 팩에는 다른 사진이 붙어 있었다. 코코넛 볼. 말랑말랑하다는 문구가 적혀 있었다.

"이건 형이 말했던 상자가 아니잖아. 형이 가지러 간다고 했던 그 물건 때문에 새벽에 나까지 깨운 거 아니야?"

레오는 아무런 대답 없이 동생을 쳐다보다가 다시 어둠 속으로 사라졌다. 펠릭스는 매점 뒤편에 있는 나무문을 향해 뛰어가는 형의 발소리를 들었다.

그렇게 한 번 왕복하고, 또 한 번 더 왕복하는 사이 펠릭스는 계속해서 주변을 살피고 있었다. 그림자 하나 보이지 않았지만 빈 쓰레기봉투를 펴서 그 안에 물건들을 담는 두 손이 덜덜 떨렸다.

누가 나타나기라도 하면…….

팩 두 개가 발 옆으로 떨어졌다. 배 주스와 마자린 파이였다.

271

난 숨을 수 있어. 그런데 이것들을 그대로 내버려 둬야 해.

펠릭스는 바닥에 떨어진 것들을 주워 담아 검은 비닐봉지로 감쌌다.

만에 하나 자전거 타고 지나가는 사람이 여길 보고 멈추면 무슨 일이 벌어지고 있는지 알게 될 텐데.

주스가 박스채로 나왔다. 더 많은 팩들이 바닥에 떨어지며 둔탁한 소리를 냈다.

"형! 아, 진짜! 빨리 나오라고!"

"금방 나가."

레오는 씩 웃고 다시 어둠 속으로 사라졌다. 펠릭스는 비명이 터져 나오기 일보직전이었다. 빌어먹을! 무서워 죽을 것 같았다. 그런데 더 끔찍한 건 형이 도대체 자기 말을 듣지 않는다는 것이다. 이번이 처음이 아니었다. 레오는 자기 생각 속에 빠져 있었다.

절대, 다시는, 무슨 일이 있어도, 형 안 도와줄 거야.

그리고 마지막 팩이 날아왔다.

레오가 밖으로 나오자 펠릭스의 가슴에서 끓고 있던 초조함이 분노를 촉발했다. 하지만 레오는 그 어느 때보다 침착하고 행복한 모습이었다.

"야, 왜 그래?"

"아니야."

"봉투가 꽉 찼잖아. 이제 빈센트가⋯⋯."

"많이 먹으면 질린다고. 아무리 좋은 걸 먹어도 마찬가지야."

"펠릭스? 가지고 있으면 좋잖아. 그러니까 무슨 일 있으면 말이야."

"무슨 일?"

"어쨌든 모르는 일이잖아."

"무슨 일이라니? 말해봐, 형! 무슨 일이 벌어진다는 거야?"

형제는 왔던 길로 되돌아갔다. 그곳까지 걸어왔을 때처럼 고요한 밤 속으로. 하지만 모든 게 달라져 있었다. 전에는 한 번도 해본 적 없는 일을 벌이고 오는 중이었다. 그래서 레오는 가방이 한없이 가볍게 느껴졌다. 그래서 펠릭스는 가방이 한없이 무겁게 느껴졌다. 가방에 든 과자 상자가 등을 긁고 있었지만 비명을 질러야 하는 건지, 징징거려야 하는 건지 알 수 없었다. 하지만 집에 가는 동안은 아무 말도 하지 않겠노라 다짐했다.

언제나 깨어 있는 반짝이는 코에 얼굴이 회색인 경비아저씨 창문만 빼고 아파트 창문 전체가 다 희미했다. 이곳에 있는 모든 것들이 잠들어 있었다. 3층 천장에 달린 전등에 불이 들어오자 4층에 있는 독일 셰퍼드가 으르렁거렸다. 그렇지 않으면 내일이 될 때까지 아무도 몰랐을 것이다.

형제는 다른 집들과 마찬가지로 고요한 집 안으로 들어왔다.

두 형은 막내가 자고 있는 방부터 들여다보았다. 막냇동생은 이웃 사람들처럼 코를 골며 편안히 숨을 쉬고 있었다.

"내가 뭐랬어." 레오는 둘째에게 윙크했다. "미라는 항상 소리 내며 길게 잔다니까. 붕대 때문인 것 같아."

레오는 현금보관 상자를 식탁 한가운데 놔야 한다고 생각했다. 엄마가 뜨거운 오븐 그릇을 내려놓는 바로 그 자리에. 그걸 만들기 전에…….

"펠릭스, 엄마가 부엌에서 쓰는 수건 좀 가져와봐."

"왜?"

레오는 엄마가 나무망치로 포크커틀릿 다질 때처럼 상자를 내리칠 생각이었다.

"일단 가져와 봐."

펠릭스는 통로로 나갔다가 재빨리 되돌아왔다. 레오는 동생이 내민 손에 들린 수건 한 장을 멍하니 쳐다보았다.

"달랑 한 장이야?"

"왜?"

"다 가져와, 펠릭스. 거기 있는 거 전부."

펠릭스는 살금살금 통로를 지나 옷장이 있는 엄마 침실로 들어갔다. 그리고 양팔에 흰 수건을 한 무더기 들고 돌아왔다. 각각의 수건에는 BMA라는 세 글자가 빨간 자수로 도드라지게 새겨져 있었다. 브릿 마리 악셀손. 결혼하기 전 엄마의 이름이었다.

"됐어?"

레오는 여섯 장을 들고 현금보관 상자 아래 깐 다음 가방에서 연장을 꺼내 일곱 번째 수건으로 끌 윗부분을 감았다. 그리고 난 뒤, 뒤로 한 걸음 물러서서 상자를 뒤집어놓기로 마음먹었다. 그게 더 쉬워 보였기 때문이다.

"잘 잡고 있어."

"현금 상자 말하는 거야?"

"네 손으로 잘 붙잡아. 양쪽에서."

"지금 이걸 열겠다고?"

"그래."

"그럼 안 잡을래."

"펠릭스?"

"빗맞으면 어떡하라고?"

"나만 믿어. 한 방이면 된다고."

레오는 끌의 뾰족한 부분을 상자의 잠금장치와 평행을 이루고 있는 몇 밀리미터 구멍에 맞추고 균형을 잡았다. 그러고는 두 눈을 꼭 감은 채 자신이 말한 대로 상자를 붙잡고 있는 동생을 슬쩍 쳐다본 다음 상자를 조준하고 망치로 내리쳤다. 조준은 정확했지만 망치가 끌을 내리찍으며 힘을 전달하기 바로 직전, 펠릭스가 잡고 있던 손을 놔버렸다. 잠금장치는 빗나간 외력을 멀쩡히 버텨냈다.

두 형제는 양철 상자가 테이블 끄트머리로 미끄러지며 한 바퀴 돌아 바닥에 떨어지는 장면을 속수무책으로 지켜볼 수밖에 없었다. 성가실 정도로 큰 소리가 부엌 벽을 타고 통로로 나가 빈센트가 자고 있는 방과 현관까지 이르렀다.

"무슨 짓이야? 제대로 잡고 있었어야지!"

"형이 나 때릴 뻔했잖아. 상자가 아니라!"

레오는 손으로 구겨진 수건을 문질러 다시 평평하게 만든 다음 상자를 들고 방금 전처럼 내려놓았다.

"펠릭스. 이번에 또 실수하면 빈센트가 깰지도 몰라. 아니면 이웃 사람들이. 그러니까 제대로 잡고 있어."

펠릭스는 싸늘한 양철 상자 양옆을 꽉 붙잡고 두 눈을 질끈 감았다. 레오는 끌을 제대로 조준한 다음 다시 한번 잠금장치 가운데를 향해 망치를 내리쳤다.

이번에는 성공이었다. 상자의 틈이 조금 더 벌어졌다. 끌 모서리가 제 역할을 다한 덕이었다. 레오는 철커덕 소리가 귀에 들릴 때까지 있는 힘껏 상자를 비틀었다.

잠금장치가 운명을 받아들였다.

레오는 뒤집어놓았던 양철 상자 위아래를 똑같이 잡은 상태에서 조심스레 똑바로 돌려놓았다. 플라스틱으로 된 동전 거치대가 헐거워서 자칫 와르르 쏟아져 내릴 수도 있기 때문이었다.

레오는 다소 거만한 자세로 상자를 열었다. 각각의 칸으로 나뉜 동전 거치대는 있어야 할 자리에 고스란히 놓여 있었다. 꽉 찬 상태로.

레오는 동전을 꺼내 수건 위에 올려놓고 굴러가려는 동전들을 부리나케 잡아 한자리에 모았다.

"펠릭스, 동전별로 구분해. 50외레, 1크로나, 5크로나 이렇게."

레오는 플라스틱 동전 거치대 아래 얼마나 숨겨져 있는지 확인하지 않으려 애쓰고 있었다. 하지만 자신이 원하는 액수가 대략 어느 정도여야 하는지는 알고 있었다. 참다 참다 아래 칸을 슬쩍 들여다보았다. 지폐들이 보였다. 하지만 필요한 액수보다 모자란다는 확신이 들었다. 레오는 지폐를 꺼내 세어보았다.

5크로나 지폐 27장이었다.

135크로나.

부족했다. 동전들이 나머지 액수를 채워줄 수 있을까?

레오의 분주한 손과 느릿느릿 동전을 구분하고 있는 펠릭스의 손이 부딪히며 동전을 각기 다른 높이로 세 무더기를 쌓았다. 레오는 암산으로 동전을 계산했다. 47크로나 50외레.

지폐와 합쳐 182크로나 50외레였다.

레오는 부리나케 방으로 뛰어가 빈센트 키 정도 되는 스피커 위에 올려둔 종이를 가져왔다. 자신이 직접 만든 스피커였다. 그러고는 깊이 심호흡을 한 뒤 종이를 펼쳤다. 재킷 99,5. 가발 125. 담배 14. 염료 28,50. 충전재 20. 어디서도 슬쩍해올 수 없는 물건들이었다. 완전히 불가능한 일은 아니었다. 하지만 제대로 된 작전은 범인이 붙잡히게 되는 경우의 수를 딱 한 번만 만든다. 제대로 된 큰일을 벌이는 순간에 말이다. 별다른 위험 없이 마련할 수 있는 건 도주에 필요한 자전거뿐이었다. 그건 전날 준비하면 그만이었다.

"104크로나 50외레가 부족해."

"부족하다니?"

"부족하다고. 필요한 돈은 287크로나거든."

"뭘 하는 데 필요하다는 거야?"

"약쟁이 라세를 위해서. 나머지는 어떻게 마련해야 할지 계획이 있어."

우유 450밀리리터를 받았다. 조리법에 나온 것보다 조금 많은 양이었다. 세모리나는 평소처럼 테이블스푼으로 정확히 네 숟가락을 폈다. 그리고 소금은 엄지와 검지를 쓴 한 자밤 정도면 충분했다. 레오는 나무 숟가락으로 크게 원을 그리며 반죽을 휘휘 저었다. 그리고 냄비 위에 반죽을 붓고 나서도 포리지가 타지 않도록 계속 저었다. 타버리면 펠릭스나 빈센트가 먹을 수 없기 때문이었다.

그동안 펠릭스는 접시, 숟가락, 냅킨, 컵 등을 식탁에 차려놓았다. 그리고 의자 하나를 싱크대와 부엌 찬장 옆으로 끌어와 설탕과 시나몬 가루가 든 유리병을 꺼냈다. 삼 형제가 원하던 대로 셋만 남게 되었기 때문이다.

"펠릭스, 가서 빈센트 깨워."

"조금 전에 가봤어. 그런데 저 녀석, 언제까지 저렇게 붕대를 칭칭 감고 있을 생각인 거지? 평생 저럴 건가?"

"그러진 않을 거야. 어떻게든 구슬려봐야지."

펠릭스는 빈센트 방이 아니라 현관 구석에 있던 빨래 바구니로 향했다. 때가 되면 엄마가 세탁실로 옮겨다 놓는 욕실용 빨래 바구니보다 작은 밤색 플라스틱 바구니였다. 펠릭스는 속옷과 양말, 티셔츠 사이로 손을 넣어 자신이 입기에는 작은 청바지 한 벌을 휙 잡아 뺐다.

"펠릭스?"

레오는 계속 젓고 있어야 할 냄비를 뒤로하고 통로로 나왔다. 빈센트 것으로 보이는 청바지 하나가 통로에 나와 있었다.

"너 뭐 하는 거야?"

"엄마 만나러 가는 건 어떨까 해서. 형이 그랬잖아. 미라를 구슬려야 한다고."

펠릭스가 바지를 들고 빈센트 방으로 가려 하자 레오가 바짓가랑이를 잡아당겼다.

"안 돼."

"왜 안 되는 건데?"

"아직 안 갈 거야. 때가 안 됐으니까."

"어쨌든 난 물어볼 생각이야."

두 형제는 양쪽에서 청바지를 붙잡고 있었다. 레오는 둘째가 형에게 손목을 붙잡히지 않으려고 들고 있던 바지를 놔버릴 때까지 잡아당기고 있었다.

"우리가……. 젠장, 형! 병원에 데려간다고 하면 저 자식이 알아서 붕대 풀 수도 있잖아! 모르겠어?"

"엄마는 어떨지 생각해봤어?"

펠릭스는 갑자기 걸음을 멈췄다.

"엄마가 어떨지라니? 그게…… 무슨 말이야?"

"엄마 얼굴. 엄마는 완전히 피투성이가 됐었다고. 그런 엄마 얼굴에는 붕대가 얼마나 감겼겠어? 난 빈센트한테 그런 엄마 모습 보여주고 싶지 않아. 넌 그러고 싶어?"

펠릭스는 그제야 형의 말을 이해할 수 있었다. 펠릭스는 엄마가 아빠에게 얼마나 심하게 폭행당했는지 제대로 보지 못했고 잘 기억도 못 하고 있었다. 아빠의 주먹질은 펠릭스의 기억 속에 커다랗고 시커먼 구멍을 만들어놓았다.

"형?"

"왜?"

"엄마는 어떤 상태인 것 같아?"

펠릭스는 형만 쳐다보고 있었다. 유일하게 할 수 있는 게 그것뿐이라는 표정으로, 그렇게 쳐다보고 있으면 더 나은 대답이 나오기라도 할 것처럼.

레오는 폭행 장면을 고스란히 지켜봤을 뿐만 아니라 제 손으로 엄마가 흘린 피를 닦아냈었다.

"곧 알게 될 거야."

무언가 타는 냄새가 났다.

세모리나 포리지! 우유! 레오는 부리나케 냄비를 불에서 내려 찬물을 붓고 밤색으로 변한 부분을 숟가락으로 걷어내 쓰레기통에 버렸다. 그런 다음 냄비 바닥을 문지르고 긁어냈지만 강철수세미를 동원해서야 탄 부분을 완전히 걷어낼 수 있었다.

다시 우유와 세모리나, 그리고 소금을 전처럼 한데 붓고 반죽을 젓기 시작했을 때 열쇠를 가진 누군가가 현관문을 열고 들어오는 소리가 들렸다.

"얘들아, 잘 있었니."

여자 목소리였다.

앙네타 아주머니.

엄마나 사회복지사 아주머니한테 열쇠를 건네받았을 것이다.

레오는 부리나케 달려가 창문을 활짝 열었다. 포리지를 하려다 망쳤다는 걸 알게 할 순 없었다.

"벌써 아침 먹는 거니?"

아주머니는 현관 앞에 서서 식사 준비가 된 식탁과 냄비 앞에서 무언가를 젓고 있는 아이가 누구인지 확인하려 안을 들여다보고 있었다.

"아직요. 펠릭스가 포리지 하기로 했었는데 제대로 못 해서요. 이건 계속 저어야 하는 거잖아요."

"아줌마가…… 뭘 좀 가져왔거든. 이건 내일 아침으로 먹어도 되겠네. 그리고 점심하고 저녁거리도 좀 가져왔다."

아주머니는 냉장고를 열고 가방을 푼 다음 자신이 가져온 것들을 냉장고와 찬장 안에 나누어 넣었다.

"내일 아침에는 오실 필요 없어요. 제가 다 알아서 해결할 테니까요. 아침은 저 녀석들 아주 어렸을……. 사실, 지금까지 제가

다 챙겨줬거든요."

부엌문을 살짝 두드리는 소리에 두 사람의 고개가 자동으로 돌아갔다.

펠릭스였다.

"미라는 아무것도 먹기 싫대."

"내버려 둬, 펠릭스. 나중에 먹어도 되니까."

앙네타 아주머니는 가방 하나를 비우고 다른 가방을 열려다 동작을 멈췄다.

"그러니까……. 빈센트는 여전히 그러고 있는 거니?"

"네. 더 이상 둘둘 감고 있지 않아도 될 것 같은데, 형은 그래도 된다고 생각해요."

"형 말은 그게 아니잖아, 펠릭스. 억지로 붕대 벗기고 억지로 엄마한테 데려가지는 말자는 거라고."

자기주장이 강한 아이들이었다. 대충 분위기 파악을 한 앙네타 아주머니는 두 아이를 번갈아 바라보았다.

"아줌마는 레오의 의견에 동의해. 스스로 벗기 전까지 붕대를 억지로 떼어내는 건 안 좋은 생각 같아. 다 낫기 전까지는 그게 나을 거야. 너희들이 엄마 만나러 병원에 가면 아줌마가 빈센트랑 같이 있어줄게."

완벽한 포리지가 완성되자 레오는 식탁에 차려놓은 그릇 세 개 중 두 개에 포리지를 담았다.

"그리고 너희들하고 얘기하고 싶은 게 한 가지 더 있어."

그녀는 레오가 냄비를 닦고 의자에 앉은 다음 크뇌케브뢰드 샌드위치에 치즈를 바를 때까지 기다렸다.

"어젯밤에 아줌마가 자다가 누군가 우리 집 앞을 지나 계단을 뛰어 올라가는 소리에 잠에서 깼어. 그리고 다시 잠이 들었는데 뭔가 쿵 하는 소리에 또 잠이 깼어. 그것도 두 번이나. 세 번이었을 수도 있어. 누가 벽을 때리는 것처럼 큰 소리였어. 그 뒤로 아무 소리도 안 들리더라고. 그래서 다시 잠이 들었거든."

두 형제는 치즈 바른 크뇌케브뢰드를 입에 넣고 우물거리고 있었다.

하지만 빵 맛은 물론이고 시나몬 가루와 설탕을 듬뿍 뿌린 포리지 맛도 결코 예전 같지 않았다.

"혹시 너희들이었니?"

레오는 펠릭스를 쳐다보았고, 펠릭스는 레오를 쳐다보았다.

"아닌데요. 전 아무 소리 못 들었어요. 넌 들었어, 펠릭스?"

펠릭스는 머뭇거렸다. 하지만 레오만 눈치챘을 뿐, 앙네타 아주머니는 알아채지 못했다. 펠릭스는 망설인 끝에 조용히 대답했다.

"아니, 나도 아무 소리 못 들었어."

————

팔루 병원까지 거리는 그리 멀지 않았다. 하지만 걸어가는 길이 한없이 길게 느껴졌다. 펠릭스가 발을 질질 끌며 느릿느릿 걷고 있었기 때문이다. 레오는 그 이유를 알고 있었다.

"서둘러."

자신도 그랬지만 동생도 전혀 보고 싶지 않은 모습을 보게 될까 하는 불안감 때문이었다.

"왜? 왜 서둘러야 하는 건데?"

"엄마는 그냥 엄마 평소 모습일 거야."

레오는 더 이상 생각하지 않기로 이미 마음먹은 터였다. 그래서 엄마 대신 이카 슈퍼마켓을 머릿속에 떠올렸다. 그리고 그 앞에 있는 광장과 자신의 발목을 잡을지 모를 경비원을 떠올렸다. 펠릭스를 설득해야 한다. 펠릭스의 도움 없이는 힘든 일이었다. 혼자서도 어떻게든 성공할 수 있겠지만 실패할 경우의 수가 확 높아진다. 펠릭스가 할 일은 곤봉을 들고 다니는 클릭을 교란하는 일이었다. 클릭의 움직임에 따라 작전의 성공 여부가 달라질 수 있기 때문이다.

형제는 공원 반대편에 있는 팔루 병원 쪽을 바라보았다. 나무들 위로 우뚝 솟은 건물이 보였다. 병원이 몇 분 거리로 가까워지자 펠릭스의 발걸음이 점점 느려지고 보폭까지 줄어들었다.

"펠릭스?"

"왜?"

"네가 원하면 그렇게 해."

"뭘?"

"형은 먼저 볼 수 있어. 형이 엄마 상태를 먼저 확인하고 너한테 말해줄 테니까, 굳이 너까지 그런 엄마 얼굴 볼 필요는 없어."

팔루 병원은 각기 다르게 생긴 건물 세 개가 한자리에 모여 만들어진 병원이었다. 밝은 색 빌딩은 15층 건물이고, 짙은 색 건물은 12층, 그리고 그 가운데 끼어 있는 건물은 창문 없는 아래층까지 포함하면 8층이었다. 색깔도 높이도 각기 다른 세 빌딩은 마치 삼 형제 같은 모습이었다.

레오와 펠릭스는 병원 매점 앞에 멈춰 섰다. 꽃다발은 너무 비쌌다. 대신 엄마가 좋아하는 라즈베리 젤리 과자는 가격이 적당했다. 레오는 얼마 전까지 현금보관 상자 안의 플라스틱 동전 거치대에 있다가 자신의 오른쪽 바지 주머니로 들어온 50외레를 꺼냈다.

복도. 엘리베이터. 그리고 병원 냄새.

이름표 달린 흰 가운 입은 사람들은 병을 치료하는 사람들이고, 잠옷 같은 옷을 입은 사람들은 치료를 받는 사람들이었다.

형제는 침대 세 개가 놓여 있는 병실로 들어갔다. 두 개는 비어 있고, 나머지 하나에 엄마가 누워 있었다.

엄마는 아빠에게 얻어맞지 않은 쪽으로 돌아 누운 상태였다.

"저희 왔어요, 엄마."

침대에 누워 있던 환자는 화들짝 놀랐다. 아마 자고 있었을 것이다.

"빈센트는 다음에 같이 오기로 했고요."

레오는 병실 문 앞에서 머뭇거렸다. 펠릭스는 형의 어깨와 문틀 사이로 병실 안을 들여다볼 수 있었다. 그 틈은 그리 크지 않았지만, 엄마가 돌아 누울 경우를 대비해 펠릭스를 보호해주는 기능을 하고 있었다. 마치 TV 화면을 보는 듯 눈에 보이는 게 현실 같지 않은 그런 기분도 들었다.

"레오, 왔구나."

엄마가 돌아 눕자 레오는 재빨리 오른쪽으로 몸을 움직여 문틀 가까이 기대섰다. TV 화면이 사라지도록. 형의 행동은 엄마의 얼굴 상태가 처참하다는 뜻이었다.

"우리 아들들, 이리 들어와라."

엄마의 목소리는 힘이 없었다. 하지만 여전히 엄마 같았다.

레오는 뒤에 있는 펠릭스에게 고개를 돌렸다.

"들어갈래?"

"싫어."

레오는 엄마를 보며 고개를 가로저었다. 엄마는 둘째 아들을 부르기 위해 안간힘을 쓰며 목에 힘을 주었다.

"펠릭스, 엄마는 너도 이 안으로 들어오면 좋겠는데."

"싫어요."

"엄마는…… 그냥 너희들 손이라도 잡고 싶어."

펠릭스는 헛기침을 하면서 형 뒤에 그대로 남아 있었다.

"아파요, 엄마?"

"당연한 거 아니야, 펠릭스. 그런 건 물어볼 필요도 없어."

"엄마는 아파."

엄마는 상체를 조금이라도 일으키려고 신음을 흘리며 안간힘을 썼다. 그래야 아이들이 잘 보일 것 같았기 때문이다.

"그런데 여러 곳이 아플 수도 있고, 안 보이는 데가 아플 수도 있어."

그러다 결국 포기하고 다시 원래 자세로 누웠다.

"엄마 얼굴, 어때요?"

"엄마 얼굴이 어떤지는 중요하지 않아. 몇 주나 한 달만 지나면 상처는 다 사라질 거야."

그제야 레오는 뒤로 물러서며 어깨와 문턱에 만들어진 TV 화면을 펠릭스에게 제대로 보여주었다.

엄마는 머리와 이마에 두꺼운 붕대를 감고 얼굴 곳곳에 반창고를 붙이고 있었다. 콧날과 양 볼 등에 붙인 반창고는 진보랏빛 피부를 뒤덮고 있는 십자가 같았다.

"이거요. 엄마가 좋아하는 거."

레오는 먼저 들어가 엄마 배 위에 젤리 과자 봉지를 내려놓으려다 생각을 바꿔 엄마 옆 구겨진 시트 위에 내려놓았다. 하지만 엄마는 침대 옆으로 튀어나온 테이블 위에 올려놓았다. 식판을 내려놓는 데였다.

그제야 펠릭스도 마음을 굳게 먹고 형을 따라 병실로 들어왔다. 형제는 엄마 침대 양옆을 차지하고 앉았다. 엄마는 힘들게 자세를 다시 잡았다. 엄마는 두 형제를 동시에 바라보고 싶었다. 고통으로 찌푸려진 얼굴에 미소를 지으면서.

"이런 기특한 생각도 다 했구나. 라즈베리 젤리 과자네. 엄마가 나중에 먹을게."

엄마 목소리가 너무 작아 알아듣기 힘들 정도였다. 입술이 거의 움직이지 않는 걸 보면서 펠릭스는 TV에서 봤던 복화술사를 떠올렸다. 자신은 입술 한쪽 구석만 살짝 움직이면서 데리고 나온 인형에게 대신 말을 시키는 복화술사.

엄마의 오른쪽 눈 상태는 최악이었다. 퉁퉁 부어 있었다.

펠릭스는 차라리 형의 어깨와 TV 화면 같은 공간이 그리웠다. 계속해서 퉁퉁 부은 엄마 눈을 쳐다보고 있으면 엄마가 눈이 멀고 퉁퉁 부은 그 눈에 검은 구멍만 남을 것 같았다. 펠릭스는 도대체 무슨 일이 있었는지 기억나지 않았다. 어쩌면 아빠가 엄마를 죽도록 두드려 팰 때 머릿속에 각인된 시커먼 구멍 때문이었을 수도 있다.

"빈센트는? 막내는 잘 있니?"

엄마는 맏이인 레오 쪽으로 고개를 돌렸다.

"당연하죠. 앙네타 아줌마가 지금 같이 있어요."

"밥은 잘 먹고 있고?"

"평소처럼요. 제가 잘 챙겨주고 있어요."

반대편 눈은 멀쩡했지만 피곤한 기색이 역력했다. 그리고 정상이라면 하얀색이어야 할 눈동자는 핏발이 선 것처럼 시뻘겋게 변해 있었다. 펠릭스는 그냥 그렇게 엄마 눈을 바라보기로 했다. 자신이 엄마와 말할 기회가 찾아오면 다른 눈이 아니라 바로 그 눈을.

핏발 선 눈이 시커먼 구멍보다는 나았다.

"맞아요, 빈센트 잘 지내요. 코코넛 볼도 원하는 만큼 먹을 수 있거든요."

그다음 벌어질 일은 펠릭스도 익히 잘 알고 있었다. 레오는 동생의 양 볼이 뚫어져라 쏘아보았다. 하지만 펠릭스는 애써 외면했다. 할 말은 해야 하는 거니까.

"침대 밑에 이만큼 쌓아뒀거든요."

기어들어가듯 속삭이던 엄마 목소리가 처음으로 커졌다. 지친 기색의 핏발 선 그 눈이 펠릭스를 노려보고 있었다.

"뭐라 그런 거니, 펠릭스? 잠깐만, 그게 무슨 소리야?"

레오의 운동화가 펠릭스의 발목을 강하게 걸어 찼다.

"아무것도 아니에요, 엄마. 펠릭스가 쓸데없는 소리 하는 거예요."

이미 늦었다. 상대는 그 누구도 아닌 형제의 엄마였다. 엄마는 아들들을 누구보다 잘 알고 있었다. 하나가 이렇게 말하는데 다른 하나가 말을 가로막는 이유를, 형이 동생에게 주의를 주기 위해 발로 걸어차는 장면을 보지 못했더라도 어떻게든 직감으로 알아낼 수 있었다.

"레오? 펠릭스? 너희들 무슨 짓을 한 거니?"

형제는 핏발이 선 채 퉁퉁 부어오른 눈으로 자신들을 바라보는 엄마 앞에서 아무런 말없이 조용히 앉아 있었다. 레오는 더 이상 말하고 싶어 하지 않았고 펠릭스는 자신이 왜 그런 말을 했는지 이유를 알 수 없었다. 저도 모르게 툭 튀어나왔던 것이다. 토할 때처럼. 도로 삼킬 수도 없고, 어쩔 수도 없는 때처럼.

"과자가 종류별로 있고 빨대 달린 주스 팩이 어마어마하게 많아요. 다 빈센트 침대 밑에 있어요."

다시 한번 말이 튀어나왔다. 붙잡아두거나 도로 삼키는 것보다 내뱉는 게 훨씬 쉬웠다.

"레오, 펠릭스, 엄마 봐라. 무슨 일이 있었는지 얘기해봐. 빈센트 침대 밑에 뭐가 있다고? 그게 다 어디서 난 거니? 훔쳐온 거니?"

"아니요."

"네."

형제는 동시에 대답했다. 아니, 레오의 대답이 다소 먼저였다. 그러지 않았어도 엄마는 큰아들의 두 눈을 똑바로 바라볼 생각이었다. 방금 전까지 펠릭스가 제대로 쳐다볼 수도 없었던 시퍼렇게 부은 그 눈으로.

"레오? 남의 물건을 훔쳐선 안 된다는 거, 너도 알잖아. 넌 열네 살이야. 더 이상 어린애가 아니라고."

엄마 목소리에 힘이 들어가기 시작했다. 노여움으로 인해 목소리가 또렷하고 분명해졌다. 그 순간, 펠릭스는 엄마의 오른쪽 치아 하나가 없어졌다는 사실을 깨달았다. 그래서 엄마는 자신들이 사 온 젤리 과자를 먹지 않았던 것이다.

"코코넛 볼하고 과일 주스라고? 그걸 어디서 가져온 거니, 레오?"

큰아들은 엄마의 눈을 피하지 않고 똑바로 바라보았다. 그러지 않겠다고 마음먹었기 때문이다.

"약속할게요. 빈센트 침대 밑에 있는 거, 전부 다 제자리에 갖다 놓을게요."

"어떻게?"

"밖에 가져다 둘게요. 그러니까 제가 가져온 곳에요. 알아서 찾아갈 수 있게요."

그게 불가능하단 건 알고 있었다. 하지만 자신들이 왔을 때보다 엄마가 너무 슬퍼 보였다.

"그것만으로는 부족해, 레오. 무슨 뜻인지 알지? 가서 사과도 해야 해."

"엄마, 문이 열려 있어서 들어간 것뿐이에요. 그리고 물건들이 거기 있어서……. 빈센트가 좋아할 줄 알았어요."

펠릭스는 잠시 동안 침묵을 지켰다. 이미 너무 많은 말을 한 뒤였다. 하지만 형이 거짓말을 하고 있다는 건 알고 있었다. 엄마의 몸이 마치 작아지는 목소리만큼이나 줄어드는 것 같은 이상한 기분이 들었다. 심지어 엄마 목소리가 엄마 몸이 아닌 다른 데서 나는 것 같은 기분마저 들었다.

"레오, 넌 큰형이야. 그러니까 사과를 해야 하는 거야. 엄마가 여기 누워 있는 동안은 네가 모든 책임을 져야 한다는 뜻이기도 해. 엄마 말 알아듣겠니? 너까지 그렇게……."

엄마는 말꼬리를 흐렸다. 순식간에 후회가 밀려들었지만 이미 늦은 뒤였다. 펠릭스는 엄마가 무슨 말을 하려 했는지 알고 있었다. 레오가 어떤 식으로 문제를 해결하려 하는지, 그게 누구랑 닮은꼴인지를……. 레오도 알고 있었다. 펠릭스는 형의 입술에서 그 분위기를 읽었다. 화가 날 때마다 오므라드는 그 입술을 통해서.

"사과는 안 해요, 엄마. 그렇게 하면…… 엄마도 알잖아요! 동네 사람들 전체가 그 얘기만 할 거라고요. 그냥 이대로가 더 나아요. 아무도 모르니까. 그냥 이렇게 넘어가면 안 되는 거예요?"

"그럴 순 없어. 넌 용서를 빌어야 해! 큰형은 그렇게 해야 하는 거야."

레오는 열네 살이었다. 분명, 그렇게 나이를 많이 먹은 건 아니지 않나?

거기서 벗어나고 싶었다. 자신을 이해해주지 못하는 엄마로부터 멀리 달아나고 싶었다. 하지만 아빠에게 약속한 게 있었다. 자신이 책임지겠다고.

"들어보세요, 엄마. 그렇게 되면 사회복지사 아줌마가 뭐라고 하겠어요?"

엄마에게 공갈협박하듯이 맞서는 모양새였다. 그럴 의도는 분명 없었지만 그렇게 들리는 게 사실이었다.

레오는 다시 한번 자신의 행동을 해명하려 했다.

"전 그냥 빈센트하고 펠릭스가……. 어쨌든 죄송해요. 다시는 이런 일 없도록 할게요."

"약속하는 거지?"

"네, 약속해요."

그러고 나자 엄마가 갑자기 탈진한 듯 보였다. 처음 병원에 도착했을 때처럼 두 눈이 부어오른 눈구멍 뒤로 푹 꺼지는 것 같았다.

"이 얘긴 나중에 다시 하자. 엄마가 집에 가거든."

───────

펠릭스는 병실을 나서기 전에 엄마를 꼭 끌어안았다. 엄마는 둘째 아들의 뺨에 살짝 입을 맞추고 사랑한다고 속삭여주었다. 레오는 엄마를 끌어안지 않았다. 그럴 수가 없었기 때문이다. 그냥 인사말만 중얼거렸다. 환하게 불이 밝혀진 병원 복도를 걷는 동안 형제는 아무런 말도 하지 않았다. 엘리베이터에서도 펠릭스와 레오는 따로 벽에 붙어 서 있었다. 둘 사이에 거리감이 느껴졌다.

"엘리베이터가 왜 이렇게 커. 멀리뛰기도 할 수 있겠어."

레오는 대답하면서도 동생과는 눈을 마주치지 않았다.

"그래야 아픈 사람들을 실은 들것이 들어올 수 있으니까 그렇지. 죽은 사람들이나."

"죽은 사람들?"

"병원에서 죽는 사람들도 있어. 시체들은 들것에 실려 영안실로 옮겨져."

"영……안실?"

"병원 지하에 가면 죽은 사람들이 들어가는 냉동실 같은 게 있어. 그 사람들이 왜 죽었는지 알아내기 위해서 칼로 잘라서 열어 보거든."

엘리베이터 문이 열리자 레오는 성큼성큼 걸어 나갔다. 펠릭스는 힘겹게 형을 따라갔다. 지하에 있다는 냉동실, 시체를 칼로 잘라 열어본다는 말이 머릿속에서 떠나지 않은 탓이었다. 사람들이 병원에 오는 건 나아지기 위해서지, 죽으러 오는 건 아닐 텐데…….

"그런데 형……. 엄마는?"

"뭐가?"

"엄마는 죽을 일 없는 거지, 그렇지?"

레오는 공원 중간쯤에서 걸음을 멈췄다. 펠릭스는 반걸음 뒤에서 따라오던 중이었다. 공원? 펠릭스는 주변을 한 바퀴 돌아보았다. 자신이 무얼 하고 있는지도 모른 채 아무 생각 없이 과연 이렇게 멀리까지 걸어올 수 있을까 의아할 따름이었다. 병원에서 몇백여 미터나 떨어진 곳이었다.

"맞아. 엄마가 죽을 일은 없어."

그 말을 들으면 기분이 좋아져야 했다. 하지만 형은 대답을 망설이는 것 같았다. 그건 결코 좋은 징조가 아니었다. 이카 슈퍼마켓 돈 훔치는 일을 앞두고 망설이는 거라면 반가운 일이었지만 엄마가 죽을지, 안 죽을지에 대한 답을 하는 데 망설인 거라면 전혀 반갑지 않았다.

"형이 하라는 대로만 하면 엄마가 돌아가실 일 없어."

레오는 자주 그러듯 펠릭스의 양 어깨에 두 손을 올렸다.

"펠릭스. 우리가 벌일 일, 그거 절대로 엄마한테 말하면 안 돼. 그 누구한테도."

"말하고 싶을 땐 말할 수 있는 거잖아."

"가족끼리도 말해선 안 되는 게 있다는 거, 아빠한테 배웠잖아."

"미안하지만 난, 내가 하고 싶으면 할 거야."

"형 말 잘 들어! 절대로, 다시는, 누구한테 이 얘기 하지 말라고! 이카 슈퍼마켓 얘기도, 가죽가방 얘기도 하지 말라고! 아무도 알면 안 되는 거라고! 네가 그걸 말하고 다니면 어떻게 될지 아직도 모르겠어? 사회복지사 아줌마가 우릴 신고할 거고, 그럼 넌 저 위쪽, 노를란드 어딘가로, 빈센트는 저 아래쪽, 스코네 어딘가로, 그리고 난 거지 같은 소년원에 틀어박히게 된다고. 넌 그렇게 됐으면 좋겠어?"

"아니."

"그렇게 되면 엄마는 지금보다 훨씬 안 좋아지신다고. 그렇게 됐으면 좋겠냐고?"

"아니라니까."

"그런 거 아니면 그냥 조용히 닥치고 있어! 왜 자꾸 주둥이를 나불거려?"

"클릭이 형을 잡을 테니까!"

레오는 동생의 어깨에 올렸던 손을 내리고 팔을 벌려 동생을 와락 끌어안았다. 엄마에겐 해주지 않았던 포옹이었다.

"너 지금까지 그런 상상을 하고 있었던 거야? 형이 말했잖아. 난 클릭을 따돌릴 수 있다니까. 네가 도와주기만 하면. 우리가 힘을 합치면 그럴 수 있다고."

그러고는 활짝 웃었다. 펠릭스가 더 이상 반박하지 못한다는 걸 알고 있을 때마다 그랬다.

"형 잠깐 어디 좀 들렀다 갈게. 길어야 두 시간이야. 그동안 빈센트 좀 봐주고 있어. 뭐 마실 땐 입 주변에 붕대도 풀어주고. 주스 같은 걸 먹어야 혈당 관리에 좋은 거라고."

"어디 가는 건데?"

"일단 빈센트랑 집에 있어. 형이 나중에 밥해줄 테니까."

다소 시간이 지나고 나서 결국 동생은 어슬렁거리며 집으로 향했다. 반면, 레오는 버스정류장이 있는 반대편으로 거슬러 올라갔다. 약쟁이 라세로 변신하는 데 필요한 물건들이 기다리는 곳으로. 일 처리가 잘 돼서 흥이 절로 났다. 펠릭스가 쓸데없는 이야기를 꺼냈을 때만 해도 이루 말할 수 없을 정도로 실망스러웠지만, 화를 꾹 참았다. 펠릭스가 마음을 바꾸도록 설득해야 했기 때문이다. 펠릭스의 도움이 절실했다. 자신은 알고 있지만 펠릭스가 이해하지 못한 것은 무슨 일이 있어도 엄마나 경찰, 그리고 사회복지사 아주머니가 내일 벌어질 일에 대해 아무것도 모르고 있어야 한다는 사실이었다. 순식간에 모든 게 무너질 수 있기 때문이다. 전처럼.

하지만 레오는 아빠처럼 하지 않을 터였다. 엄마는 그걸 모르고 있다.

아빠는 계획 없이 일을 벌였다.

그랬기에 그 아버지의 '큰아들'은 지금 발걸음을 돌려 주차장을 확인하는 중이었다. 저층 아파트 단지와 관목들이 빽빽이 들어서 숨기 좋은 수풀 사이로 길게 뻗은 노상주차장에는 주차요금 징수기들이 각각의 주차구역 옆에 차렷 자세로 길게 줄지어 서 있었다. 레오에게 필요한 나머지 부분이었다.

어두워지면 다시 돌아올 계획이었다. 차들이 꽉 들어차서 아무도 자신을 볼 수 없는 시간에.

버스정류장의 차량 흐름은 원활했다. 타고 가려 했던 버스가 기다리고 있던 터라 레오는 보르렝예 왕복표 비용을 지불했다. 현금보관 상자에서 꺼내 분류하고 계산까지 끝낸 뒤 비닐봉지에 넣어 뒀던 바로 그 동전이었다. 50외레. 옆 동네까지는 38분. 침엽수들과 썰렁한 피크닉 장소들만 보이는 지루한 여정이었다. 목적지에 도착한 뒤 가장 먼저 향수와 화장품을 팔고 눈구멍 달린 플라스틱 머리 모형 위에 얹어놓은 가발들을 선반에 진열해둔 가게부터 들렀다. 그리고 예전에 스코고스에 있는 피자가게에서 아빠에게 시비를 걸었다가 머리카락만 잘린 건달과 비슷한 머리 모양 가발을 골랐다. 어깨까지 내려오고 자신의 금발보다 짙은 밤색 머리 가발은 할인가로 125크로나였다. 다음은 담뱃가게였다. 팔룬의 집 근처 가게에서 괜한 관심을 불러일으키느니 10여 킬로미터 떨어진 다른 동네에서 담배를 구입하는 게 훨씬 안전했다. 욘 실베르 한 갑. 《보물섬》에 나온 외다리 해적의 이름이기도 했다. 역시 현금보관 상자에 들어 있던 돈이었다. 지폐는 많은 공간을 차지하지 않았지만 동전 때문에 재킷 주머니가 불룩해졌다. 이제 거의 다 쓴 상태였다. 그러므로 무엇보다 주차요금 징수기의 '도움이' 절실했다. 약쟁이 라세로 완벽히 변신하기 위해서는.

보름달이 뜬 밤이었다.

창밖으로 강렬한 달빛이 느껴졌다. 가로등 불빛과 뒤섞인 달빛은 가려놓은 블라인드까지 뚫고 안으로 밀려 들어왔다. 자정을 30분 앞둔 시간이었다. 레오는 어둠이 내리고, 펠릭스와 빈센트가 코를 골고 잠들 때까지 기다렸다.

젤리 과자, 왕복 버스표, 가발, 담배. 남은 돈은 24크로나였다. 나머지 물건을 사들이려면 여전히 124크로나가 더 필요했다.

바로 오늘, 그 문제를 해결할 것이다.

가방에 챙겨둔 끌과 망치는 용도가 다양했다.

통로에서 빈센트 방을 들여다보았다. 코 고는 소리가 규칙적인 숨소리로 바뀌어 있었다. 막냇동생은 꿈도 꾸지 않고 깊은 잠에 빠져 있었다. 좋은 징조였다. 입 주변을 감고 있던 붕대는 초콜릿 볼을 실컷 먹은 탓에 갈색으로 변해 있었다.

레오는 보름달 빛을 받으며 어둠 속을 걸어 도로변 주차장을 감싸고 있는 숲으로 향했다. 그런 다음 숲으로 들어가 잎이 무성한 수풀에 몸을 숨기고 주변에 아무도 없다는 확신이 들 때까지 숨죽여 기다렸다. 수풀 밖으로 나올 때는 한밤중에 학교 건물을 돌아다니던 순간이 떠올랐다. 들리는 거라고는 자신이 움직이는 소리, 아스팔트를 밟는 운동화 밑창 소리뿐이었다.

레오는 끌을 강력 접착테이프로 감아놓았다. 망치로 끌의 머리 부분을 수차례 강력하게 내리쳐야 하기 때문이었다. 주차요금 징수기는 기둥 하나가 두 자리를 관리하고 있어서 기둥 끝에는 동전 투입구가 두 개 달려 있었다. 즉 징수기가 열 대라는 건 동전통이 20개라는 뜻이었다.

레오는 동전을 넣는 자동판매기가 어떤 식으로 작동하는지 궁금해하곤 했었다. 과자자판기, 음료자판기, 그리고 허접스러운 장난감들이 담긴 빨간 플라스틱 공이 나오는 빨간색 자판기 등 동전을 집어넣으면 무언가를 내놓는 기계장치가 신기하기만 했다. 그래서 매번 자판기에 동전을 넣을 때마다 어떻게 하면 동전까지 되돌려 받을 수 있을까를 연구했다. 심지어 뚜껑을 열고 1크로나나 50외레 동전이 투입구 안으로 들어가면 어떤 장치를 작동시키는지 머릿속으로 그리기도 했다. 하지만 주차요금 징수기만큼 사람들이 많이 사용하는 '자판기'도 없었다. 그들이 되돌려 받는 건 뭘까? 바로 시간이었다. 크로나에 해당하는 얼마 되지도 않는 시간.

레오는 징수기를 자세히 살펴보았다. 사용시간이 지나면 초록색 플라스틱 눈금이 빨간색으로 바뀌는 부분, 동전이 들어가는 투입구, 그리고 안에 든 동전을 수거하기 위해 열쇠로 열어야 하는 뚜껑으로 구성돼 있었다. 바로 그 뚜껑이 주차요금 징수기가 다른 자동판매기와 다르다는 것을 보여주는 '좋은' 증거였다. 왜냐하면 뚜껑을 고정해주는 고정쇠가 작고 허술하기 때문이었다.

그 안에는 동전이 들어 있었다. 그리고 뜯어내기도 쉬웠다.

한 손에 끝을 꽉 잡고 다른 손으로 망치를 쥔 다음 심호흡을 한 번하고 조준, 그리고 내리쳤다.

단 한 방에 고정쇠가 떨어져 나가며 납작한 머리 부분과 몸체가 분리되었다.

레오는 뚜껑을 한쪽으로 밀고 오른손을 안으로 밀어 넣었다. 동전들로 가득 차 있었다. 두 주먹 정도는 됐다. 꺼내서 계산해보니 1크로나 동전 22개였다.

두 번째 징수기에는 28개, 세 번째는 17개가 들어 있었다.

레오는 이 세상에 현금 상자와 단둘이 남겨진 것처럼 자신이 하는 일에 집중했다. 그래서 소리보다 먼저 등장한 불빛에 재빨리 반응하지 못했다. 자동차 전조등이 주차장 전체를 비추고 있었다. 그리고 두 자리 옆에 와서야 엔진 소리가 멈췄다.

레오는 아스팔트 바닥에 납작 엎드렸다.

이미 늦은 걸까?

숨을 참고 열까지 센 다음 조심스레 수풀 안으로 기어들어 갔다.

그리고 한쪽 뺨을 땅바닥에 바싹 붙이고 엎드렸다. 차 문을 열고 밖으로 나오는 사람의 신발이 보였다. 검은 부츠였다. 차 문 앞에서 주머니에 든 동전 찾는 소리가 들렸다. 레오는 비어 있던 징수기 안으로 동전 세 개가 떨어지는 소리를 들었다.

바닥에 붙어 있던 심장이 미친 듯이 쿵쾅거렸다. 심장박동에 따라 상체가 오르락내리락했다. 왜냐하면 차에서 내린 남자가 무언가를 본 것처럼 머뭇거렸기 때문이다. 남자는 결국 발걸음을 옮겼다. 그런데 건물 쪽이 아니라 수풀 쪽이었다.

시커먼 부츠가 점점 가까이 다가오다가 몇 미터 앞에서 멈췄다.

젠장.

배낭이나 끌, 아니면 망치를 발견하고도 남을 정도로 가까운 거리였다.

레오는 눈을 질끈 감고 숨을 참았다.

그 순간 정적을 가르는 물줄기 소리. 투명하지만 코를 톡 쏘는 액체가 무성한 잎사귀를 때렸다.

젠장, 너무 가까워.

자칫 웃음을 터뜨릴 뻔했다.

네 번째 징수기에는 8크로나, 그다음은 29크로나, 그리고 다음에는 20크로나가 들어 있었다.

남은 물건들을 살 돈이 만들어졌다. 후드, 패딩, 염색약. 드디어 변장이 완성단계에 접어들었다.

밝은 빛이 눈을 찔렀다. 창밖에 달이 걸려 있었다. 블라인드 내리는 걸 깜빡한 탓에 둥근 달빛이 직사광선처럼 안으로 쏟아져 들어왔다. 하지만 그것 때문에 잠에서 깬 건 아니었다. 냄새였다. 너무나 잘 아는.

펠릭스는 몸을 일으켜 침대에 앉았다.

이 담배 냄새는 아빠 냄새였다.

펠릭스는 맨발로 바닥을 밟아보았다. 차갑긴 했지만 소리는 나지 않았다. 펠릭스는 빛이 보이는 쪽으로 살살 기어갔다. 부엌 쪽이었다. 예전에 아빠가 담배를 피우던 장소다. 아빠가 얼마나 오랫동안 와인을 마시느냐를 기준으로 아빠의 기상 시간을 예상하곤 했었다. 재떨이에 놓여 있던 꽁초가 많으면 많을수록 고요하고 평화로운 시간이 늘어나곤 했었다.

너무나 강렬한 그 냄새다.

펠릭스는 심호흡을 세 번 하고 부엌 안을 슬쩍 들여다보았다.

분명 담배였다. 다섯 개비가 전부 불이 붙은 상태로 엄마가 쓰는 파란색 꽃무늬 컵 받침 위에 나란히 누워 구름 같은 연기를 천장 위로 뿜어 올리고 있었다.

펠릭스는 좀 더 안으로 몸을 기울였다.

누군가 앉아 있었다. 뒷모습이 보였다.

하지만 아빠는 아니었다. 처음 보는 사람이었다.

펠릭스는 부엌 안으로 들어가 보고 싶었지만, 도저히 엄두가 나지 않았다. 자기 방 침대 안으로 달아나고 싶었지만, 발도 떨어지지 않았다.

얼굴이 보이지 않아 옆모습조차 가늠할 수 없었다. 희미한 레인지 후드 불만 들어와 있던 터라 빛이 식탁까지 미치지 못했다. 정체 모를 남자의 몸은 절반 이상 어둠 속에 잠겨 있었다.

펠릭스는 가만히 서 있으려 했지만 마음대로 되지 않았다. 티나지 않게 호흡은 조절할 수 있었지만 심장이 박동질을 하며 팔다리를 비롯한 온몸으로 피를 뿜어내고 있었다.

남자였다. 키가 크고 어깨까지 늘어진 머리를 가진 남자.

그런데 갑자기 그 남자가 뒤로 돌았다. 펠릭스는 남자와 눈이 맞았다. 그리고 도망쳤다. 통로로 나가 화장실로 향했다. 남자가 쫓아오는 소리가 들렸다. 하지만 따라잡히기 전에 안으로 들어가 문을 잠글 수 있었다.

"펠릭스?"

머리가 어깨까지 내려온 남자가 문을 잡아당겼다. 문손잡이가 위아래로 움직였다.

"펠릭스? 나야 나."

긴 머리 남자는 펠릭스의 이름을 알고 있었다.

"레오 형이라고."

이제는 자기가 레오라고 주장하기까지 한다.

"나오라니까. 진짜 형이야."

"머리는 어떻게 된 거야?"

"문 열면 알게 돼."

하나. 둘. 셋. 숫자를 센 후 문을 열었다. 문 앞에 있는 남자는 정말 레오 형이었다. 긴 갈색 머리의 레오.

"이리 와, 부엌으로. 보여줄게."

테이블 위에는 여전히 불이 붙은 담배 다섯 개비가 놓여 있었다. 그리고 그 옆에는 아까 미처 보지 못했던 동전 더미가 쌓여 있었다. 또 다른 동전들이었다. 분명했다. 전부 1크로나 동전이었고 현금보관 상자에 있던 것보다 훨씬 많았다.

"펠릭스, 형이 머리에 이걸 쓰고 있다고 상상해봐."

형은 자신의 머리를 가리키며 말했다. 펠릭스는 그것이 흉물스럽게 생긴 가발이라는 걸 가까이 가서야 확실히 알 수 있었다.

"그리고 이렇게 크고 더러운 후드를 걸친 모습도. 그리고 이거하고."

레오는 타고 있는 담배들을 가리키며 말을 이었다.

"형, 담배도 피우는 거야?"

"위장술."

"위장술? 그게 무슨 말이야?"

"약쟁이 라세. 이카 슈퍼마켓에서 조금 떨어진 곳에서 기다리다가 이것들을 던져놓을 생각이야. 경찰들이 발견하도록."

"경찰? 무슨 경찰?"

"내가 거기 광장에 서서 기다리는 걸 지나가던 누가 본다고 생각해보라고."

레오는 마지막 연기를 피워 올리고 있는 담배를 들어 입에 물었다. 그러더니 영화 속 한 장면처럼 입꼬리로 가져갔다. 레오는 이마를 아래로 내리고 몸을 구부정하게 굽혔다. 흘러내린 머리가 포도 덩굴처럼 눈앞에서 찰랑거렸다. 목소리도 굵어졌다.

"어이, 형씨. 난 약쟁이 라세야."

펠릭스는 형의 목소리에서 형이 이 상황을 재미있어하고, 스스로를 웃기다고 생각한다는 걸 느낄 수 있었다. 하지만 재밌지도, 웃기지도 않았다.

"어이, 형씨? 형씨가 날치기 조니야? 언제? 같이 하는 거야, 동생? 너하고, 나하고?"

엉성한 가발. 바보 같은 목소리. 멍청한 말투.

"형, 상대는 경찰이라고. 경찰이 형을 찾아낼 거라니까."

레오는 상체를 똑바로 펴고 평소 같은 말투로 대답했다.

"아니야, 동생. 경찰은 약쟁이 라세를 쫓을 거거든. 우린 경찰을 따돌릴 거야. 우린 똑똑하니까. 그리고 열네 살, 열한 살 어린애들이야. 우리가 일을 벌였을 거라고는 아무도 상상 못 한다고."

레오는 펠릭스의 어깨를 감싸 안았다.

"어이, 약쟁이 라세는 파트너가 필요해. 작전을 성공시키려면 날치기 조니의 도움이 필요하다고."

그러나 펠릭스는 형에게서 떨어졌다.

"어젯밤에는 그 빌어먹을 쓰레기봉투랑 옛 같은 현금보관 상자 때문에 깨우더니, 이 돈, 이 동전들, 도대체 어디서 가져온 거야? 그리고 진짜로 몇 천 크로나 든 그 가방을 날치기할 생각이었던 거야? 도대체 왜 이런 짓을 하려는 건데?"

지금부터는 네 녀석이 책임져야 하는 거야.

레오와 아버지는 그렇게 서로 마주 보고 서 있었다. 아빠가 엄마를 폭행하고, 엄마가 집을 나간 뒤, 핏자국이 가장 흥건했던 바로 그 자리에서. 집 안에는 엄마가 만들었지만 결국 아무도 먹을 수 없었던 스파게티와 미트소스 냄새, 그리고 엄마가 흘린 피 냄새가 진동하고 있었다.

알아듣겠냐, 레오나르드? 이제 모든 게 네 녀석한테 달렸다.

"아빠는 나한테 그렇게 말했어. 그런데 넌 그걸 못 들었어. 왜냐하면 도망가서 숨었거든."

"그래서 아빠가 우리보고 남의 돈 훔치라고 했어? 아니, 아빠는 그렇게 말하지 않았을 거야. 그리고 나도 들은 거 있어. 엄마가 하는 말. 형은 못 들었겠지만."

"아빠는 내가 책임져야 한다고 했어. 그리고 난 그렇게 했고."

가발이 머리에 딱 맞지 않았다. 그래서 레오는 손쉽게 가발을 벗고 테이블에 올려놓은 다음 담배를 하나씩 껐다. 자기 자신으로 돌아왔을 때 동생과 말싸움하기 더 쉬웠기 때문이다. 펠릭스도 그런 사실을 느끼고 있었다. 자신이 속사포처럼 쏟아내는 말이 어떤 식으로 형을 옥죄고 있는지를.

"좋아. 빈센트는 빌어먹을 미라처럼 지내고 있어. 엄마는 병원에 있고, 아빠는 교도소에 있어. 그런데 이제 형까지 체포돼서 없어지겠다는 거야?"

"난 붙잡힐 일 없어."

"4년 동안 모든 게 좋았어. 모든 게 정상이었다고. 그런데 아빠가 풀려났고 우릴 찾아와서 엄마를 때렸어. 지금은 모든 게 다시 엉망이 되고 있잖아."

더 이상 할 말이 없어지자 눈물이 왈칵 쏟아져 나왔다. 펠릭스는 펑펑 울기 시작했다. 펠릭스는 결코 우는 법이 없었다. 아빠가 엄마를 폭행할 때조차, 모든 게 엉망이 돼가고 있을 때부터 지금까지 한 번도 눈물을 흘린 적이 없었다.

그런데 그렇게 참아온 눈물이 한꺼번에 터져 나왔던 것이다.

"난 안 할 거야. 알아들었어? 안 한다고."

"펠릭스, 너도 알잖아. 날치기 조니는 언제나 약쟁이 라세를 도와준다고."

"난 안 할 거라고! 왜냐하면…… 이건 옳지 않은 일이기 때문이라고. 간단하잖아."

펠릭스는 식탁으로 가까이 다가갔다. 그때, 그 아파트, 그 식탁이 떠올랐기 때문이다. 부엌문 앞에 숨어서 몰래 엿보던 그때 부엌 식탁에는 이상한 물건들이 놓여 있었다. 휘발유, 조각조각 찢어발긴 베갯잇, 빈 와인 병. 아빠는 형에게 화염병 만드는 법을 가르쳐주었다. 할아버지와 할머니가 사는 집을 불태운 그 화염병을.
그리고 지금은 식탁 위에 흉측한 가발 하나, 1크로나 동전 더미,
그리고 담배꽁초 다섯 개가 놓인 컵 받침이 대신하고 있었다.

"식탁 위에 이상한 게 올라와 있어도 상관없어. 4년 전에도 그
랬으니까. 형도 분명히 기억하고 있을 거야. 형은 자신이 결정한
거라 생각하고 있겠지만 엄마가 그랬어. 똑같이 따라 할 필요는
없다고."

마음 깊은 곳에서 쏟아져 나온 눈물이 양 볼을 적시고 있었다.
형이 식탁 위에 있던 물건들을 그러모으더니 가발과 담뱃갑을 콘
숨 로고가 찍힌 비닐봉지 안에 집어넣을 때까지 펠릭스는 계속 울
고 있었다.

"뭐 하는 거야?"

레오는 비닐봉지 손잡이를 당겨서 매듭을 만들고 또다시 당긴
다음 싱크대 아래 바구니 옆에 내려놓았다.

"그래, 네 말이 맞다."

펠릭스는 손바닥으로 눈물을 닦으며 물었다.

"뭐가?"

"없던 일로 하자고."

레오는 동생의 어깨를 꽉 붙잡았다.

"약쟁이 라세는 더 이상 없는 거야."

"약속할 거야?"

그러고는 동생을 꼭 끌어안았다.

"그래, 약속할게."

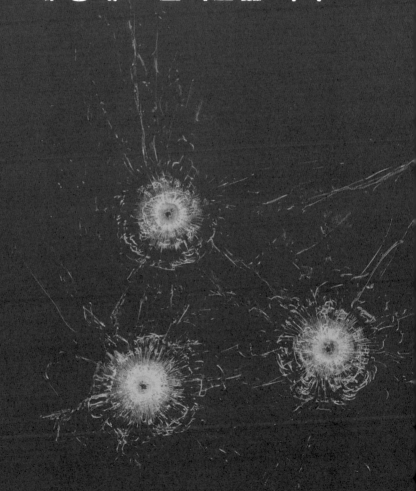

"내 형제를 끌어들이면,
네 형제도 끌어들일 거야."

손에 들린 삽은 무거웠다. 그래서 쉽게 땅속에 박히고 깊게 파낼 수 있었을 것이다. 어쩌면 복잡하게 뒤엉킨 뿌리나 모난 돌멩이가 없어서였을지도 모른다. 철제 모서리가 나무 뚜껑에 부딪치며 구멍을 냈다. 오래전에 묻은 관의 경우 시간이 흐르면서 그렇게 되는 경우가 종종 있다.

누구의 관인지는 알고 있었다.

아버지.

그는 관 뚜껑을 서서히 열었다.

아무런 냄새도 나지 않았다. 냄새가 나야 하지 않나? 게다가 아버지는 장례식장에서 봤던 그 상태 그대로 누워 있었다. 단정한 정장. 뒤로 빗어 넘긴 머리. 잿빛 안색.

욘 브론크스는 아버지의 세로줄무늬 정장과 하얀 셔츠 단추를 끌렀다. 넥타이는 매듭을 풀지 않고 방해가 되지 않게 옆으로 치

위놓았다. 몸을 앞으로 숙이자 어깨가 관이 묻혀 있던 땅속 벽에 부딪혔다. 흙더미가 드러난 아버지의 가슴과 배로 흘러내렸다. 브론크스는 손으로 흙을 치우다가 손가락에 와 닿는 상처 자국을 세기 시작했다. 상흔 26개. 검시 보고서에는 27개라고 기록돼 있었다.

"더 위쪽을 살펴봐야 한다."

아버지 목소리 같았다.

"왼쪽 팔 바로 아래 갈비뼈. 마지막 한 방이 거기다."

아버지의 왼쪽 팔을 잡고 옆으로 돌려 스물일곱 번째 상흔을 살펴보려던 순간, 아버지의 심장박동 소리가 들렸다. 쿵, 쿵, 쿵. 강렬한 그것은 마치 아버지가 맞받아치는 소리 같았다.

쿵, 쿵.

브론크스는 침대에 앉았다.

쿵, 쿵.

꿈이었다. 희한한 꿈. 무덤 한가운데 서 있는 것 같았던 너무나 사실적인 느낌이 전혀 현실이 아니었다.

안도감이 들었다.

그런데 쿵쿵거리는 소리가 다시 들렸다. 현관문 쪽이다.

휴대전화는 바닥에 떨어져 있었다. 05:57. 채 2시간도 못 잔 상태였다.

쿵, 쿵.

어떤 미친놈이 이 시간에 남의 집 현관문을 두드리는 걸까?

브론크스는 발소리가 나지 않게 맨발로 차가운 나무 바닥을 조심스레 밟아가며 방 둘 딸린 자신의 집 통로로 걸어 나갔다. 문손잡이와 잠금장치 위로 문구멍이 달려 있었다. 그는 상체를 숙이며 눈을 가까이 댔다.

저 친구가?

"자네가 여긴 무슨 일이야?"

"레오 뒤브냑 일이에요."

"그게 뭐?"

"그 친구에 대해 할 얘기가 있습니다."

"그 사건은 수사하지 않겠다고 자네 입으로 분명히 말하지 않았나? 아니면 나랑 수사하는 게 싫다고 한 건가?"

"제 말 좀 들어보세요, 선배님."

"뭘?"

"전 이 사건 수사할 마음 있습니다. 선배님이 사이코패스이거나 말거나, 그런 건 상관없다고요. 하지만 어제 그 자식과 면담조사실에 마주 앉아보니 그 자식이 선배보다 더 사이코패스 같다는 사실을 알게 됐습니다."

형체를 일그러뜨리는 문구멍으로 바라보면 밖에 있는 사람이 제아무리 미소를 짓고 있더라도 그렇게 보이지 않는 법이다. 엘리사도 마찬가지였다. 웃고 있었지만 뒤틀린 것 같으면서 동시에 둥그렇게 보였다. 지나치게 얼굴이 커 보이는 것도 같았다. 어쩌면 진짜 그렇게 생겨서 그런 게 아닐까? 돌이켜보면 지금까지 웃는 걸 본 적도 거의 없었다. 그런 후배 형사가 지금 검은색으로 된 무언가를 손에 든 채 문구멍 밖에서 이런저런 손짓을 하고 있었다.

수사보고서 같았다. 적어도 그럴 거라 생각했다.

"잠깐 기다려."

브론크스는 헝클어진 침대를 그대로 두고 욕실로 향해 바닥에 널브러져 있던 청바지를 입고 의자 팔걸이에 걸려 있던 티셔츠를 걸치고서야 현관문을 열었다. 엘리사는 안으로 들어오며 재킷을 벗어 브론크스의 재킷이 걸려 있던 옷걸이 위에 그대로 걸었다. 그런데 표정이 꼭 헝클어진 머리에 맨발인 그의 상태를 살피는 것 같았다.

"맞아, 보고 있는 그대로야. 잠자고 있었는데 자네가 깨운 거야. 뭐 마실 거라도 줘? 물? 커피?"

"괜찮습니다."

"난 뭐라도 마셔야겠거든."

브론크스가 부엌으로 들어가자 엘리사도 따라 들어왔다.

"선배는 면담조사를 중단시켰어요."

그는 주전자에 물을 붓고 레인지에 불을 켰다.

"그리고 뒤브냑을 배웅하다시피 나가더니 다시 돌아오지 않았어요."

뜨거운 물. 그리고 백차.

"그 뒤로 지금까지 계속 선배한테 연락했어요."

"난 자네가 일 얘기하러 찾아온 거라 생각했는데……. 내가 어디서 뭘 했는지를 따져 묻는 게 아니라."

"제가 여기 찾아온 건 레오 뒤브냑에 관해 얘기할 게 있기 때문이라고 말씀드렸잖아요."

브론크스는 뜨거운 물을 커다란 컵에 부었다. 엘리사는 집 안이 한눈에 다 들어오는 자리에 앉아 있었다. 독신 남성이 사는 집이라는 확신이 들었다. 비록 다른 남자들처럼 전혀 자신을 여자로 보지는 않았지만 동성애자도 아니었다. 이케아 제품소개 책자에서 뜯어낸 한 페이지라고 해도 '손색'이 없을 정도로 단출했다. 개인용품은 전혀 없었다. 사진이라든지, 벽에 걸어두는 자랑거리나 장식품도. 깔끔하지만 특색이 전혀 없어서 아무나 하루 이틀 머물고 떠나가는 호텔 방 같았다.

"출소 후 뒤브뇌의 행적을 조사해봤어요. 알리바이가 다 확인됐다고요, 선배님. 그 자식은 자신이 말한 그 식당에 갔고 자신이 밝힌 그 시각에 거기서 자기 아버지를 만났습니다. 식당 주인 부부와 적당히 취해 있던 단골 몇 명이 그 사실도 확인해줬습니다. 모친 집에 대한 가택수색에서도 나온 게 없습니다. 이미 예상했던 바이긴 하지만요."

"그런데 내가 들은 바에 따르면 그 일로 자네한테 적이 생긴 것 같던데……. 가택수색 당시, 침실 뒤집어엎을 때 자네가 했던 것처럼 다른 동료들을 가르치려드는 건 우리가 일하는 건물에서는 적을 만드는 지름길이거든."

"제 생각이 옳다는 확신이 있을 땐 그딴 거 신경 안 써요. 외로워서 경찰이 된 거 아니거든요. 친구는 이미 차고 넘칩니다."

엘리사는 특유의 눈빛으로 브론크스를 똑바로 바라보았다.

"그런데 선배도 그 경찰서에 친구가 그리 많아 보이지 않네요. 방금 전에 뭐라고 하셨죠?"

브론크스는 뜨거운 물을 한 모금 들이켰다. 뜨거운 기운이 가슴으로 퍼져나가자 기분이 좋아졌다.

"알리바이도 확실하고, 가택수색에서 나온 것도 없다면서 이 시간에 굳이 여기까지 찾아와서 자는 사람 깨울 필요가 있었어? 그냥 집으로 돌아가라고. 그래야 나도 잘 수 있으니까."

엘리사는 돌아갈 기색이 전혀 없었다. 오히려 의자 하나를 잡아당겨 식탁에 앉았다.

"욘 선배. 전 찾는 게 안 나오면 계속 들여다봐요. 나올 때까지."

그녀는 문구멍 앞에서 흔들던 서류 파일을 펼친 다음 종이 한 장을 꺼냈다. 거꾸로 보이는 그 문서는 교정 당국으로부터 건네받은 것 같았다.

"총격전에서 사망한 강도가 야리 오할라라는 건 이미 아는 내용이에요. 그리고 출소하기 직전 6개월 동안 복역한 교도소가 바로 외스텔로케였어요. H 사동 2번 감방요. 레오 뒤브냑이 수감돼 있던 교도소의 같은 사동이에요. 즉, 두 사람은 서로를 알고 있었다는 뜻이에요. 그리고 전처럼 뒤브냑이 작전을 짜고 주도했다고 볼 수 있는 거예요. 현장에 나타나지 않고 원거리에서요."

그다음에 꺼낸 문서 역시 우측 상단에 교정 당국 직인이 찍혀 있었다.

"뒤브냑과 오할라와 같은 시기, H 사동에 수감돼 있던 재소자들은 총 열네 명이었습니다. 그중 열 명은 여전히 수감 중이고, 사건 발생 당시, 외출 허가를 받아 외부에 있던 재소자도 없었습니다. 그렇게 열 명은 제외할 수 있었습니다."

"그런데?"

"남은 건 네 사람입니다. 이 친구……. 이 친구는 A라고 부르겠습니다. 호아킨 산체스. 중대 마약사범으로 12년을 선고받았습니다. 볼리비아 카르텔 소속이고요. 코카인으로 '절인' 옷가지들을 잔뜩 담은 여행 가방을 들고 국경을 건널 준비가 된 사람이라면, 강도나 현금수송 차량 강탈 정도는 충분히 하고도 남을 겁니다."

서류 뭉치는 네 개였고 각각 클립으로 고정돼 있었다.

"다음은 이 친구예요. 얼굴 시뻘건 이 친구는 B라고 부르죠."

엘리사는 서류 뭉치 네 개를 자신의 앞에 조심스레 반원형으로 배치했다.

"투르 베르나르드. 바이크 갱단 정식 조직원으로 인정받으려고 납치에 가담했다 8년 받은 친구입니다. 리더의 환심을 사기 위해서라면 무슨 짓이든 할 놈이에요. 그다음은 C라고 부르죠. 삼 라셴. 살인으로 종신형을 선고받았다 모범수로 풀려났어요. 강도 전과는 전혀 없지만 교도소 안에서 완전히 망가질 정도로 장기간 복역한 이력이 있습니다. 그리고 마지막 네 번째는 D라고 부르죠. 세미르 음함디. 과실치사로 6년 받았어요. 모로코 범죄단 조직원이거나 북아프리카 쪽 단체 소속일 겁니다. 최근 알제리까지 영역을 확장하는 중이니까요. 경찰에게 과도한 반감을 드러낼 뿐만 아니라 면담조사 당시에도 입 한 번 열지 않았다고 알려져 있어요. 오할라처럼요."

주전자에 든 물은 여전히 뜨거웠다. 브론크스는 더 마시고 싶은 마음은 없었지만 주전자로 가 다시 컵을 채웠다.

삼.

또 형인 건가.

지난 12년간 우리가 만난 건 딱 네 번이었어. 마지막으로 만난 건 어머니가 돌아가셨다는 소식을 전할 때였어. 형은 나하고 악수조차 하려 하지 않았어. 그런데 면담조사에 형이 갑자기 불쑥 나타났어. 좀처럼 잠이 오지 않았던 어젯밤에도 그랬고. 그리고 지금은 상세조사가 필요한 용의자 명단에 이름을 올린 상태야. 난 형을 알아. 형이 강도가 될 사람은 아니라는 거. 하지만 동시에 난 형에 대해 아는 게 전혀 없어.

"그러니까 옷 차려입으시고 이 친구들 만나러 가시죠. 하나씩, 하나씩."

지금 이 상황에서 이 친구들을 하나씩 만나는 건 형을 용의선상에서 지우기 위한 수사상 절차야. 그런데 난 나를 사이코패스로 여기는 인간하고 같이 할 마음이 없어.

"엘리사, 차라리 반으로 나누자고."

아직 형과 나 사이를 전혀 모르고 있는 친구하고 말이야. 앞으로도 몰라야 하고.

"자네가 앞에 있는 두 친구를 맡고, 내가 나머지를 맡지."

"아니, 처음에 저보고 수사에 합류할 거냐 말하셨을 땐 같이 하자고 하시지 않았습니까?"

왜냐하면 이제 가족사를 파고드는 외부인이 너무 많아졌거든.

"이게 더 나아. 시간문제라고, 엘리사. 뒤브낙이 출소 당일부터 일을 벌이기로 한 거라면 쫓기고 있다는 뜻도 되는 거야. 그렇게 생각 안 해?"

브론크스는 후배 형사 앞에 있던 서류 뭉치 두 개를 자기 쪽으로 끌어왔다.

"내가 이걸 맡을게. C하고 D. 자네가 A하고 B를 맡아."

브론크스는 후배 형사 맞은편에 앉아 그녀와 똑같이 서류 속 인물의 개인정보와 범죄기록, 사진을 훑어보았다. 엘리사가 기계적으로 서류를 넘겨보는 동안 브론크스의 시선은 첫 번째 사진에 멈춰 있었다. 아주 젊은 삼 라센이 찍힌 한 장의 사진에서.

브론크스는 형의 예전 모습을 거의 잊고 있었다.

그때 그 시절 삼에 관한 모든 기억이 접견실에서 만났던 바로 그 사람으로 대체된 기분이었다. 어마어마한 근육과 흉측한 문신, 그리고 자신을 밀어내는 눈빛을 가진 사람으로. 그런데 지금 카메라를 정면으로 바라보고 있는 흑백사진 속 삼 라센은 목이 가늘고 이마를 가린 헝클어진 단발머리를 한 열여덟 살 청년이었다. 그삼 라센은 27번째이자 마지막 칼자국은 아버지 왼쪽 팔 아래로 보이는 갈비뼈 근처에 있다는 걸 잘 알고 있었다.

사람들 종아리는 정말 놀라울 정도로 다르게 보였다.

전에는 그런 생각을 해본 적이 없었다. 그런데 할란스가탄에 있는 지하창고 천장과 바로 이어지는 좁고 긴, 다소 더러운 창문 밖으로 지나다니는 사람들 다리를 보면서 그들이 어떻게 생겼는지 상상하고 있었다. 나이, 직업, 심지어 행복한지에 대해서. 지상에서 20여 센티미터 정도 되는 높이의 발과 종아리를 통해서.

"레오?"

그는 프레드릭 술로 쇠데베리가 사무실이라고 부르는 공간을 휙 둘러보았다. 스톡홀름 중심가에 자리한 로센룬스 공원 근처 건물에 있는 18평 규모의 지하실이었다.

"어이, 레오?"

"왜요?"

"물어보긴 좀 그렇지만……. 저기, 혹시 필요한 건 챙겨온 거야?"

레오는 어깨에 걸치고 있던 가방끈을 아래로 떨어뜨렸다.

"두 가지 방식 다 챙겨왔어요. 종이하고 쇠붙이하고, 약속한 대로요."

"난 자넬 믿어, 레오. 하지만 자네도 알다시피 판매자의 안전을 위해서 확인을 해야 해서."

술로의 목소리는 언제나 호의적이었다. 심지어 바로 몇 초 전 턱이 부러진 상태에서도 목소리는 여전했었다. 순식간에 날아든 주먹은 교도관조차 전혀 눈치채지 못할 정도였다. 레오는 술로의 과거를 확인해보았다. 러시아 강간범이 교도소 체육관에서 벤치 프레스에 누운 상태로 역기를 들다가 자신에게 떨어뜨렸다는 이야기. 그 일로 두 재소자 간의 믿음은 두터워졌다.

"그쪽은 필요한 물건들 다 준비했어요?"

천장은 라임색으로 칠해져 있고 잿빛 콘크리트 바닥에는 추운 봄 날씨를 조금이라도 막을 용도로 낡은 페르시아 카펫이 깔려 있었다. 레오는 술로의 설명을 듣고 '사무실'이 그래도 조금은 정리가 돼 있을 거라 생각했었다. 사업이 감당할 수 없을 만큼 빠른 속도로 확장되면서 벽을 따라 늘어선 선반이 천장 높이까지 이르게 되었다. 포장된 상자, 종이상자, 아직 포장도 풀지 않은 휴대전화가 들어 있는 비닐봉지, 서라운드 오디오 장비, 프로젝터, 컴퓨터 등이 선반에 쌓여 있었다. 그리고 아래쪽에는 부피가 큰 TV나 모니터, 희한하게 생긴 하드디스크 등이 놓여 있었다.

"자네한테 필요한 물건들은 저기 있어, 레오."

술로는 조금 떨어진 모퉁이 쪽 방을 가리켰다. 물건이 기다리고 있는 방이었다. 레오는 술로의 '사업장'에 발을 들일 수 있는 몇 안 되는 인물이었다. 공식적인 '전과기록'으로 그런 자격이 주어진 건 아니었다. 술로도 그 부분은 명확히 했다. 은행을 털다 붙잡혀 교도소에 오는 건 누구나 할 수 있는 일이었다. 경찰이 레오 뒤브낙의 소행이라고 여전히 의심하고 있는 여덟 차례의 무장 강도건 덕분이었다. 그 정도로 특별한 '과거'가 있는 사람은 경찰에게 동료들에 관해 털어놓지 않기 때문이다.

"자네가 부탁한 바지와 재킷, 어젯밤에 도착했어."

"부탁한 게 이것보다는 많은 것 같은데요."

"여기 다 있어. 배달이 여러 번에 걸쳐서 왔거든."

두 사람은 아르마니, 지방시, 프라다, 휴고 보스 정장들이 다닥다닥 붙어 있는 옷걸이 두 개를 지나쳤다. 말뫼와 스톡홀름을 잇는 E4 고속도로를 달리는 장거리 화물트럭에서 '떨어진' 정장들이 얇은 비닐에 싸여 있었다. 커다란 방은 수많은 제품이 새 판매자나 새 구매자에게 다시 전달되기 전까지 잠시 보관되는 일종의 정거장이었다. 그리고 술로는 정거장 관리인으로 '단기체류'하는 물건들을 안전하게 보관하고 은밀한 거래에 관여하는 모든 이에게 공정한 몫을 분배하는 일을 한다.

술로는 4년 전, 쿰라 교도소에서 자신을 믿을 만한 중간상인으로 홍보했다. 서로에 대해 알고 싶지 않은 구매자와 판매자를 연결해주는 가교역할을 하는 사람이라고.

"자네가 부탁한 것들이야."

술로는 유일하게 깔끔히 정돈된 테이블 앞에 멈춰 서서, 마치 집 밖으로 돌출된 굴뚝처럼 중간에 관 하나가 달려 있는 갈색 포장박스 하나를 들어 올렸다.

"그런데 빌어먹을 그 배지는 말이야……."

술로는 종이상자 덮개를 열고 옆으로 접은 다음 그 안에서 모든 경찰이 가지고 있는 신분증의 절반에 해당하는 작은 금속조각을 집어 들었다. 파란색, 빨간색, 그리고 금색으로 된 소속지구와 번호가 각인된 배지다.

"그게 쉽지 않았어. 자네한테 설명하기 어려웠던 만큼 구하기도 어려웠거든. 시장에서 이거 다루는 새끼가 딱 하나밖에 없어서 말이야. 진품이라 비용이 좀 들어. 젠장, 진정한 소매치기조차 더 이상 경찰 주머니를 털 수 없어졌지 뭐야."

레오는 배지를 손바닥에 올려보았다. 가벼웠다. 몇 십 그램도 나가지 않는 듯했다.

"하나면 충분해요. 나머지는 알아서 구하는 중이니까. 준비는 거의 다 됐어요."

술로는 호기심 어린 눈빛으로 레오를 쳐다보았다. 흔치 않은 일이었다. 물건 구해오는 건 언제나 자신의 역할이었기 때문이다.

"어떻게?"

"기적적인 기술발전 덕분이죠. 나머지 물건은 어디 있어요?"

술로는 개어놓은 짙은 파란색 재킷과 똑같은 색의 바지를 각각 두 벌씩 집어 들었다.

"경찰들이 현재 착용하는 제복이야. 표준형이지."

레오는 재킷을 들고 펼쳐보았다. 두툼한 칼라까지 이어지는 어깨 견장을 만져보고 찍찍이 안쪽을 확인한 다음 라벨까지 꼼꼼히 살펴보았다.

"바지, 셔츠, 가죽장갑, 부츠, 그것들도 다 확인하고 싶어?"

"됐어요. 그럴 필요 있나요. 그런데 벨트는 좀 확인했으면 합니다."

술로는 나일론 벨트를 끄집어냈다. 그리고 삼단봉, 수갑, 후추 스프레이, 추가 탄창, 라디오 수신기, 무전기, 권총 지갑 등도 꺼냈다. 허리에 차고 다녀야 할 물건들로 모두 합치면 무게가 대략 4킬로그램에 달한다. 레오는 가장 무거운 물건 하나를 손에 올려보았다. 스웨덴 경찰에게 지급되는 권총이었다. 시그 사우어 P226.

"물건이 마음에 들면 가격은 말한 대로야."

레오는 운동 가방을 열고 안에서 자동소총 두 정을 꺼냈다.

"종이하고 쇠붙이에요. 쇠붙이 먼저 시작하죠."

술로는 자동소총을 받아 자세히 살펴보지도 않고 테이블 위에 내려놓았다.

"한 가지 더. 고객서비스 차원의 정보인데, 자네도 알게 되겠지만 내일, 벨트 달린 제복 하나가 없어질 거야. 자네 운이 좋으면 최대한 그다음 날이 되거나."

"어디서 없어지는데요?"

"외레브로 경찰서."

"중요한 건 스톡홀름에서는 그런 일이 발생하지 않아야 한다는 거예요. 외레브로면 여기까지 소식이 전달되기까지 최소 며칠은 걸려요. 그때쯤이면 난 이미 옷까지 싹 갈아입은 뒤가 될 겁니다."

굴뚝 같이 튀어나온 관이 붙은 상자의 한쪽 끝에는 플라스틱 뚜껑이 덮여 있었다. 술로는 그 뚜껑을 열고 그림이 그려진 종이를 꺼냈다.

"청소용역회사에서 직접 가져온 물건이야."

레오는 검은색 매직으로 반듯하게 그려진 선들이 어떠한 건물의 내부구조를 의미한다는 것을 잘 알고 있었다. 과거에도 그랬지만 앞으로도 자신의 삶에 커다란 의미가 될 바로 그 건물이었다. 층별로 복도와 계단, 중앙에 있는 방들이 표시된 설계도였다.

"그리고 여기, 출입 카드. 법원에서 지하로 들어가는 출구는 우리도 몇 차례 간 적 있잖아, 족쇄 차고. 안 그래? 그런데 압류품 보관실이야. 들었어, 레오? 거기는 마음대로 들락거릴 수 있는 곳이 아니라고. 거기서 걸리면 지옥문이 열리는 거야. 행여 누군가이 플라스틱 카드를 발견하고 이게 어디서 난 건지 알아내는 순간……."

"걱정할 필요 없어요. 어쨌든 다른 데 갈 생각도 없으니까. 원하는 거 얻으면 깨끗하게 빠져나올 겁니다."

술로는 플라스틱 출입 카드를 내밀었다. 일반 신용카드 크기였다. 하지만 레오가 출입 카드를 받아 가져가려 하자 말을 덧붙였다.

"쇠붙이는 받았고, 이제 종이를 받았으면 하는데 말이야. 자네가 주문한 물건들은 우리가 사전에 합의한 만큼 비용이 들었어.

AK4 소총 두 자루에 5백 크로나 지폐 뭉치 7센티미터."

레오가 테이블 위에 내려놓은 봉투는 5백 크로나 지폐 7백 장이 들어 있어서 터질 듯이 부푼 상태였다.

그 위에 상대적으로 얇은 봉투 하나가 더 올라왔다.

"그리고 이건 툼바 제지공장 이동시간에 관한 정보의 대가라고 여기세요."

"그건 우리가 부담하는 거야. 첫 시범 케이스잖아. 서비스에 만족한 고객은 다시 돌아오기 마련이거든."

"아닙니다. 받아 두세요. 지불능력이 없는 날 믿어준 대가이기도 하니까요. 그리고 머물 곳이 필요해요."

술로는 상자들을 이리저리 옮기며 뒤지다가 열쇠 꾸러미 하나를 찾아냈다.

"감라 식클라. 아틀라스베겐 25번가, 5층이야. 디젤 정비소 근처야."

"이틀이면 충분합니다. 가기 전에 열쇠는 우편함에 넣어둘게요. 된 거죠?"

레오는 몇 분에 걸쳐 자신이 주문한 물건들을 가방에 넣은 다음 평범한 건물 지하에 위치한 비범한 '영업장'을 떠났다. 그리고 머지않아 발과 종아리만으로 그의 외모를 대충 상상해볼 수 있는 좁고 긴 더러운 유리창 앞으로 지나가게 될 터였다. 하지만 어깨에 걸린 가방 속에는 상상이 가능한 또 다른 의상이 담겨 있었다.

빨강과 하양이 교차하는 차단기는 한 번에 조금씩 위로 올라갔다. 마치 그렇게 주기적으로 멈춰줘야 끝까지 올라갈 힘이 생기기라도 하는 것처럼. 욘 브론크스가 차를 몰고 소형 카페리에 오르고 나자 차단기가 다시 아래로 내려왔다. 그의 차는 카페리에 오른 유일한 차였다. 다시 말하면 평범한 하루와 다를 바 없다는 뜻이었다. 본도에서 멜라렌 호수 안에 있는 섬까지는 카페리로 5분 거리였다. 브론크스는 운전석에서 몸을 돌려 조타실 쪽을 올려다보며 형과 자신이 어릴 때 아빠가 언제나 그랬듯 관리인을 향해 손을 흔들었다. 아르뇌에 사는 사람들은 누구나 습관처럼 손을 흔들었다. 손동작 하나로 섬 주민들과 관광객을 구분할 수 있을 정도다. 브론크스는 진입로로 차를 몰았다. 다시 돌아오지 않을 세계가 펼쳐지는 입구였다. 주말이나 여름휴가 때 본도를 떠날 때마다 항상 폭력에 의해 고립된 세상으로 넘어가는 듯한 기분에 사로

잡혔다. 그래서 삼 형은 아빠가 모는 차가 진입로와 도로 사이의 과속방지턱을 넘어갈 때마다 나지막이 속삭이곤 했었다. "앨커트래즈에 오신 걸 환영합니다."

브론크스는 그때와 마찬가지로 끔찍한 구토 증상에 시달렸다. 뱃속 깊숙한 곳에서부터 무언가가 솟구쳐 올라오는 기분이었다. 성인이 돼서도 간혹 가슴속에서 시커먼 공처럼 부풀어 올라 숨통을 콱 틀어막는 듯한 구토 증상을 느끼곤 했었다. 그런데 지금은 어릴 때처럼 뱃속에서 꿈틀거리며 자리를 차지하고 앉은 게 마치 불안감을 집어삼킨 것만 같았다.

젠장, 난 다 큰 어른이잖아!

어떻게 생각하든 아무런 도움이 되지 않았다. 그 느낌은 가슴 깊은 곳에서 그를 짓누르고 점점 더 안으로 파고들고 있었다.

이른 아침에 만났던 아이들은 정반대였다. 시끄럽고, 궁금한 게 많고, 자신감이 넘치는 데다 한시도 가만히 있지 못했다. 프루엥엔에 있는 아파트에 들어서던 브론크스는 전혀 예상치 못한 세상과 만나게 되었다. 목록에 올라와 있던 D, 세미르 음함디는 출소 후, 종교적 신념을 새롭게 접하며 아내와 아이들이 기다리는 가족의 품으로 돌아갔다. 그는 진심으로 새사람이 되고자 노력하는 사람이었다. 브론크스는 어쩌다 보니 온 가족과 함께 등굣길에 따라나서게 되었다. 그 과정에서 딸아이는 형사가 찾던 아빠의 알리바이를 자연스레 확인해주었다. 어제도, 그제도, 아빠가 학교 끝나고 우리랑 수영장 갔어요. 그런데 아빠가 엄청나게 큰 물대포를 쐈는데 완전, 완전 멀리 나갔어요.

자신이 자란 환경과는 너무 다른 모습이었다.

브론크스는 페리에서 내리면서도 섬사람들처럼 페리 관리인에게 손을 흔들었다. 성인이 된 후로 그곳을 찾은 건 처음이었음에도 자동으로 손이 올라갔다.

형이 출소한 후 어디에 살고 있는지 아무런 단서도 없던 터라 인구조사 관련 자료까지 뒤져보았다. 형이 여름 별장을 물려받았다는 건 알고 있었다. 어머니 유언이기도 했다. 그 소식을 접한 순간에는 질투심이 일기도 했지만 시간이 흐르면서 그 감정이 무관심으로 변해갔다. 형이 그 빌어먹을 집에서 살기 원한다면 살든지 말든지 제 좋을 대로 할 일이기 때문이다. 하지만 욘은 정말로 형이 그 집에 들어가 살 거라고는 생각하지 않았었다.

13세기에 지어진 교회 건물 근처를 지나갔다. 흰 석고는 심하게 변색될 정도로 낡고 잔디나 자갈길은 이미 오래전부터 방치된 모양새였다. 최근에 형을 만난 게 바로 그곳이었다. 같은 자리에 선 두 형제는 어머니 장례식 시작 전에도, 그 후에도 말 한 마디 주고받지 않았다. 그럼에도 불구하고 멀리서 봤다면 아마 평범한 장례식에 모인 평범한 가족의 평범한 사진처럼 보였을 것이다. 삼의 양쪽에 검은 정장 차림으로 서 있던 교도관들만 아니었다면.

아스팔트 도로가 끝나며 거친 자갈 도로가 나오고 빽빽한 숲이 농지를 대신하기 시작했다. 어렸을 때처럼 아름다운 풍경이었다. 브론크스는 언덕 끝에 다다르자 시동을 끈 상태로 조용히 마지막 구간을 내려갔다. 빨간 나무 울타리가 나오는 지점까지.

브론크스는 목적지에 도착한 뒤에도 차에서 내리지 않았다.

초봄에는 여름 별장을 찾아오는 사람들이 거의 없는 편이었다.

여기서 산다고?

도대체 어떻게 생겨먹은 인간이기에 자신에게 가장 어두운 기억이 고스란히 남아 있는 집에 제 발로 기어들어가 살 생각을 한 걸까?

브론크스는 차 문을 열고 내리면서 귀를 자극하는 소리를 분명히 들었다. 나무를 쪼개는 도끼 소리, 나무 둥치 위에서 두 쪽으로 갈라져 바닥에 떨어지는 장작 소리였다.

그리고 첫발을 내딛으려 한 바로 그 순간, 불안감을 강제로 목구멍에 쑤셔 넣은 것처럼 구토 증상이 강렬하게 몸을 뒤흔들었다. 과거의 끔찍한 그 기억을 토해낼 수만 있었다면 당장이라도 뱉어내고 싶은 마음뿐이었다.

그는 얼어붙은 잔디 위로 서서히 발걸음을 옮기며 점점 강렬해지는 빛 쪽으로 다가갔다. 장작이 쪼개지며 퍼지는 대팻밥 소리가 마치 신음소리 같았다. 하지만 굵직한 가지가 달린 라일락 나무 그늘에 도착하고서야 그를 볼 수 있었다. 머리 위로 도끼를 치켜들었다 힘을 모아 날카로운 도낏날을 아래로 내리찍는 뒷모습. 브론크스는 장작들이 쌓일 때까지 기다렸다.

"잘 지냈어?"

삼은 놀라지도, 그렇다고 뒤돌아보지도 않았다. 누군가 뒤에서 말하는 소리는 들었지만 아무런 관심 없는 사람처럼. 또다시 자작나무 덩어리가 나무 둥치 위에 올라가고, 도끼가 허공으로 들린 뒤, 정확히 조준한 부분에 내리꽂히자 나무 갈라지는 소리가 이어졌다.

"잘 지냈냐고 묻잖아."

그제야 뒤를 돌아보았다. 순간적으로 눈만 마주친 삼은 허리를 숙이고 장작들을 한아름 주워 담았다. 찰나였지만 브론크스가 형의 표정을 살피기엔 충분히 긴 시간이었다. 어머니가 돌아가신 뒤로 더 나이 든 모습이었다. 계산을 해보니 형의 나이는 마흔둘이었다.

"이 거지같은 집은 진작 팔아치웠을 거라 생각했었는데."

삼은 아무런 말없이 반대편에 쌓인 장작을 다시 주워 담았다. 그러고는 장작창고 벽에 세워둔 장작더미로 가져갔다.

"못해도 1백만 크로나는 나가지 않아?"

삼은 쓰러지지 않게 잘 쌓아둔 장작더미 위에 방금 자른 장작들을 올린 다음 장작창고 문을 닫고 자물쇠를 채웠다.

"진심으로 하는 말이냐, 욘? 넌 이 집이 팔릴 거라고 생각하는 거야? 살인 사건이 벌어진 집을? 그렇게나 세월이 흐른 지금도 사람들은 그렇게 부르거든."

집까지는 불과 몇 걸음이었다. 삼은 안으로 들어가면서 현관문을 그대로 열어두었다.

"코딱지만 한 섬에서 소문이란 게 그리 쉽게 사라지지 않는 법이거든. 여기서 소문은 해안을 따라 돌고 돌아. 그래서 내 눈은 제대로 쳐다보지도 못하는 인간들이 나만 보면 살인자가 돌아왔다고 수군거리고 다니지. 내 귀에 안 들릴 거라고 생각하면서."

브론크스는 열려 있는 현관문을 통해 좁은 통로와 부엌을 볼 수 있었다. 하지만 좀처럼 발걸음이 떨어지지 않았다. 두 다리마저 벽 곳곳에 폭력의 기억이 스며든 공간으로 들어가기를 거부하는 것 같았다.

"페리 관리인만 유일하게 편견 없이 날 바라보는 사람일 거다. 기억하냐, 온? 그 양반은 어째 나를 좋아하는 것도 같더라고. 이상하지 않냐? 어쩌면 그 양반은 우리 아버지란 사람이 어떤 인간 인지 알아봤을 수도 있어."

브론크스는 여전히 그 자리에 서 있었다. 마치 접견실에서 그랬던 것처럼 아무런 감정 없이 흘러나오는 형의 목소리를 멀리서 듣기만 하고 있었다.

"너 때문에 집 안의 온기가 다 빠져나가겠다."

브론크스는 삼이 장작을 언제나 장작 난로 오른쪽에 놓여 있던 양철통에 담는 모습을 보기만 했다.

"문 닫을 건데, 들어오든 거기 있든 마음대로 해라."

통로.

마지막으로 그 통로를 지나갔던 건 어릴 때였다.

어른이 되어 처음으로 발을 들인 그 집은 모든 게 작아 보였다. 부엌도 마찬가지였다. 삼은 부엌에서 난로 안에 장작을 던져 넣고 부지깽이로 시뻘겋게 불이 오른 석탄을 이리저리 찌르고 쑤셨다. 형의 얼굴이 명확히 보였다. 지난번보다 눈가에 주름이 자글자글해진 게 아버지 같았다. 전에는 단 한 번도 그런 생각을 해본 적이 없었다. 아버지가 살해당할 당시가 사십 대였다는 사실과, 그리고 두 아들이 이제 사십 대라는 사실을.

"그래, 자유의 몸이 된 걸 축하하고 행운을 빌어주러 여기까지 찾아온 거냐?" 삼은 냉소적인 웃음을 지어 보였다. "그런 거라면 몇 달은 늦은 듯한데?"

"그런 거 아니야. 어차피 뭐가 됐든 사적으로 나랑 엮이고 싶은 마음, 형도 없잖아. 지금은 형사로서 찾아온 거야."

욘은 코트 주머니에서 사진 한 장을 꺼내 부엌 식탁 위에 내려놓았다. 한때나마 자신이 차지하고 앉았던 바로 그 자리에.

"이 사람 알아?"

삼은 교정 당국으로부터 받은 사진에 눈길 한 번 주지 않았다.

"지금도 배신은 안 해."

"형, 이제 교도소에 있는 것도 아니잖아."

"그런데 넌 여전히 형사로서 찾아온 거잖아."

브론크스는 삼 쪽으로 가까이 사진을 밀었다.

"형이 아는 사람이라는 거 나도 알아. 외스텔로케 교도소에 같이 있었어. 야리 오할라라고 어제 오후에 현금수송 차량을 털다가 총격전 와중에 사망한 강도야. 경찰에선 현장에서 달아난 공범 역시 외스텔로케에서 복역한 재소자라고 생각하고 있어. 형이 그중 하나야. 난 용의선상에서 형을 배제하기 위해 찾아온 거야. 그것만 확인해주면 형 원하는 대로 하고 살아. 다시 볼일도 없을 테니까."

"그럼 그렇게 해. 제외하라고."

"월요일 오후 4시에서 5시 사이에 어디서 뭘 했는지 얘기해주면."

"네가 형사니, 직접 알아내."

브론크스는 사진 위에 다른 사진을 내려놓았다. 교정 당국 전용 표준크기가 있는지 두 장의 사진이 정확히 한 장처럼 포개졌다.

"형은 이 자식하고도 같은 시기에 거기 있었어. 레오 뒤브냐."

"그래서?"

"형, 젠장……. 그냥 빨리 끝내고 각자 갈 길 갑시다. 형이 원하는 건 평화롭게 지내는 거고, 난 여기서 나가고 싶다고. 그러니까 그냥 말해."

삼은 필요도 없는 새 장작을 다시 불길 속에 던져 넣었다.

"좋아. 그럼 말해보자."

브론크스는 장작 난로의 벌어진 틈 사이로 새어 나오는 짙고 검은 연기를 바라보았다.

"교정시설 기록에 따르면 형하고 뒤브냐은 1년 넘게 같은 교도소, 같은 사동에 수감돼 있었어. 그동안 그 자식하고 가깝게 지낸 재소자가 누구였어?"

"그걸 내가 어떻게 아냐?"

형은 그 자식하고 많은 얘기를 했어.

"특히 많은 시간을 보낸 재소자가 있었어?"

"사동에서는 누구하고도 가깝게 지낼 수 있어."

형은 그 자식한테 우리 얘기를 했어.

"사동 복도가 그렇게 크지도 않으니까 같은 복도를 쓰는 사람은 매일같이 보잖아. 그 자식이 누구랑 어울려 지냈는지 형도 분명히 봤을 거 아니야?"

형은 그 자식하고 잘 아는 사이야.

"거기 있는 인간들은 하나같이 바깥으로 나가고 싶어 하지, 거기서 누굴 사귀고 싶어 하지 않아."

바깥만큼이나 집 안에도 적막감이 감돌았다. 쪼개질 때는 신음을 냈던 장작들이 이제는 큰 소리로 타닥거릴 뿐이었다.

"연기 새는 거 보이지? 판을 갈아 끼워야겠어. 어렸을 때 엄마가 반대쪽 판을 갈아 끼운 건 기억나?"

잿빛 연기가 근사한 장막처럼 난로 위로 퍼져나갔다. 브론크스는 천장까지 스스로 길을 만들어나가는 연기를 보며 마음을 가라앉혔다. 그러고는 식탁에 내려놓았던 사진을 챙겼다. 몇 번이고 같은 질문을 반복하고 돌려 물어도 원하는 대답을 얻을 수 없겠다는 판단에서였다.

현관문을 열자 연기가 따라 나오며 거북하게 장난을 쳤다.

하지만 브론크스는 작은 돌계단을 밟자마자 걸음을 멈추고 뒤로 돌아 다시 집 안으로 들어왔다.

"우리 얘기 누구한테 한 적 있어, 형?"

"뭐?"

"여기서 벌어진 일, 누구한테 얘기한 적 있느냐고?"

"여전히 형사로서 던지는 질문이냐?"

"그건 마음대로 생각해."

삼은 방금 전과 마찬가지로 냉소적인 표정을 지었다.

"누구한테 얘기한 적 있느냐고?"

삼은 그렇게 되묻고는 거실로 향하더니 작은 침실 두 개가 있는 쪽을 가리켰다.

"그러니까 저기서 벌어진 일을 말하는 거지? 들어와 봐, 욘. 무슨 일이 있었는지 자세히 설명해줄 테니까 들어오라고!"

"무슨 일이 있었는지는 알아."

"네가 알긴 뭘 알아!"

삼이 시야에서 사라졌다. 침실 안으로 들어간 탓이었다. 브론크스는 어쩔 수 없이 형을 따라 발걸음을 옮겼다.

"난 아무것도 느끼지 않기로 작정했었어. 그런데 넌 그렇지 않았지. 욘, 그건 가능한 일이야. 고통을 느끼지 않기로 작정하는 거. 생각만 하면 되는 거거든. 난 아무것도 느끼지 않는다, 이렇게 말이야. 그런데 넌 그러지 않았어. 난 지금도 기억해. 마지막에 내가 그 인간을 어떻게 노려봤는지, 뭐라고 말했는지. 어서 쳐보라고. 아무런 느낌도 안 드니까. 그랬더니 그 인간, 얼굴이 벌겋게 변해서 나를 두들겨 패더라고. 당연히 난 아무런 느낌도 없었어. 그게 마지막이었어. 그 뒤로 더 이상 나한테 손대지 않더라고. 자기도 알았던 거지. 그래서 그 인간이 너한테 손을 대기 시작한 거라고, 욘. 왜냐하면 넌 얻어맞는 걸 고스란히 느끼고 있었거든."

삼은 고갯짓으로 여전히 전화기가 걸려 있는 초록색 벽을 가리켰다.

"그래서 오래전 그날 밤, 네가 나한테 전화를 했었잖아. 울면서 이리 와달라고."

장작 타들어 가는 소리만 감돌았다.

철제 장작 난로는 건조하지만 쾌적한 온기를 퍼뜨리고 있었다.

그리고 도저히 밖으로 뱉어낼 수 없는 메스꺼움.

그 빌어먹을 집에서, 그 빌어먹을 기억 속에 살기로 작정한 삼은 오래간만에 처음으로 자신이 우위를 점한 상황을 즐기고 있는 것 같았다. 이제 감방에 갇힌 신세도 아닌 자유의 몸이다. 여기서는 안전히 지낼 수 있다. 그를 찾아온 '방문객'과 달리.

"들어오라고, 욘! 들어와서 그 인간이 썼던 이 침대에 누워보라고. 그때 일을 그렇게 수사해보고 싶으면 어서 해보라고."

삼은 장식품들을 진열하는 작은 선반 가까이 다가가 사진과 유리그릇 사이의 뜨개질 받침대 위에 놓인 칼을 집어 들고 이리저리 휘둘렀다.

톱날이 달린, 끝부분이 부러진 바로 그 칼이었다.

"내가 돌려달라고 했지. 젠장, 빌어먹을 보관 상자 안에서 증거품으로 썩고 있더라고. 여기 마른 핏자국 보이냐, 욘? 그 인간 흉골 사이에 껴서 결국 부러진 이 끝부분도 보이냐고?"

브론크스는 또다시 집 밖으로 나갔다. 이번에는 되돌아오지 않았다. 그는 경사진 잔디밭을 내려가 자갈길이 끝나는 지점에 세워둔 차에 올라탔다. 페리 선착장으로 돌아올 때까지 아무런 생각도 하지 않았다. 기다리는 동안에도, 배에 오른 뒤에도, 반대편으로 건너가는 동안 얼굴에 바람을 쐬고 물거품을 따라오는 갈매기를 보려고 차 밖으로 나왔을 때 역시 아무것도 떠올리지 않으려 애썼다.

저 멀리 스톡홀름 시의 윤곽이 눈에 들어올 때까지 속을 뒤집는 빌어먹을 메스꺼움이 따라올 거라는 건 이미 알고 있었다.

하지만 의심까지 뒤따를 거라는 건 미처 계산에 넣지 못했었다. 형을 찾아갔던 건 용의선상에서 형을 지우기 위해서였다. 그런데 그건 이제 불가능한 일이 돼버렸다. 교도소 안에서 단순히 치고받고 싸운 적이 있는지 같은 단순한 차원의 문제가 아니었다. 당연히 그런 일은 있었을 것이다. 이건 레오 뒤브낙에 관한 문제였다. 서로 어떻게 알게 되었는지를 물었을 때 삼은 거만한 자세로 즉답을 피하며 모호한 태도로 일관했다. 하지만 적어도 하나만큼은 분명히 대답한 셈이었다. 욘이 면담조사에서 전해 듣고 충격을 받았던 부분, 그 집에서 벌어진 일과 형제에 관한 이야기, 아주 가까운 사이에서나 할 법한 이야기를 누군가에게 떠벌렸는지 물었을 때, 삼은 대답 대신 역공을 펼쳐 상대의 죄책감을 불러일으켰다.

동생이 평정심을 잃게 만들 수 있는 회심의 한방이라는 걸 누구보다 잘 알고 있었기 때문이다.

브론크스는 텅 빈 페리 안을 돌아다녔다. 이쪽 난간에서 저쪽 난간으로, 따뜻한 대합실 안으로 들어갔다 다시 밖으로. 구명정이 제대로 잘 붙어 있는지 확인하고 싶은 사람처럼 살짝 두드려보기도 하고 철제 거치대에 걸린 시간표도 만지작거렸다. 그러다 조타실에서 배를 몰고 있는 페리 관리인 쪽으로 시선을 돌렸다. 그리고 발견했다.

감시 카메라.

어쩌면 삼이 끝끝내 내놓지 않았던 답변이 그 안에 담겨 있을지도 모른다.

브론크스는 페리에서 내리자마자 차 밖으로 나와 관리실 입구에서 페리 관리인을 기다렸다.

"죄송합니다." 그가 경찰 신분증을 내밀자 관리인은 무표정한 얼굴로 신분증을 쳐다보았다.

"형사 업무상 필요해서 그런데 지난 며칠간 녹화된 감시 카메라 영상 좀 확인할 수 있겠습니까?"

"감시 카메라 영상이오?"

"저기 페리 조타실에 달린 카메라 말입니다."

"저거 달아놓은 게 몇 년째인데 뭐가 녹화됐는지 보자는 사람은 살다살다 처음이네요."

"그럼 그럴 때가 된 모양입니다. 지난 48시간 분량을 확인했으면 합니다."

관리인이 관리실 안으로 들어가자 브론크스도 따라 들어갔다.

"직접 찾아보시는 게 더 낫겠습니다. 난 뭐…… 내가 워낙 기계치라서 말이오."

브론크스는 컴퓨터 앞에 앉아 모니터에서 감시 카메라 아이콘을 찾아 클릭한 다음 다시 한번 오늘 날짜 영상을 활성화했다.

"정확히 찾는 게 뭐요?"

"저도 정확히 모르겠습니다. 어쩌면 여기 있어선 안 될 걸 찾는다고 하는 게 더 정확하겠네요……."

"진짜 모를 말씀만 하시는군그래."

"대신 제가 여기 와서 이걸 확인했다는 건 아무에게도 말씀하지 말아주시기 바랍니다."

흔들리고, 선명하지 않고, 색깔도 소리도 없는 영락없는 감시 카메라 화질이었다. 하단에 시간이 나와 있었다. 브론크스는 마우스를 움직여 월요일 날짜를 선택하고 시간을 앞으로 당겼다.

페리가 횡단한 횟수는 64차례였다. 평균보다 이동 차량이 많았다. 화면 오른쪽 여백에 나온 기록에 따르면 그랬다.

브론크스는 자신이 찾고 싶지 않은 장면을 찾고 있었다. 그날, 섬을 떠나는 삼의 모습. 그러다 자칫 오후 1시, 페리에 오른 소형 승용차를 놓칠 뻔했다. 토요타 차량 같았다. 제법 신형이었고 살짝 선팅된 색유리 탓에 운전자 얼굴은 확인할 수 없었다. 페리가 중간 지점에 이르렀을 때, 그러니까 2분 30초 정도 지났을 무렵 운전석 문이 열렸다. 그리고 남성이 내려 난간으로 걸어 나와 물을 내려다보았다.

그제야 브론크스는 확실히 볼 수 있었다.

놈이라는 것을.

레오 뒤브냑. 그는 거기 그렇게 서 있었다. 브론크스가 어렸을 때 살았던 집으로 가는 길에.

구역질이라는 증상을 그토록 심하게 느껴본 적은 없었다. 깊숙한 곳까지 밀고 들어가 날카롭게 찌르는 것 같았다. 브론크스는 교도소에서 몇 년을 같이 지낸 감방 동기 두 사람이 비록 처음에는 강제적인 '친분 쌓기'로 시작했지만 결국 진정한 우정으로 발전하는 게 가능하다는 걸 보여주는 재회의 순간이 딱히 이상할 건 아니라는 식으로 나름 합리적인 이유를 달아보려 애썼다. 그렇기에 자유의 몸이 된 첫날, 두 사람이 만나고 싶어 하는 것도 이상할 게 아니라고.

"형사 양반." 페리 관리인이 그의 어깨를 두드리며 그를 뚫어지게 살펴보고 있었다. "자네 알아보겠어."

"그러세요? 뭐, 아까도 배 타고 건너갔었으니까요. 1시간 전에."

"아니, 그게 아니고 자네가 누구인지 알아보겠다고. 그때는 꼬마였는데 말이야. 자네, 삼의 동생이지. 이름이 욘이었나? 그렇지?"

"네. 욘입니다."

"자네 소식은 신문에서 읽었어. 그런데 설마 자네라고는 생각하지 않았는데 말이야. 세기의 강도 사건이라고 했나, 1억3백만 크로나를 훔친 그 사건 말이야."

"네."

"그 강도단을 자네가 잡았다며?"

"그렇습니다."

"그나저나 자네는 성을 그대로 쓰고 있군그래."

"맞습니다."

"그럼 라센은 누구 성인 거야?"

"질문이 너무 많으시네요."

"질문을 안 하면 알 길이 없으니까."

"어머니 성입니다. 결혼 전 성이오. 형은 성인이 되면서 그 성을 사용했습니다."

"자네 형제 이야기는 나도 잘 알고 있어. 끝이 안 좋았지."

브론크스는 계속해서 마우스를 움직였다. 14시에 본도로 돌아오는 페리에 그 차가 다시 보였다. 페리 한가운데에 처음과는 반대 방향으로 주차된 상태였다. 그리고 바람막이 창을 통해 놈의 얼굴이 똑똑히 보였다. 레오 뒤브냑.

그리고 14시 30분 페리에는 아무도 없었다. 섬으로 들어가는 사람도, 본도로 나오는 사람도.

그런데 결국, 그토록 보고 싶지 않았던 장면이 시야에 들어왔다. 삼. 그는 15시 페리를 타고 섬을 떠났다.

욘은 벌떡 일어나 바람이 불고 있는 밖으로 황급히 뛰쳐나갔다. 갈매기 소리가 한층 더 크고 날카롭게 들렸다.

그는 두려움과 분노에 휩싸인 채로 갑문에 기대서서 섬을 바라보았다.

그러고는 결국 눌러두고 있던 메스꺼움을 호수 위로 게워냈다.

꾹꾹 눌러 담아두었던 과거의 기억들이었다.

"괜찮은 건가?"

관리인이 문가에 서서 물었다. 브론크스는 고개만 살짝 끄덕였다. 그러고는 천천히 몇 차례 심호흡을 한 다음 관리실로 되돌아와 화면을 살펴보았다. 화면 오른쪽에 떠 있는 통계에 따르면 저녁의 마지막 횡단 전까지 실어 나른 차량의 수는 34대였다.

"그래, 자네는 형사가 되었군그래."

관리인은 행여 '손님'이 또다시 밖으로 뛰쳐나가는 건 아닌가 걱정되는 듯 가까이 다가왔다.

"자네들은 정말 다른 길을 갔어. 하나는 철창에 갇히는 신세였는데, 나머지 하나는 먹고 살려고 사람들을 철창에 가두는 일을 하고 있으니 말이야."

두려움과 분노는 결국 똑같은 감정이었다. 그는 그것을 세 번이나 더 느껴야 했다.

19시, 삼이 섬으로 돌아올 때.

20시, 레오가 섬으로 돌아올 때.

22시, 레오가 마지막 페리를 타고 본도로 돌아갈 때.

브론크스는 수사협조에 감사한다는 말을 했다. 그는 두 남성의 하루를 고스란히 지켜본 터였다. 두 사람은 그곳에서 차로 대략 1시간여 거리에 있는 장소에서 발생한 무장 강도 사건 발생시각에 맞춰 움직였다.

그 두 사람이 문제의 사건으로 최근 사망한 강도와 알고 지낸 사이라는 증거는 없었다. 마찬가지로 그 두 사람이 페리를 타고 들락거리며 철저한 사전준비를 통해 현금수송 차량을 강탈하고 올 충분한 시간적 여유가 있었다는 사실을 입증하는 증거도 없었다. 법정에서는 그렇게 주장해도 소용없을 것이다.

그런데도 그게 사실이라는 걸, 이제 브론크스도 알게 되었다. 직감, 엘리사가 그토록 경멸하는 그 빌어먹을 직감만으로도 충분했다.

빌어먹을⋯⋯. 형, 도대체 그 자식하고 무슨 일을 벌인 거야?

《더 선》 2권에서 계속됩니다.

옮긴이 이승재

한국외국어대학교 불어교육과, 동 대학 통번역대학원을 졸업, 현재 유럽 각국의 다양한 작가들을 국내에 소개하고 있다. 옮긴 책으로는 도나토 카리시의 《속삭이는 자》《이름 없는 자: 속삭이는 자 두 번째 이야기》《영혼의 심판》《안개 속 소녀》, 루슬룬드, 헬스트럼 콤비의 《비스트》《쓰리 세컨즈》《리뎀션》, 프랑크 틸리에의 《죽은 자들의 방》, 카린 지에벨의 《그림자》《너는 모른다》《마리오네트의 고백》《빅 마운틴 스캔들》《유의미한 살인》《게임 마스터》, 올리비에 부르도의 《미스터 보쟁글스》, 바티스트 보리유의 《죽고 싶은 의사, 거짓말쟁이 할머니》《불새 여인이 죽기 전에 죽도록 웃겨 줄 생각이야》, 디온 메이어의 《프로테우스》, 미카엘 베리스트란드의 《델리에서 가장 아름다운 손》, 아녜스 마르탱 뤼강의 《손가락 사이로 찾아온 행복》, 에느 리일의 《송진》 등이 있다.

# 더 선 1

2019년 8월 27일 초판 1쇄 인쇄
2019년 9월  4일 초판 1쇄 발행

지은이 | 안데슈 루슬룬드 · 스테판 툰베리
옮긴이 | 이승재
발행인 | 윤호권
책임편집 | 박윤희
책임마케팅 | 정재영 임슬기 박혜연

발행처 | (주)시공사
출판등록 | 1989년 5월 10일(제3-248호)

주소 | 서울 서초구 사임당로 82(우편번호 06641)
전화 | 편집 (02)2046-2852 · 마케팅 (02)2046-2883
팩스 | 편집 · 마케팅 (02)585-1755
홈페이지 | www.sigongsa.com

ISBN 978-89-527-3891-2 04850
      978-89-527-9345-4(set)